TOUT CE DONT ON RÊVAIT

FRANÇOIS ROUX

TOUT CE DONT ON RÊVAIT

roman

ALBIN MICHEL

À Lina et Nathalie

I

À ce stade de son existence, l'unique certitude de Justine quant à la nature humaine résidait dans le fait que l'immense majorité des hommes, à commencer par son propre père, étaient à ranger sous l'index *sombres abrutis* de son petit répertoire psychosociologique personnel. Elle avait alors vingt-cinq ans, et son expérience intime – onze années de galères sexuelles, d'abus de confiance, de faux départs, d'humiliations tous azimuts – l'encourageait à cette catégorisation un rien abusive. Son aigreur envers les représentants de l'autre sexe ne constituait en réalité qu'une toute petite fraction de sa hargne, sa colère composait un diamant brut, facetté de milliers d'autres rancœurs contre les abus de tout poil, les injustices, les passe-droits et, d'une manière générale, contre un état du monde de plus en plus bancal : Justine était à cran.

Les seuls hommes dont elle s'accommodait d'une fréquentation régulière et durable étaient les *gays*, avec lesquels elle parvenait à créer des relations complices, détendues et joyeuses, de sorte qu'à l'époque on aurait pu sans trop d'erreur la classer elle-même – dans l'infinie nomenclature déterminant le genre humain – sous l'index un tantinet dégradant de *fille à pédés*.

Justine régnait en petite princesse insatisfaite sur une tribu de trois homos, Ahmed, Laurent, Olivier, qui constituait le noyau dur d'un système satellitaire composé de cinq ou six autres individus, au sein duquel elle s'était taillé la réputation de fille drôle et cynique, je-m'en-foutiste jusqu'à en paraître parfois arrogante, toujours prête à dégainer un bon mot bien vachard, éternellement disposée à faire outrageusement la fête. Des trois princes de sa cour particulière, Ahmed était son préféré, son confident exclusif – quand il lui arrivait bien sûr de souhaiter s'épancher sur son sort, ce qui était au fond assez rare. Justine et Ahmed avaient couché ensemble il y a longtemps, sans parvenir à quoi que ce soit de réellement enthousiasmant d'un côté comme de l'autre. Depuis, la jeune femme gardait au chaud le souvenir de leurs ébats avortés et la ferme conviction qu'un jour ou l'autre ils se devraient de remettre le couvert. Du reste, au sein du groupe, tout le monde avait déjà plus ou moins couché avec tout le monde ou avait l'ambition de le faire un jour prochain.

La vie de cette petite clique comportait ses habitudes et ses usages. Les vendredis, par exemple, ils se retrouvaient dans le deux-pièces de Justine aux environs de la place de la République. Dès 21 heures, des chansons d'Abba et de Dalida s'enchaînaient, ovationnées dans des hurlements d'ivrognes. Ça braillait sec, ça gigotait des bras, ça dansait debout et même assis, le bois de la table basse frémissait des assauts ininterrompus de leurs *tequila paf*. C'était ensuite, tout aussi invariablement, une descente au *Banana Café*, puis, à 2 heures du matin, au *Queen*, sur les Champs-Élysées. De ces lieux essentiellement fréquentés par des homos, Justine ressortait ivre morte, en nage, le cheveu légèrement gommeux et enfumé, le collant filé et, la plupart du temps, totalement déprimée. Bien que son objectif majeur en fréquentant ces établissements fût de boire et de danser jusqu'à l'écœurement, un objectif souterrain n'en occupait pas moins sournoisement le fond de ses pensées : elle aurait bien aimé conclure la soirée en se dénichant un mec – qu'elle aurait évidemment adoré envoyer paître quelques heures plus tard. C'était rarement le cas. Il y avait certes, dans cet aréopage de gays, quelques hétéros venus tirer avantage du cheptel de filles disponibles que recelaient ces lieux ou même quelques homos disposés à franchir la frontière parfois poreuse de leur sexualité, mais Justine était d'ordinaire trop saoule ou trop occupée à composer son personnage de diva inapprochable pour pouvoir profiter de leurs bonnes dispositions d'esprit. Ce n'est que vers 6 heures du matin qu'elle se rendait subitement à l'évidence qu'elle avait encore une fois mal calculé son coup – qu'elle avait en fait *gravement foiré* – et se retrouvait seule dans le taxi qui la ramenait à la maison.

Généralement, après quelques week-ends de frustration sexuelle de cet ordre, elle émettait le désir d'investir un lieu fréquenté par des hommes, des vrais, par ces mâles hétérosexuels dont elle se méfiait tant à l'ordinaire. Elle s'y rendait avec l'un des éléments de sa garde rapprochée, et la plupart du temps c'était Ahmed qui s'y collait. Ne pas être seule dans ce genre de bar lui assurait d'éviter d'être cataloguée comme la nana paumée qui vient désespérément se trouver un mec. De plus, Ahmed, sans être une folle tordue, était assez identifiable comme gay, par sa tenue en particulier, pour qu'il ne constitue pas un repoussoir à d'éventuelles possibilités de drague pour sa copine.

Quand Justine et Ahmed poussèrent la porte du *Bazooka*, un des très nombreux bars-clubs disponibles dans le quartier Oberkampf, Alain Bashung et sa *Joséphine* s'épanchaient bruyamment dans les haut-parleurs. L'endroit, à l'instar de la plupart des gens qui s'y trouvaient, était déjà bourré à craquer. Ils se frayèrent un chemin vers le bar, commandèrent à boire et se livrèrent aussitôt à leur jeu favori : localiser les mecs *potables* de la soirée et échanger leurs points de vue sur les avantages en nature des heureux désignés. Justine fut la première à repérer Alex parmi la foule de types potentiels. Elle avait l'œil habile, sa pratique d'infirmière dans un service psychiatrique favorisait cer-

tainement les évaluations psychomorphologiques ins-
tantanées.

Alex, la vingtaine, était assis en compagnie de Nicolas,
un garçon un peu plus âgé, à l'une des nombreuses
tables disposées en arc de cercle à la lisière de la piste
de danse. Alex relevait indubitablement de la catégorie
beau gosse, Justine et Ahmed ne s'étaient pas trompés là-
dessus. Au moins un mètre quatre-vingt-cinq, la crinière
blonde, drue et sauvage, le visage ouvertement affable,
le comportement débarrassé de tout maniérisme et de
toute arrière-pensée, il affichait la décontraction naturelle de ceux qui ont une confiance illimitée en ce que la
vie leur réserve, une qualité parfaitement déconcertante
– et même effrayante – pour tout individu un tant soit
peu enclin au scepticisme et à l'introspection. Traînant
Ahmed dans son sillage, Justine se dirigea vers lui le plus
nonchalamment qu'elle put, s'avança sur la piste en lui
tournant le dos et commença à se déhancher au rythme
de la musique – c'était maintenant *All That She Wants*
de Ace of Base. Elle se retournait parfois du côté d'Alex
afin de l'envelopper de non-regards à la fois vagues et
sans ambiguïté, se trémoussait un instant à un mètre
de ses pupilles, faisant astucieusement vibrer son corps
et délicatement palpiter ses deux seins plantureux, puis
s'en revenait vers Ahmed. Parfois elle chuchotait
quelque chose à l'oreille de son copain avant d'éclater
d'un rire sonore, charmant, et de basculer artificiellement la tête en arrière. Au bout d'un quart d'heure

d'une série ininterrompue de ruses et de finasseries de cet acabit, Alex se leva, se planta tout près d'elle et ses lèvres s'arquèrent en un sourire amène, légèrement frondeur. Justine, qui s'était exceptionnellement et intentionnellement limitée ce soir-là à quatre gin tonics, eut l'esprit assez affûté pour ne pas refuser ce qui se présentait clairement comme une invitation. Elle lui sourit en retour – quoique brièvement – et s'en retourna balayer le sol du regard, une manière d'entériner sa proposition tout en lui signifiant qu'il avait encore un sacré bout de chemin à parcourir avant de la conquérir tout à fait. Évidemment, il aurait été plus simple de le regarder bien en face et de lui sourire vraiment, manifestement, cela aurait même été la conclusion logique de tout ce cirque entamé depuis une demi-heure. Mais c'était plus fort qu'elle. Dans son esprit, il demeurait inconcevable que les choses se déroulent de manière aussi simpliste. Les échanges humains relevaient de l'affrontement, d'un combat à mener coûte que coûte. La relation à l'autre – le bavardage précoïtal en particulier – impliquait qu'il y ait tension pour qu'il y ait attention. Alex saisit rapidement de quoi il retournait. Peu désireux de s'encombrer de stratagèmes avec cette fille – comme avec n'importe quelle autre fille sans doute –, il lui tourna le dos et se dirigea sereinement vers sa chaise. Il eut une petite mimique d'exaspération joyeuse à l'intention de Nicolas qui, depuis le début, observait le déroulement des opérations avec un intérêt désenchanté. Alex se trouvait maintenant à quelques centimètres de sa table. Justine le rattrapa in extremis par le bras et, quand il se retourna, colla son corps et ses lèvres contre ceux du garçon. Au terme de cet échange, Alex se détacha d'elle. Tout, dans son attitude, sur son visage, renvoyait à l'image du prédateur rassasié. Pendant quelques secondes, Justine crut que le sol s'ouvrait sous ses pieds, ses traits se figèrent, elle se sentit amoindrie et vulnérable. Alex, drapé dans son ironie et son sex-appeal de mâle dominant, avait, paradoxalement, tout pour plaire à Justine. Elle n'aurait pourtant pas dû s'y tromper. L'assurance de ce type, son aisance, sa conscience extrême d'être cool et dégagé constituaient autant de signaux envoyés en sa direction afin qu'elle dévie de la route sur laquelle elle était en train de s'engager, à la manière de ces balises maritimes qui vous signalent par des lumières clignotantes le grand danger qu'il y a à les aborder. Quelque part, enfouie dans sa mémoire affective, là où se logeait l'interminable inventaire de ses expériences foirées, était nichée la conviction que toute relation avec Alex ne pouvait que mener à l'échec mais, malheureusement, Justine n'y avait plus accès, toutes ses issues de secours étaient déjà verrouillées. Contrairement à lui, Justine était tout sauf cool et dégagée. Elle pouvait certes s'inventer la posture adéquate, donner le change pendant quelques heures, voire plusieurs jours, mais, au bout du compte, finissait par se deviner la partie immergée de son indécrottable désarroi, de sa colère et de son manque total de confiance en soi.

Au cours de l'heure qui suivit, Alex et Justine burent un peu et s'embrassèrent beaucoup. Puis Justine s'enfonça dans son erreur jusqu'à accepter l'invitation d'Alex à conclure la soirée par un dernier verre chez lui.

Nicolas se mit au volant tandis qu'Alex s'installait sans état d'âme à l'arrière du véhicule pour profiter des pleins et des déliés de l'anatomie de Justine. Nicolas était le frère aîné d'Alex, il donnait l'impression d'être constamment empêtré dans une mélancolie qui affadissait ses traits et rendait hésitant le moindre de ses gestes. *Comment deux frères peuvent-ils être aussi radicalement différents ?* pensa un court instant la jeune femme avant de se laisser aller aux caresses de son amant. Nicolas ne disait pas un mot et regardait droit devant lui, les mains posées symétriquement sur le volant. Il semblait insensible aux gémissements qui s'élevaient à seulement quelques centimètres de ses oreilles pas plus qu'il ne paraissait souffrir de ce rôle subalterne de taxi auquel son frère le condamnait régulièrement.

La voiture atteignit bientôt le périphérique et s'y engagea. Aiguillonnée par l'urgence d'on ne sait quel mécanisme de survie, Justine ouvrit les yeux, paniquée, sa bouche se détacha brutalement de celle d'Alex. Elle tourna la tête vers la vitre et observa l'aridité de ces emmêlements de béton et de bitume. Son visage prit une expression bizarre, entre peur et dégoût. Elle n'avait pas eu la présence d'esprit de demander à Alex où il habitait. Elle évalua brusquement le danger qu'il y avait à se retrouver seule avec deux quasi-inconnus qui la conduisaient on ne sait où, et aussi à franchir la limite de cette zone de confort que représentait pour elle le Paris intra-muros. *Je suis complètement cinglée*, pensa-t-elle.

Une demi-heure plus tard, le véhicule abordait le quadrillage sombre et ennuyeux d'un quartier pavillonnaire d'une petite ville de banlieue. Nicolas se gara devant une maison en meulière de trois étages. Dès qu'ils furent entrés, Alex enlaça Justine.

– Un dernier gin to', ça te dit ?

Justine acquiesça, Alex se dirigea vers la cuisine et elle demeura seule dans le salon avec Nicolas. Depuis quelques instants, il était assis dans un fauteuil, faussement occupé à feuilleter un magazine, observant négligemment Justine par en dessous. Sous la lumière crue du plafonnier, elle eut l'impression d'être soudain mise à nu, avec le même sentiment de disgrâce que lorsque, à la fermeture d'une discothèque, les lumières se rallumaient sur les derniers clients, dévoilant leurs tenues humides de sueur et leur teint cadavérique. Elle eut honte de son short, de son justaucorps un peu trop étriqué. Elle observa ses bas et fut soulagée de n'y noter aucun accroc majeur. Un court instant, elle perçut le reflet de son visage dans un miroir. Ça allait, finalement elle n'avait pas bu tant que ça – en tout sept gin tonics peut-être. Elle se redressa, plus confiante désormais, et lança, agressive :

– C'est à vous cette baraque ?

Nicolas leva les yeux de son magazine.

– On en a hérité à la mort de nos parents, il y a cinq ans.

– Ah ! Désolée...

Puis, sans réfléchir :

– Ils sont morts de quoi ?

– Un accident d'avion.

Nicolas crut inutile de préciser que c'est lui qui avait poussé ses parents à faire ce voyage dont ils avaient rêvé toute leur vie, lui qui avait tout prévu, tout organisé, jusqu'à la réservation de ce coucou de vingt-deux places censé les conduire de Haiphong à Da Nang. Il avait fait seul le voyage pour identifier les corps – ou ce qu'il en restait après l'embrasement de l'engin. À son retour, il avait organisé la vie du couple qu'il allait maintenant former avec son frère de seize ans. Il avait pris à sa charge tous les aspects administratifs, logistiques et, bien sûr, comptables, puisque c'était sur ses épaules que reposaient en particulier l'avenir d'Alex et le financement de sa scolarité. Nicolas, qui venait de terminer un master en droit, économie et gestion à l'université Paris-Dauphine, dut renoncer au projet qui lui tenait à cœur de poursuivre des études supérieures dans une université étrangère – les États-Unis, le Canada, l'Australie le tentaient – et, faute de mieux, décrocha un job de contrôleur de gestion à la direction financière d'un grand groupe hôtelier.

Alex revint de la cuisine, tendit son verre à Justine et désigna son frère d'un léger coup de tête.

– Il ne parle pas beaucoup.

Puis :

– C'est un contemplatif, tu comprends, dit-il sur un ton moqueur.

Nicolas releva la tête et fixa Justine avec une telle intensité qu'elle se sentit gênée et dans l'obligation de détourner les yeux. Il se leva en leur lançant un *Bonne nuit* désabusé.

La nuit fut bonne, effectivement, et bruyante. Alex avait du savoir-faire et de l'imagination. Justine ne manquait elle-même ni de l'un ni de l'autre. Vers 11 heures, le lendemain matin, elle se réveilla. Elle observa Alex qui gisait sur le dos, les bras croisés sous la tête, son beau visage calme et apaisé, dans une attitude d'abandon d'une grâce remarquable, comme si la confiance illimitée qu'il avait en lui dans la journée perdurait jusque dans son sommeil. Quand il se réveilla en bâillant, Justine eut la douloureuse impression qu'un moment magique venait de prendre fin, aussi subitement qu'une bulle de savon meurt sous la pointe d'un couteau. Il se redressa d'un bond, l'embrassa furtivement sur les lèvres puis se dirigea vers la salle de bains. Justine eut violemment besoin d'un café. Elle retrouva le chemin de la cuisine au rez-de-chaussée. Nicolas était assis, *Le Journal du dimanche* entre les mains. Il leva la tête et lui sourit. Justine nota comment son visage, dès qu'il s'éclairait de la sorte, devenait intéressant, presque charmant.

— Désolée, dit-elle timidement.

— Désolée ?

Elle eut une petite grimace comique.

— Pour le bruit.

— Ne t'inquiète pas, dit-il, amusé. Je suis habitué. Tous les week-ends, c'est le même topo.

Justine se raidit, c'était la dernière chose qu'elle aurait souhaité entendre. Ils ne se dirent plus rien jusqu'à l'arrivée d'Alex. Quand le jeune homme se présenta dans le chambranle de la porte, Justine écarquilla les yeux. Il avait enfilé un blouson de cuir et un bonnet d'où surgissait par endroits son épaisse tignasse.

— Tu t'en vas ?

— J'ai un truc à faire. Ça m'était complètement sorti de la tête.

Tout en l'embrassant goulûment sur les lèvres, il glissa sur la table un papier plié en quatre.

— C'est mon numéro. Tu m'appelles quand tu veux.

Puis, à son frère :

— Tu la raccompagnes, Nico ? Je suis sûr que la petite n'a jamais pris le RER.

– Je crois que la petite t'emmerde, dit Justine, piquée au vif.

Alex lui envoya un baiser charmeur et sortit. Déposant une tasse de café devant Justine, Nicolas se pencha vers elle.

– Ne te mets pas dans la galère, lui susurra-t-il gentiment à l'oreille.

Elle préféra ignorer la remarque.

Plus tard, il la raccompagna à pied jusqu'au RER.

– Tu fais quoi ? Enfin comme métier, je veux dire, fit-il soudain, pour briser le silence.

D'abord elle mentit :

– Médecine.

Très vite, elle ressentit le besoin, non pas de s'épancher, mais de ne rien lui cacher. Peut-être était-ce parce qu'elle n'avait à cet instant aucune considération pour Nicolas ou qu'au contraire elle estimait déjà qu'il ne servait à rien de composer avec quelqu'un d'aussi ouvertement loyal.

– En fait, je suis infirmière.

Il parut intéressé.

– En psychiatrie, ajouta-t-elle avec fierté.

– Ah ! dit Nicolas, épaté.

Ils continuèrent sans un mot, une espèce de gêne leur était tombée dessus, eux-mêmes en paraissaient surpris. Ils atteignirent l'entrée du RER, Nicolas tendit le bras, ils commencèrent à se serrer maladroitement la main, c'en était ridicule, alors Justine proposa sa joue et Nicolas avança ses lèvres. Deux bises claquèrent.

– Tu sais, ce que je t'ai dit tout à l'heure. Pour Alex.

Elle lui coupa la parole :

– T'inquiète, je gère.

Aussitôt, elle lui tourna le dos et se mit à descendre les escaliers. Il resta à l'observer jusqu'à ce qu'elle ait complètement disparu.

Contrairement à toutes les convenances, contrairement à tous les petits règlements intérieurs qui régissaient ses rapports intimes avec les hommes, contrairement aussi aux avertissements donnés par Nicolas, Justine appela Alex plusieurs fois de suite, dès le surlendemain soir, lui laissant des messages qui se voulaient dégagés et empreints d'humour mais qui, par le fait même qu'elle les avait passés, témoignaient de sa fébrilité et de son état de manque. Très vite, Alex restant muet, Justine fut submergée par une angoisse irrationnelle ; elle n'eut plus la tête à rien et au travail encore moins. De son bureau, elle passait son temps à accéder à distance aux messages de son répondeur, afin de vérifier que son téléphone était toujours branché et qu'il n'avait pas, subrepticement, sournoisement, décidé de ne plus enregistrer les appels entrants. Le soir, elle ingurgitait en un rien de temps une dose d'alcool qui la mettait K-O et passait le reste de la soirée affalée dans son canapé à s'abrutir de séries américaines ineptes. Souvent elle appelait Ahmed. Pendant de longs moments, ils passaient et repassaient en revue les micro-événements qui avaient jalonné les neuf heures de sa rencontre avec Alex – tel mot qu'il avait prononcé, tel comportement qu'il avait eu – et qui suggéraient que, inéluctablement, il allait la rappeler. Parfois, un sursaut d'orgueil la saisissait. Elle se reprochait son comportement infantile et sa lâcheté. Elle se sentait mieux mais cela durait peu, presque aussitôt elle replongeait.

Trois jours passèrent. Soixante-douze heures d'angoisse délirante et de tiraillements à se demander si elle ne devait pas d'emblée classer Alex sous le fameux index *sombres abrutis* de son petit répertoire. Et puis le samedi matin, contre toute attente, il l'appela, lui fixant rendez-vous au *Bazooka* le soir même. Elle fut joyeuse et frénétique toute l'après-midi. Elle appela des copains qu'elle n'avait pas vus depuis des lustres pour s'enquérir avec gravité de la santé – généralement vacillante – de leur couple ou de leur célibat, alors qu'elle ne désirait qu'une chose : leur hurler son bonheur. Elle sortit à l'air libre. Elle voulait respirer. Elle voulait dépenser. Elle oublia l'état pitoyable de son compte en banque, acheta d'un coup trois paires de chaussures, dont une qu'elle inaugurerait pour l'occasion. Elle se fit faire un balayage et passa deux bonnes heures à peaufiner le vernis de ses ongles. Jamais elle n'avait été aussi heureuse.

Quand elle entra dans le club, Alex faillit ne pas la reconnaître. Il n'y avait pas que sa tenue – elle avait opté pour une robe moulante qui lui donnait un air sexy chic, doublé d'un côté apprêté et carrément rombière à ses yeux, en tout cas bien moins bandant que sa tenue d'amazone de la semaine précédente –, il y avait surtout son attitude. Elle ne cessait de vouloir le picorer de petits baisers, de lui passer la main dans les cheveux, de lui effleurer les fesses en ricanant. Tout ce qui constituait pour lui l'intérêt de Justine, son originalité, son insolence, son assurance espiègle et provocatrice, semblait s'être fondu dans quelque chose de déplaisant. Il avait quitté une prima donna arrogante pour retrouver une nana, certes mignonne, mais un peu ordinaire et terriblement collante.

Justine sut très vite que son attitude n'était pas la bonne. Chacun de ses mots, chacun de ses gestes devenait à l'évidence inopportun aux yeux d'Alex. Et pourtant elle ne pouvait s'empêcher ni de les dire ni de les faire, toute autonomie de pensée lui avait été ôtée, elle avait la sensation détestable d'avoir subi une sorte de putsch cérébral qui s'était emparé de son libre arbitre et l'avait privée de sa faculté d'agir en fille sensée. Malgré cela, ils rentrèrent en voiture vers la banlieue. Cette fois, Alex monta à côté de son frère. Très vite, il s'endormit – ou fit semblant. Un silence glacial envahit l'habitacle jusqu'à l'arrivée. Ils baisèrent mais le sexe fut moins joyeux, plus technique.

Par la suite, jamais Alex ne répondit aux messages de plus en plus dénués d'amour-propre que Justine lui envoya. Tous les vendredis et tous les samedis, elle se rendait au *Bazooka* pour voir s'il y était, mais ce n'était jamais le cas. Elle devint comme folle. Au bout de cinq semaines, sur un coup de tête, elle s'engouffra dans le RER. Il était près de 20 heures quand elle sonna au portail du pavillon. Elle n'avait rien à perdre, elle était pleine d'une énergie malsaine qui lui aurait fait affronter la pire des mortifications. La porte s'ouvrit sur Nicolas. Il descendit les quelques marches qui menaient du jardin à la rue.

– Alex est sorti.

Puis :

– Entre si tu veux.

Elle accepta.

De voir cette maison vide de la présence d'Alex mais emplie d'objets lui appartenant, d'objets qu'il avait touchés et qui constituaient son quotidien – un quotidien dont il lui condamnait irrémédiablement l'accès –, elle ne put se retenir d'exploser en larmes. Nicolas la prit dans ses bras, délicatement. Aussitôt, elle se mit à décharger sur lui le poids incommodant de sa tristesse et de sa rancœur. Ils s'assirent dans le canapé côte à côte. Nicolas l'écoutait, lui préparant des verres et des verres de gin tonic, lui passant des kleenex quand l'effet mêlé de l'alcool et de sa hargne amoureuse culminait en de longs sanglots irrépressibles. Soudain, alors qu'il n'avait pas encore prononcé un mot, il la regarda dans les yeux.

– Alex est un salaud. Je l'adore, c'est mon frère, il n'en reste pas moins que c'est un salaud. Qui plus est un salaud de vingt et un ans qui plaît aux nanas. Je ne sais pas comment tu as pu imaginer. Tu m'as l'air un peu plus intelligente que ça.

– Je suis une pauvre conne, voilà ce que je suis.

– Alex est exactement le genre de mec qu'une fille comme toi devrait fuir.

Elle le regarda bouche bée. Il mettait tant d'ardeur et de gentillesse à la comprendre et à l'écouter qu'elle ne put s'empêcher de lui demander :

– Dis-moi, tu n'es pas un peu homo ?

Il sourit.

– Pas que je sache.

– Tu n'as pas de copine ?

– Pas que je sache non plus.

Au milieu de ses larmes, Justine éclata de rire. Nicolas, heureux de la voir soulagée, l'imita. Elle eut alors pour lui, pour sa retenue, pour son empathie, pour sa présence discrète et salutaire, une admiration soudaine. Elle tendit la main et lui caressa la joue d'un geste simple, affectueux. Il se pencha doucement vers elle. Très vite leurs lèvres se rencontrèrent, leurs langues se mêlèrent. Ce fut un baiser libérateur pour l'un comme pour l'autre.

Pour des raisons tordues qui tenaient peut-être à la façon mélancolique dont il envisageait ses relations avec les femmes – à commencer par sa mère, qu'il avait toujours perçue comme une figure de martyr –, Nicolas tomba amoureux de Justine, s'imposant comme mission de la sauver de son malheur, des hommes qui la terrassaient en permanence, du mal qu'elle s'infligeait et de bien d'autres choses encore qui avaient toutes à voir avec le très peu de considération qu'elle accordait ordinairement à sa propre personne. Il était conscient du danger que représentait la présence assidue de son frère mais il avait évalué que c'était probablement la seule façon, dans les premiers moments en tout cas, d'amener Justine à lui. Il misa sur le génie du temps, mais aussi sur sa persévérance, sur sa pugnacité, sur son inépuisable réserve de bienveillance et de tendresse envers elle.

Justine s'incrusta dans la maison des deux frères. A priori, le bénéfice semblait double. Cela représentait surtout, on l'aura deviné, une position bancale, intenable, témoin d'un dédoublement nuisible de sa personnalité amoureuse et d'une mésestime de soi considérable. Aucun des deux hommes n'était réellement dupe des motifs qui la poussaient à agir de la sorte. Nicolas naviguait à vue, en gardant le cap et en état de vigilance permanent. Alex, quant à lui, était doté d'un tel culte du moi qu'il ne souhaita pas s'encombrer de la voir autrement que comme *la fille que se tapait son frère.* Ce fut même comme s'ils n'avaient jamais couché ensemble, il entretenait à son égard une stratégie d'évitement civil, désengagée de tout affect et du moindre rapprochement physique. Justine souffrait bien évidemment de ce jeu où elle était à la fois convoitée par l'un et ignorée, voire méprisée par l'autre. Quand Alex ramenait une fille, par exemple, Justine était morte de jalousie mais tentait de n'en rien laisser paraître, ce qui, il faut en convenir, était pire que tout, pour elle comme pour Nicolas.

Néanmoins, la fréquentation régulière des deux frères fit que leur quotient qualités/défauts, au départ largement favorable à Alex, s'inversa progressivement au bénéfice de Nicolas. Alex, étudiant aux Beaux-Arts, se révéla parfaitement égocentré, le prototype de l'artiste arrogant qui crache sur le monde de l'art contemporain en espérant y occuper un jour une place privilégiée. Justine, qui avait de ses compatriotes une vision plutôt morose, trouva qu'il y avait un côté très français dans sa façon de dénigrer constamment ce à quoi il aspirait réellement. Et puis, quand elle découvrit son œuvre picturale – en réalité quand Nicolas, à l'insu de son frère, la lui fit insidieusement découvrir dans le grenier où Alex avait ses habitudes d'artiste –, elle trouva qu'il n'y avait *vraiment pas de quoi casser trois pattes à un canard*. Peu à peu, il redescendit de quelques marches le podium où la jeune femme l'avait installé depuis leur rencontre. Il devint moins beau, plus réel, plus insignifiant.

Nicolas, pour sa part, était conscient – de nombreux échecs amoureux le lui avaient enseigné – qu'il ne fallait pas encombrer Justine de démonstrations étouffantes où elle se serait sentie comme une otage ; il sut trouver la bonne assiette entre présence et détachement. Il se montrait par ailleurs tellement disponible, il l'entourait de tellement de considération qu'elle fut satisfaite de regagner sa place de petite princesse adorée qu'elle occupait précédemment dans son groupe. Et puis la baise avec Nicolas lui plaisait. Elle n'était pas aussi animale, pas aussi spectaculaire qu'avec Alex, mais elle regorgeait de petites intentions astucieuses, Nicolas s'ingéniait constamment à la satisfaire, parfois au détriment de son propre plaisir.

Malgré tout, au bout de quelques semaines, Justine s'ennuya avec l'un comme avec l'autre des deux frères. Elle revit sa bande, sortit, rencontra des types et coucha avec eux, mais toujours elle s'en retournait vers Nicolas qui était devenu son confident attitré et, par-dessus tout, son repère. Un roc, doué d'une patience inébranlable, auquel elle revenait s'accrocher, encore et encore.

Suivirent deux ans d'allées et venues entre lui et de nombreux autres, deux années de relations avortées et malfaisantes qu'on aurait eu beaucoup de mal à qualifier d'amoureuses ou même de sentimentales. À l'issue d'une humiliation particulièrement vacharde exercée par un mec particulièrement immature, elle revint vers Nicolas et décida de n'en plus repartir. Elle eut la sensation de poser enfin ses valises après un long voyage de presque vingt-sept ans qui l'avait complètement lessivée.

Dès lors, Justine se résigna à n'être pas complètement amoureuse de Nicolas, à ne pas partager équitablement – comme ses utopies adolescentes le lui laissaient espérer – *un amour immense avec quelqu'un qu'elle aurait follement aimé et qui l'aurait en retour follement aimée.* Au début, elle se désolait parfois d'être avec Nicolas – *seulement avec Nicolas*, nuançait sa pensée. L'enfant en elle regrettait tous les Alex qu'elle avait eus dans son existence et qui, au lieu de la contenir comme Nicolas le faisait, au contraire l'éclataient en mille morceaux. Elle n'était pas aveugle ou idiote ou insensible au point de ne pas mesurer la chance qu'elle avait eue de le rencontrer. Non seulement il la contenait mais aussi il lui donnait l'assurance qu'un jour sa vie trouverait un sens. Justine, en bonne fille de la génération X – celle qui n'avait connu que le déclassement, le déclin, la précarité –, ressentait avant tout le besoin d'être en permanence rassurée. Heureusement, c'était exactement ce à quoi s'employait Nicolas. Il convoquait l'espoir, tandis qu'Alex et ses semblables appelaient, eux, à l'illusion et au vide.

Adèle naquit onze mois après l'établissement définitif de leur relation. Pour Justine, ce fut comme un éblouissement. Elle se sentit troublée jusque dans sa chair par cet attachement nouveau, par ce mélange de dépassement de soi et de dépendance à l'autre, par cette dévotion inhabituelle, à la fois douce et acharnée, pour un être vivant. Tout cela, ajouté à l'extrême fatigue qu'elle ressentait – comme si, pour une fois, elle était allée au bout d'elle-même, physiquement –, lui procura le sentiment d'avoir accompli quelque chose d'essentiel. Cependant, sans doute parce qu'il lui était impossible d'être en paix de manière durable avec l'idée d'achèvement, elle craignit de ne pas être à la hauteur de sa nouvelle tâche, elle redouta surtout de se retrouver à nouveau jugée, rabaissée comme elle l'avait été toute son enfance par son père, aux yeux duquel rien de ce qu'elle entreprenait n'était jamais ni assez visible ni assez fort. Par le jeu d'une rhétorique d'humiliation bien rodée, n'importe quel succès obtenu en classe, n'importe quel progrès observé sur un terrain de sport ou à un cours de musique se transformait aussitôt en un échec ou une insuffisance. *À cause de lui, je me suis uniquement construite sur la haine et le discrédit de moi-même, il a saccagé mon amour-propre, qu'est-ce que je peux bien espérer transmettre à ma propre fille?* se disait Justine en couvrant Adèle de petits baisers protecteurs et inquiets.

Leur deuxième enfant, ils l'avaient eu parce que Nicolas l'avait suppliée pendant des années et qu'à partir d'un certain moment, avec un type aussi généreux, aussi réglo, aussi aimable – dans tous les sens du terme –, il fallait bien accepter de rendre la monnaie, de lâcher un peu. Lui voulait construire une famille. Reconstruire une famille plus exactement, à l'image de celle qui s'était consumée dans les entrailles d'un zinc pourri sur le sol du Sud-Vietnam. Selon ses normes, un seul enfant ce n'était pas une vraie famille. Donc, cinq ans après Adèle, il y eut Hector.

Justine ne fut jamais dupe de ce que la maternité – et, plus largement, la vie de famille – pouvait lui apporter. Elle mesurait toute la difficulté et l'âpreté qu'elle éprouvait à donner autant, elle qui n'avait été jusqu'à présent généreuse envers personne, et surtout pas envers elle-même. À l'inverse, Nicolas se révéla merveilleux dans le rôle de père. Justine le jalousait parfois de se livrer à toutes les pitreries imaginables pour faire rire leurs enfants, à user de tous les subterfuges pour les faire manger, à développer une patience infinie pour les faire dormir. Justine faisait de son mieux mais quelque chose l'empêchait d'être tout à fait avec eux, disponible. La plupart du temps, elle se tenait là, joyeuse malgré tout, mais à distance. Ce n'est qu'au prix d'efforts considérables qu'elle finissait par donner le change et faire comme si, qu'elle acceptait de participer à leurs jeux et d'être finalement un peu heureuse. Elle avait conscience que, bien qu'étant tout le contraire d'une mère indigne, elle avait raté quelques marches du grand escalier qui l'aurait menée au titre de maman la plus formidable de tous les temps. Elle aimait ses enfants, c'était sûr et même indiscutable, mais elle les aimait différemment des autres mères. Elle refusait d'aller contre sa nature, de se glisser dans la peau d'une autre, qui n'aurait été qu'une fabrication idéalisée et normative de sa pensée, dont elle aurait reproduit mécaniquement les gestes et les paroles sans les comprendre ou sans les ressentir réellement. Elle n'avait jamais éprouvé, par exemple, de complicité vis-à-vis de ces regards de reconnaissance et de respectabilité que les gens lui lançaient dans la rue. Elle acceptait du bout des lèvres leurs sourires de connivence, leurs délicatesses intrusives, leurs cajoleries abêtissantes, mais elle n'en retirait aucune fierté, aucun apaisement, aucune compensation. Contrairement aux autres femmes qu'il lui arrivait de croiser, elle n'avait pas le sentiment d'appartenir à la race supérieure des mères, celles qui enfantent les héros des temps à venir, celles qui ont certes tous les devoirs, mais qui ont aussi tous les droits. Justine éprouvait à l'égard de ses enfants un

sentiment ambivalent, fluctuant sans cesse entre attachement et ressentiment. Elle avait parfois honte de ne pas
les aimer de manière inconditionnelle mais la conscience
aiguë qu'elle avait d'elle-même, de sa propre instabilité,
de son propre inconfort, l'empêchait le plus souvent d'y
faire quoi que ce soit. Son immaturité l'avait condamnée
à n'être classiquement qu'une pauvre et bonne mère,
fragile, peu structurante, avec la conviction – en dépit
de toute la bonne volonté qu'elle y mettait – d'avoir
accumulé erreur sur erreur et surtout d'avoir été incapable de transmettre à sa progéniture cette aptitude au
bonheur dont elle était elle-même si tristement dépourvue. Maintenant, avec le recul, elle estimait qu'elle lui
avait inculqué les quelques valeurs humanistes qui
étaient malgré tout le terreau de son éducation et celles
qu'intellectuellement – par son expérience et sa culture –
elle savait bonnes et légitimes ; et puis elle leur avait
transmis le courage et la persévérance, le goût d'essayer
aussi, de prendre des risques. *C'est au moins ça*, se
disait-elle, un peu rassurée.

II

Justine posa sa main à plat contre la porte de la chambre d'Adèle et la gratta doucement avec ses ongles.

– C'est moi. Je peux entrer ?

La voix de sa fille lui parvint, assourdie, emplie de lassitude :

– C'est ouvert, maman. C'est toujours ouvert, tu sais.

Justine poussa la porte. Adèle était allongée sur le ventre, un épais ouvrage entre ses mains. Justine reconnut *Le Capital au XXIᵉ siècle* de Thomas Piketty, l'unique cadeau qu'Adèle avait souhaité recevoir pour son anniversaire, deux semaines auparavant.

– Adèle, tu vas venir, hein ?

Elle leva la tête vers sa mère.

– Maman, nous savons exactement, toi et moi, comment cette discussion va se dérouler.

Puis, sur un ton débordant d'une irrévérence calme et posée :

– Je vais d'abord te dire la stricte vérité, qui est que je n'ai pas la moindre envie de passer trois jours chez cet atroce réac. Toi, tu vas me répondre : un, que je n'ai que dix-sept ans et qu'à dix-sept ans, je cite, *on ne fait pas nécessairement tout ce que bon vous semble, mademoiselle*. Deux, que ce réac est quand même mon grand-père. Trois, que ta mère, ma grand-mère donc, sera *trèèèèèès* heureuse de voir sa petite-fille. Tu vois, c'est le genre de discussion qui me fatigue rien que d'y penser. Contrairement à toi, je déteste les causes perdues d'avance. Bien sûr que je viendrai. Est-ce que je peux faire autrement ?

Justine se raidit.

— Comment ça, contrairement à moi ?

— J'ai dit ça comme ça. Ça n'a aucune espèce d'importance.

— Permets-moi de te rappeler que tu ne dis jamais rien au hasard, Adèle. Tu es, de tous les gens ici, à part moi peut-être, celle qui a le plus conscience de la signification et du poids des mots.

— Arrête de faire ta psy, s'il te plaît. Oublie, maman, lâche le morceau, dit Adèle en tournant négligemment la page de son livre. Je viendrai, ça devrait te suffire, non ?

Mais Justine ne voulait pas lâcher :

— Sache que je ne suis moi-même pas très ravie de fêter Noël chez tes grands-parents. C'est ton père qui a insisté pour passer ce qu'il appelle *un vrai Noël*. Je ne sais pas exactement ce qu'il entend par là mais...

Adèle lui coupa la parole :

– Maman, je ne veux pas être l'otage de tes discussions avec papa. Si tu as des choses à résoudre avec lui, fais-le directement, s'il te plaît, sans passer par la case enfants.

Justine ne sut quoi répondre et sortit, en colère.

Comment avait-elle pu engendrer une enfant si cool, si confiante en soi et en l'avenir ? Justine était démunie devant l'extrême décontraction des gens, devant celle d'Adèle en particulier, qui la renvoyait à sa nervosité et à son inquiétude, à son manque total de désinvolture justement. Elle détestait se le dire mais elle y voyait le même détachement narcissique que chez son oncle Alex, l'intelligence en plus. Intelligente, Adèle l'était. Anormalement douée, pourrait-on dire. À seize ans, elle avait déjà décroché son bac. Aujourd'hui, elle était en fac d'économie, avec Sciences po en ligne de mire. Elle avait, quoi qu'elle en dise, hérité de sa mère et de son grand-père la version relax de cette contrariété chronique vis-à-vis du monde qui l'entourait. Depuis deux ans, elle s'était investie dans des luttes, des associations, des manifs et forgé une conscience politique désengagée de tout endoctrinement partisan. Elle était devenue une petite bille de ressentiment libre et nonchalante, dure et compacte, façonnée par l'amertume face à la marche des choses et à l'état toxique dans lequel ses aînés – et parmi eux ses parents – leur avaient laissé la planète. Elle estimait que c'était maintenant à elle – et à ses millions d'amis connectés sur les réseaux sociaux – de faire le sale boulot de nettoyage en tentant, si possible, d'être un peu plus inventif et un peu moins égoïste.

Justine se demandait comment Adèle pouvait être aussi engagée alors qu'elle-même avait totalement démissionné, depuis pas mal de temps – combien ? cinq, six, dix ans ? –, de son rôle de citoyenne modèle et avait sacrément revu à la baisse le crédit qu'elle accordait aux institutions et à leurs représentants légitimes. Comme la plupart des gens de sa génération – cette *génération martyre*, comme on la nommait –, elle avait vécu très tôt la douleur d'un monde desenchanté, précaire, malade, violemment exposé au divorce, au chômage, à la débrouille, à l'effondrement de ses valeurs fondamentales, à la montée en puissance de l'argent roi, à la haine de soi et surtout de l'autre. Dans sa jeunesse, Justine avait été farouchement et activement de gauche, son histoire familiale l'y conduisait naturellement. Et puis, peu à peu, l'échafaudage sur lequel elle avait élaboré sa conviction qu'un autrement était encore possible – malgré l'état pitoyable du monde qu'elle avait reçu de ses propres parents – s'était fissuré pour complètement s'écrouler au fil des nombreux rendez-vous électoraux successifs. Elle se contentait maintenant de hurler avec les loups contre les dysfonctionnements du système, le capitalisme sauvage et sans visage, la précarité, les inégalités, l'insanité du pouvoir de la Finance, l'hypermédiatisation de la souffrance et toutes sortes de choses qui la révulsaient, sans qu'elle tente d'y remédier de quelque manière que ce soit. Sa colère adolescente s'était muée en une colère adulte, assourdissante, à la fois incontenable et silencieuse. Elle avait grossi les rangs de tous ces désabusés qui ne croyaient plus en rien, et surtout pas à la glose politicienne ; elle se sentait submergée, véritablement étouffée par le flot ininterrompu des messages de plus en plus accablants qui lui parvenaient du monde. Récemment, elle avait observé avec colère les mouvements revendicatifs qui s'étaient organisés autour du mariage pour tous. Elle s'était sentie honteuse d'être française, d'appartenir à une nation si délibérément rétrograde, si phobique sur tant de terrains. En réalité, elle se sentait perdue, ne se retrouvant plus dans aucune parole, dans aucune cause, dans aucun parti.

Ils prirent la route le 23 décembre, un lundi, en direction de la Bretagne où résidaient les parents de Justine. Adèle était enfoncée dans son siège, Nirvana dans les oreilles et l'*Antimanuel d'économie* de Bernard Maris entre les mains. Hector, l'esprit et les doigts entièrement dédiés à sa Nintendo 3DS, n'arrêtait pas de gesticuler. Son corps était en permanence agité de soubresauts irrationnels, maladroits, et quand il ne parlait pas – ce qui était somme toute assez peu fréquent –, il fredonnait, très bas, des paroles incompréhensibles, un tic qui lui avait valu le surnom de *bruit de fond* dans sa famille. Contrairement à l'avis de certains pédopsychiatres qu'elle avait consultés – et parmi eux, nombre de ses amis –, Justine refusait de le classer sous l'étiquette *hyperactif*. Il en avait pourtant pas mal de symptômes, à commencer par une difficulté persistante à se concentrer sur une tâche, n'importe quelle tâche, scolaire ou domestique, et une prédisposition marquée à se laisser distraire par le plus insignifiant stimulus extérieur.

Justine se retournait de temps à autre pour l'inviter à se calmer. C'était en général quand Adèle tirait le signal d'alarme et déclarait posément qu'elle en avait plus qu'assez que son frère *se tortille comme un véritable psychopathe.*

Au bout de deux heures de voyage, la nuit tomba et Hector lui-même finit par baisser pavillon et s'endormir, les doigts incrustés dans sa console. L'habitacle, tandis qu'il se faisait lentement grignoter par l'obscurité, s'emplissait d'une atmosphère rassurante. Justine avait toujours aimé ces longs voyages nocturnes et silencieux, bercés par les ronronnements assourdis du moteur. Nicolas conduisait avec une application sévère, le menton très légèrement relevé, les yeux fixés loin en amont de la route, continuellement à l'affût du danger. Les années ne l'avaient que peu abîmé. Le sport, la consommation extrêmement modérée de graisses et d'alcool, plus généralement sa tempérance en toute matière lui avaient épargné les affaissements musculaires et la ventripotence qui semblaient menacer tous les hommes de sa génération. Bien sûr, son travail de directeur administratif et financier l'avait tellement secoué qu'il s'était durci mentalement. Son visage et son corps en portaient dorénavant les stigmates – ils étaient l'un et l'autre devenus plus secs, moins amènes –, mais, en privé, il avait conservé cette gentillesse, cette empathie, cette capacité d'écoute qui étaient sa marque de fabrique. Justine tourna la tête et resta quelques secondes à observer son mari. Le visage appliqué de Nicolas l'apaisait. C'était le seul visage capable de l'emplir d'un tel sentiment. Malgré toute l'étendue de la suspicion qu'elle éprouvait vis-à-vis du monde extérieur, elle avait, d'une manière générale – et tout particulièrement à cet instant –, une confiance infinie dans la capacité de Nicolas à les protéger, elle et ses deux enfants, de toute intrusion, de toute menace, à les conduire à bon port, n'importe où, et même jusqu'au bout du monde. Nicolas perçut le regard de Justine et tourna la tête un bref instant.

– Ça va ? murmura-t-il.

Justine, qui détestait les démonstrations d'affection trop explicites – en donner comme en recevoir –, posa sa main sur la cuisse de son mari pour le rassurer. Nicolas la prit dans la sienne et la porta à ses lèvres. Puis :

– Ça dort là-dedans ? dit-il en désignant l'arrière du véhicule d'un léger coup de tête.

Justine acquiesça. Nicolas eut un sourire de satisfaction qui perdura quelques longues secondes. On sentait qu'il était fier de trimbaler sa petite famille dans son SUV de fonction, fier d'être mari et père, fier de travailler dans une grande entreprise internationale et d'être en mesure de leur assurer un train de vie plus que convenable, fier enfin d'être le garant de leur sécurité et de leur bien-être.

Ils débarquèrent peu avant 23 heures devant une grande bâtisse en granit tout en angles, que le grand-père maternel de Justine avait quasiment construite de ses mains dans les années cinquante et où ses parents s'étaient installés à leur retraite. Colette les accueillit joyeusement, emmitouflée dans une robe de chambre en polaire d'un rose fané très pâle, le cheveu raide et effiloché qui se dressait droit sur sa tête comme une copie grotesque d'*Eraserhead* dans la lumière des phares. Elle se jeta sur eux. Ses gestes étaient empressés, elle poussait des onomatopées de contentement qui ressemblaient aux jappements d'un petit chien affamé ; elle voulait embrasser tout le monde à la fois, prodiguer équitablement ses témoignages d'affection. Justine s'approcha de sa mère.

– Il dort ? dit-elle en jetant un œil sur une fenêtre à l'étage.

Colette se recroquevilla comme un petit animal battu.

– N'empêche, il aurait pu…, continua Justine.

– Ne commence pas, implora Colette dans un murmure.

Justine dormit mal. Cette maison, qui était celle de ses étés d'enfance, avait nourri son sommeil de réminiscences inconfortables. En rêve avaient défilé brutalement, comme des coups de cutter infligés à la marche du temps, les journées d'ennui qu'elle y avait passées, l'amour flou et bienveillant de ses grands-parents, leurs habitudes monotones auxquelles ils lui enjoignaient de se soumettre.

Elle se leva tôt, vers 7 heures, et descendit dans la cuisine pour se faire un café. L'eau gargouillait par à-coups dans la cafetière entartrée en émettant des grognements étouffés quand une porte s'ouvrit bruyamment. Justine se retourna, son père s'avançait vers elle.

– Tu fais du café ? J'en prendrais bien une tasse, dit Joseph avec une nonchalance calculée.

Il s'assit à la table de la cuisine et se mit à feuilleter l'un des nombreux magazines people qui l'encombraient tout en fustigeant par des soupirs excédés la pauvreté de son contenu éditorial. Justine fut à deux doigts de lui envoyer en pleine figure le *Bonjour* qu'il avait sciemment omis de lui donner, mais elle se retint. Elle resta quelques secondes à l'observer. Il était toujours aussi massif. Un casque de cheveux blancs, drus et solides, couronnait son visage carré qui s'était aujourd'hui affaissé de manière notable vers le menton. Il en imposait, il l'avait toujours fait, aux étrangers comme à sa famille. Ses yeux vifs, petits, tendus, lourdement encombrés par le poids de leurs paupières, émettaient continuellement des signaux d'hostilité. Ses joues étaient parcourues d'entrelacs veineux d'un rouge crépusculaire dus à l'effet vivifiant du grand air de cette région maritime et à un excès de bouffe et de bon vin. Le regard de Justine se posa sur les mains de son père. C'étaient deux énormes battoirs, d'une puissance irrésistible, dont elle avait très tôt appris à se méfier. Elle se raidit. Une douleur ancienne se réveilla dans le creux de ses reins et lui zébra l'échine. La cafetière émit quelques grognements plus prononcés. Justine s'empara d'un bol, le remplit et le posa devant son père. Joseph leva lentement la tête.

– Ça va, la *petite* vie à Paris ?

L'adjectif sonna comme une claque aux oreilles de Justine.

– Ça va, c'est gentil de t'inquiéter, Joseph.

Très tôt, il avait insisté pour que ses deux enfants le désignent par son prénom, bannissant de sa maison l'appellation *père* et, plus que tout, ses dérivés infantilisants.

– Mais encore ? insista-t-il.

– Petit boulot, petit appartement, petit train-train. Tout est toujours un peu étriqué à Paris si tu t'en souviens. Et ta *petite* vie à toi, elle va comment ?

Joseph eut un léger sourire.

– Oh, tu sais, la province. On s'enfonce chaque minute un peu plus. C'est le désespoir, ici. L'exil, en ce qui me concerne. Le bord de mer m'a toujours fait chier. Tout est trop plat dans ces bleds. Moi j'aime la hauteur. L'horizontalité m'abat, la verticalité me stimule.

– Et ton *grand* roman français, ça avance ?

Joseph la fusilla du regard. L'adjectif *grand*, sonnant comme une vengeance, avait fait mouche. Justine regretta aussitôt, elle n'avait pas envie de se battre, pas à cette heure-ci, pas avec lui. Leurs rapports avaient tellement été fondés sur de l'antagonisme que c'en était devenu un mode de fonctionnement inaltérable. Se plaçant en porte-à-faux vis-à-vis de toute chose et de toute opinion étrangère, Joseph avait inoculé à sa fille ce virus de l'obstruction systématique dont elle n'était malheureusement jamais parvenue à se débarrasser. Au cours des dix-huit ans qu'elle avait passés à ses côtés, son père lui avait appris à aboyer. C'était – par atavisme familial, pourrait-on dire – ce qu'elle faisait depuis des décennies.

– Oui, j'écris toujours, si c'est ça ta question.

– Et... hum... ça parle de quoi ? bafouilla Justine, moins sûre d'elle à présent. Tu as un titre ?

– J'hésite encore. À une époque j'avais envie de l'appeler *Le Massacre hexagonal.*

– C'est politique, j'imagine ?

– Bien sûr que c'est politique, dit-il, cassant.

Toute sa vie, Joseph avait souhaité devenir écrivain. Il s'était frotté à tous les genres, à tous les formats. En près de cinquante ans, il avait aligné pas moins de quarante œuvres qui lui avaient été systématiquement refusées par les éditeurs, hormis un seul ouvrage qu'une minuscule maison, quasi inconnue, avait, on ne sait pourquoi, accepté de publier. Le livre, une sorte de bluette politico-sentimentale sur fond de révolution prolétarienne, avait stagné à exactement 253 exemplaires.

Depuis une dizaine d'années maintenant, Joseph passait le plus clair de son temps à rédiger son fameux *roman français* sans jamais le terminer.

Colette déboula dans la cuisine, pomponnée, fraîche, souriante. Elle se jeta sur Justine et l'embrassa sur les deux joues.

– Oh ma chérie, tu as fait du café. Comme c'est gentil ! Tu as bien dormi ? Tu t'es levée un peu tôt, non ? Tu n'avais pas envie de faire une bonne grasse matinée ?

Quand elle était de bonne humeur, Colette babillait. Le débit ininterrompu de ses paroles s'apparentait à une longue mélopée, un chant récitatif monocorde avec, de temps à autre, des envolées pointues, auquel plus personne ne faisait vraiment attention. Elle caressa la joue de sa fille.

– Le voyage a dû te fatiguer. Tu dois être complètement crevée, non ?

Puis, sans attendre de réponse, en désignant les étages d'un coup de tête :

– En tout cas, j'ai l'impression que tout le monde dort là-haut. On entendrait une mouche voler.

Colette était simple, directe, naturellement affectueuse, sans arrière-pensées. Elle aimait l'évidence des choses comme celle des situations et ne s'acharnait jamais à les compliquer inutilement. Elle ne craignait pas non plus les tautologies et les répétitions. Elle disait *Attention à ne pas vous couper !* quand on cassait un verre ou *Soyez prudents sur la route !* quand on prenait le volant. Elle adorait pimenter sa conversation d'idiomes et d'expressions populaires, parfois usées jusqu'à la corde. De temps en temps, elle s'emmêlait les pinceaux, mettait *les pendules sur les « i »*, *un pompon sur le gâteau* ou bien encore *essuyait les pots cassés*. Son mari, en garant absolu de l'intégrité de la langue française, la reprenait avec mépris, ce dont elle n'avait que faire.

Pour Justine, ses parents représentaient le parfait archétype de l'aliénation matrimoniale : l'intellectuel cynique à tendance colérique et dominatrice associé à l'optimiste bon enfant, à tendance masochiste et disciplinée. Le yin et le yang de la névrose maritale. Deux contraires qui s'emboîtaient, un appariement on ne peut plus classique.

Le couple s'était rencontré sur les bancs de l'université de Nanterre. Joseph était le produit de deux banlieusards modestes, tous deux instituteurs, tous deux fervemment socialistes, qui l'avaient nourri au lait de l'anticapitalisme, de l'anticléricalisme, de la laïcité. Lui se voulait plus radical, il trouvait molle la pensée de ses parents qui, tout en critiquant ouvertement le système, avaient fini par se plier docilement à ses exigences. À l'instar des situationnistes dont il revendiquait les principes, il contestait aussi bien l'aliénation du travail que la société des loisirs. Colette tomba immédiatement amoureuse de ce libertaire si véhément, si déterminé, qui l'entraîna – sans qu'elle adhère jamais réellement à leurs fondements – à vivre à grande échelle l'effervescence des événements de Mai 68. Ce furent des semaines comblées où l'exaltation de la foi révolutionnaire se combinait à la volupté des échanges intimes. La vie avait le goût de la provocation, du sang et du sexe. En juillet, il y eut les inévitables compromis syndicaux destinés à sortir de l'ornière de la grève générale et l'instauration d'un nouveau gouvernement, aussi inconsistant à ses yeux que le précédent. Joseph redescendit brutalement de son petit nuage. Il se sentit floué par ce qui lui apparaissait comme un compromis dégradant. *Tout ça pour ça !* s'était-il dit avec amertume. Quelques mois après la rentrée de septembre, il prit la décision de fuir le système universitaire, répressif et inégalitaire, et stoppa net ses études. Désormais, il voulait se consacrer à son art et devenir écrivain. Fidèle à ses convictions, il refusa par la suite de s'asservir à un quelconque travail et se contenta d'exécuter de temps à autre des piges pour des fanzines anticapitalistes où il déversait tout son fiel contre la société ultralibérale qui avilissait et exploitait les gens, et tout particulièrement les gens comme lui. Se drapant dans sa crispation d'artiste inassouvi, il vécut dès lors aux crochets de sa femme, ce qui ne semblait pas choquer outre mesure ses convictions révolutionnaires de liberté et d'indépendance.

Joseph appuya ses paumes contre le bois de la table, déploya lentement, vertèbre après vertèbre, son mètre quatre-vingt-cinq, puis sortit en bâillant bruyamment, sans un mot ni un regard pour aucune des deux femmes.

Quel goujat ! pensa Justine, ulcérée, tandis que sa mère, coutumière de ces impolitesses, s'emparait du bol vide de son mari pour le déposer dans l'évier. Justine l'observa pendant qu'elle faisait la vaisselle. La retraite l'avait très légèrement amollie. Elle était toujours aussi avenante, aussi charmante, aussi souriante, mais dorénavant elle portait sur ses épaules le poids d'une sorte d'ennui. Toute sa vie, elle avait été animée par le travail, comme une petite marionnette agitée, laborieuse, prodiguant son savoir-faire et son expérience à de futures conseillères de beauté, au sein d'un service de formation qu'elle avait monté de toutes pièces à l'issue de ses études en sciences sociales. Arrivée à la soixantaine, on l'avait remerciée de tous côtés, on lui avait offert un robot KitchenAid et la quasi-intégralité de ses accessoires, on avait prononcé à son intention plusieurs discours qui témoignaient de l'importance capitale que son travail, sa générosité, sa présence avaient revêtue pour le service, pour l'entreprise dans son ensemble, mais, ce faisant, on avait aussi coupé net les fils qui l'actionnaient et la mécanique générale du petit automate s'en trouva évidemment affectée. Pour se sentir encore utile, Colette s'était engagée dans mille activités au sein de mille associations caritatives ou de loisirs mais le travail, le vrai travail, celui dont on vous gratifie par un salaire, par une reconnaissance, par une marque sociale, lui manquait terriblement.

– Tu as des nouvelles de ton frère ? dit soudain Colette.

– On s'appelle de temps en temps.

– Nous aussi on s'appelle mais je n'arrive pas à savoir si ça va ou pas. Il ne me dit jamais rien à moi. Enfin jamais rien de très important. On dirait qu'il me fuit. Oui, voilà c'est ça, c'est le mot juste, je le trouve fuyant.

Après un léger silence :

– Il mène une drôle de vie, tu ne trouves pas ?

– C'est sa vie, maman. Personne n'a choisi à sa place.

Un long silence passa puis Colette poussa un soupir.

– Il aurait quand même pu faire l'effort de venir, non ?

Justine ferma les yeux une fraction de seconde. Elle sentit ses épaules se lester d'une grande lassitude et éprouva le besoin de s'aérer, de quitter cette maison.

Quelques minutes plus tard, elle marchait le long d'un sentier qui surplombait un paysage déchiré par des rochers noirs et à vif contre lesquels venaient cogner les vagues hargneuses d'une mer d'un émeraude lactescent. Justine respira à pleins poumons l'air marin. Comment se faisait-il qu'après seulement une demi-heure de confrontation avec ses parents, elle éprouve un tel sentiment d'étouffement ? Comment pouvait-elle, à son âge, continuer à subir aussi intensément cette pression familiale ? Pendant ses longues années de travail analytique, elle était arrivée à la conclusion qu'elle ne trouverait le repos qu'une fois déclaré l'armistice avec sa famille. Elle savait aujourd'hui que tout cela était faux, archifaux. Même si, par miracle, elle blanchissait son père de persister à être ce con prétentieux, narcissique, même si elle parvenait à excuser sa mère de continuer à se comporter à ses côtés comme un petit animal de compagnie joyeux et soumis, tout serait enfoui, certes – pardonné dans le meilleur des cas –, mais rien ne serait jamais vraiment oublié. Le poids de son histoire pèserait toujours plus lourd dans la balance que la somme de toutes ses espérances en un avenir meilleur.

Arriva le soir du réveillon. On comprendra que, vu le caractère atrabilaire de Joseph et la potentialité d'embrasement instantané de sa fille, il n'y ait eu jusqu'à présent que très peu d'occasions de célébrer sereinement les dix-sept noëls qui s'étaient succédé depuis la naissance d'Adèle. Nicolas était le seul dans cette maison – avec Hector sans doute – à adorer les fêtes de fin d'année et le décorum qui s'y rattachait. N'ayant connu dans sa jeunesse que des réunions familiales épanouies, il tentait, dès qu'il lui en était donné la possibilité, d'en rallumer le souvenir. À sa demande expresse, Justine avait promis, quoi qu'il puisse se passer ou se dire – quoi qu'il puisse lui en coûter –, de ne pas gâcher l'événement par un énième affrontement avec son père. Nicolas se trouvait donc dans un état d'esprit particulièrement optimiste quant au déroulement des opérations et avait tout mis en œuvre pour qu'elles revêtent un caractère festif et bon enfant. Il avait acheté plusieurs cadeaux à tout le monde, agrémenté l'entrée de la maison d'une couronne verte et synthétique imitant les branches d'un sapin Nordmann où s'entremêlaient toutes sortes d'accessoires rutilants, complété l'arsenal décoratif du sapin de Colette par quantité de boules aux reflets nacrés, dégoté des frivolités rouges et blanches ainsi qu'une multitude d'étoiles minuscules et dorées destinées à colorer gaiement la table du repas. Il avait aussi concocté sur son iPhone une playlist de circonstance qui allait de Michael Bublé à Rudolph, *Le Petit Renne au nez rouge*, en passant par les *Christmas Carols* de Mary J. Blige et, évidemment, par des tubes de saison signés Frank Sinatra. Il avait enfin disséminé un peu partout une colonie de bougies dont les flammes palpitaient comme des petits cœurs fragiles et conféraient au salon un air de grotte miraculeuse. Au final, le lieu avait l'air de ce que Nicolas avait souhaité : une maison qui s'apprêtait à fêter Noël.

La soirée commença sous de bons auspices. Le moment de l'apéritif se révéla même étonnamment détendu. Il y a toujours une ferveur communicative dans ces premiers instants partagés, quand l'alcool réchauffe lentement les esprits et excite encore joyeusement sans créer d'excès compensatoires nuisibles. Même Adèle avait accepté de se fondre pour un temps dans l'idée de communauté. Pour l'heure, elle s'intéressait distraitement aux ouvrages de la bibliothèque de son grand-père. Elle était haute, immense, de guingois, encombrée d'ouvrages de toutes les tailles, allant de l'opuscule à l'atlas, qui traitaient de tous les sujets et reflétaient l'hétérogénéité de ses goûts. *Une bibliothèque d'intellectuel*, pensa Adèle avec une certaine fierté, comme si elle découvrait dans ce vaste territoire les racines de sa propre passion pour la lecture et la pensée.

– Tu aimerais voir ce que j'ai écrit? lui dit soudain Joseph en s'approchant, un verre de whisky à la main.

– Je ne lis jamais de romans. Je préfère les enquêtes et les témoignages, dit-elle sur un ton sec.

– Tu as tort, tu sais. Les écrivains ont souvent une grille de lecture du monde beaucoup plus intelligente et beaucoup plus distanciée que les essayistes par exemple. Je ne dis pas ça pour moi, ajouta-t-il avec une mimique qui souhaitait attester son humilité.

Il tendit la main vers la bibliothèque et s'empara d'un ouvrage imprimé et assemblé par ses soins.

– Tu devrais commencer par celui-là, dit-il en le lui tendant avec fermeté.

Adèle prit le livre et se mit à le feuilleter, à en lire quelques passages, au hasard.

De leur côté, Justine et Nicolas, une coupe de champagne à la main, étaient assis dans un canapé et entouraient Colette, qui avait déniché un vieil album photo et le commentait, tandis qu'Hector s'amusait à rebondir de fauteuil en fauteuil tel un Zébulon hystérique et rigolard.

– C'est dingue ce qu'Hector te ressemble, dit Nicolas en fixant une photographie où Justine, quatre ans, tirait la langue à l'objectif.

– Fais voir, fais voir, hurla Hector en se précipitant sur sa grand-mère, lui écrasant les pieds au passage.

Colette étouffa un petit cri de douleur. Justine attrapa son fils par un bras et le força à s'asseoir à ses côtés, mais il repartit de plus belle en se débattant et en se trémoussant. Sa grand-mère le regarda avec une compassion mêlée d'inquiétude.

– Toi aussi tu étais comme ça à une époque, dit-elle à Justine sur un ton plutôt jovial.

– C'est-à-dire ? J'étais comment, comme ça ?

– C'est vrai, tu n'arrêtais pas de remuer.

– De remuer ?

– Oui, de remuer. Tu étais une petite fille très remuante.

Colette eut une moue comique devant l'effarement de sa fille.

– Mais non, je n'étais pas du tout comme ça. Qu'est-ce que tu racontes, maman ?

– J'ai même dû consulter un… un… spécialiste.

– Un psy ? dit Justine, atterrée.

En observant la réaction de sa fille, Colette sut qu'elle avait parlé trop vite.

– Tu avais cinq ans, ma chérie. C'est normal que tu ne t'en souviennes plus.

Colette reprit l'album, histoire de s'occuper les mains. Justine avait encaissé mais la nouvelle ne cessait de la tarauder.

– Pourquoi tu ne m'en as jamais parlé ? demanda-t-elle soudain, effondrée.

– On ne parlait pas de ça, avant. Je suis désolée, ça m'est sorti de la bouche, je ne sais pas pourquoi. Je suis une idiote. J'aurais dû me taire.

– Qu'est-ce qu'il s'est passé pour que tu m'emmènes chez un psy ? Ça devait être grave. Ce n'était quand même pas courant à cette époque.

Colette se taisait.

– S'il te plaît, insista Justine.

Colette, acculée, cracha enfin le morceau :

– Tu ne supportais pas ton petit frère. Tu... tu... tu étais un peu violente avec lui.

Justine fut comme tétanisée.

– Je battais Cédric ?

– Tu ne le battais pas mais tu voulais lui faire du mal. Tu étais jalouse, c'est tout.

Justine se raidit encore plus. Elle n'avait absolument plus aucun souvenir de cette période, de cette jalousie, de ces actes de brutalité.

– Et le psy, qu'est-ce qu'il a dit ?

– Tu l'as vu plusieurs fois, tu lui as beaucoup parlé, tu lui as fait plein de dessins. Tu adorais aller chez lui. Et voilà.

Justine regarda sa mère avec intensité.

– Et voilà ?

– Ben oui, tu t'es calmée. Tu n'as plus jamais recommencé.

Colette posa sa main sur le genou de sa fille.

– Tu avais juste besoin d'être rassurée. C'est ce qu'il a fait, apparemment.

Justine minimisa l'incident par un sourire. Quelques secondes plus tard, prétextant un besoin urgent, elle se leva et s'isola dans les toilettes. Elle s'assit, dépitée, sur la cuvette. Elle avait toujours cru qu'à tout âge elle avait été une petite fille docile, que son agitation et sa colère n'étaient nées que bien plus tard, à la préadolescence, de la fréquentation assidue de la rancœur de son père. Elle tenta de rassembler ses souvenirs, mais l'inconscient avait parfaitement mené à bien son job de camouflage. Sa petite enfance et tout ce qui s'y rattachait étaient devenus une zone myope, un maelström d'où n'émergeaient confusément que les histoires dont elle avait accepté de rendre compte et qui, elle le réalisait maintenant, étaient certainement fausses pour la plupart. Justine se releva, se lava les mains, rectifia distraitement sa coiffure. Puis elle s'attacha à observer son visage dans le miroir et à détailler ses traits. *Ceci est l'extérieur de moi-même*, se dit-elle. Par opposition, elle eut la certitude, à cet instant précis, de n'avoir jamais su de quelle matière l'intérieur d'elle-même était réellement constitué. Malgré tous les efforts qu'elle avait faits pour y pénétrer, son moi profond persistait à demeurer sous surveillance, hautement inaccessible. Ce fut sur cette sensation détestable qu'elle rejoignit les autres dans le salon et fit semblant, une fois de plus.

Une demi-heure après, on se mit à table.

Alors que chacun s'attelait avec conviction à sa dou-zaine d'huîtres, Adèle mit les pieds dans le plat, sans que personne s'y attende ou y soit préparé.

– Pourquoi est-ce que tu es devenu un facho ? demanda-t-elle à son grand-père, le plus calmement du monde.

– Adèle ! hurla Justine en se raidissant dans son siège, sa fourchette à huîtres prenant une position verticale et agressive.

– C'est ce que je suis à tes yeux, un facho ? dit cal-mement Joseph.

Adèle se baissa pour s'emparer de l'ouvrage qui repo-sait à ses pieds. C'était le petit opus, intitulé *La France de mes envies*, que Joseph l'avait invitée à lire.

– C'est en tout cas ce que je crois découvrir entre les lignes de ce que tu as écrit, dit-elle.

– C'est quoi un facho ? grommela Hector, la bouche pleine.

– Hector, tu te tais, cria Justine.

Joseph sourit, mielleusement, et se tourna vers Adèle.

– Tiens, très bonne question, c'est quoi un facho d'après toi ?

– Joseph, s'il te plaît, ne commence pas avec ça, dit Justine sur un ton menaçant.

– En l'occurrence, c'est ta chère fille qui commence. Tu comprends bien que je ne peux pas laisser filer. Dis-moi, demanda-t-il en fixant Adèle, comment est-ce que tu définirais au mieux un facho ?

Adèle le regarda droit dans les yeux. Justine attendait, crispée.

— C'est par exemple quelqu'un, commença la jeune fille, qui stigmatise un peuple ou un groupe d'individus et qui met éventuellement tout en œuvre pour le faire disparaître de manière systématique. C'est par exemple un type qui met en avant l'idée de laïcité pour imposer des lois xénophobes. C'est par exemple un type qui agite le drapeau du nationalisme et du populisme pour propager le mensonge, la violence et la haine.

— Ma petite Adèle, rappelle-moi, tu es en fac de…?

— Je suis en fac d'économie.

— Ah, économie, évidemment ! Tu n'es pas en fac d'histoire, donc. Parce que si tu avais été en fac d'histoire, par exemple, tu ne dirais pas autant d'âneries, excuse-moi.

Il éleva le ton de la voix :

— La laïcité qui impose des lois xénophobes ? Mais tu délires complètement, ma jolie ! C'est exactement le contraire qui se passe. Tu connais l'histoire du conseiller de Marine Le Pen pour le dialogue social ? Fabien Engelmann. Un cégétiste pur et dur. Dix ans de Lutte ouvrière aux côtés de Laguiller, puis trois ans avec Besancenot. Résultat ? Il quitte le NPA en 2010 quand son parti présente une candidate voilée aux cantonales dans le Vaucluse. *Drôle de conception de la laïcité,* se dit-il. Et il va où, avec l'ensemble de ses potes de la section CGT ? Il va au FN. Voilà ce qui est en train de se passer.

La gauche a complètement perdu pied. Tu connais au moins Huntington ?

– Oui merci, dit Adèle, vexée.

Il n'était pas avéré que la jeune fille connaisse réellement ce Huntington mais elle voulait donner le change devant le monologue de son grand-père.

– Voilà ce qu'il dit, martela Joseph. Dans le futur, les conflits entre les nations seront de plus en plus d'ordre culturel et de moins en moins d'ordre idéologique. Ce sont les différences de coutumes, la façon d'envisager la vie d'une manière générale qui vont provoquer des rivalités majeures. Il appelle ça « le choc des civilisations ». Ce n'est pas moi qui l'ai inventé.

– Et donc il faut voter FN ?

– Il dit aussi que c'est la culture musulmane elle-même qui est largement responsable de l'échec de la démocratie dans la majeure partie du monde islamo-arabe.

– Je répète ma question : et donc il faut voter FN ? Il faut voter pour la préférence nationale contre l'ouverture au monde ?

– Bla, bla, bla... Je t'en supplie, arrête d'agiter ce genre de conneries comme un mantra minable. Il faut observer les choses. Il y a un ennemi maintenant. Que tu l'admettes ou non. Que la gauche l'admette ou non. C'est le fanatisme religieux et les gens en ont une trouille à les faire chier dans leur froc. Le problème, c'est qu'est-ce qu'elle en fait, la gauche, de cette trouille ?

Tant qu'elle n'apporte pas de réponse à ça, et à pas mal d'autres choses entre parenthèses, les gens iront au FN. Le FN n'est plus une question de droite posée à la droite. C'est une question sociale posée à la gauche.

– Et toi, ta pensée, elle se situe où, exactement ? dit Adèle.

– Je suis un révolutionnaire, je l'ai toujours été, je ne me suis jamais laissé entuber par les considérations politiciennes de bourgeois bohèmes et bien-pensants. Moi je suis d'abord contre le Grand Capital et la Finance, qui ont quand même bousillé la justice sociale de ce pays et de pas mal d'autres. On doit au moins pouvoir se retrouver là-dessus, non ?

– Le Grand Capital et ses banquiers juifs, par exemple ?

– Il y a effectivement pas mal de banquiers juifs mais je ne suis pas antisémite si c'est là ta question.

– Antisioniste à la rigueur ?

Il se contenta de sourire, de manière presque cocasse. Justine observait Adèle et constatait à quel point c'était elle dorénavant qui reprenait le flambeau de l'opposition à cette figure d'austérité nocive que représentait Joseph. Elle n'en était qu'à moitié réjouie. La mère en elle redoutait l'exposition malsaine de sa progéniture, tandis que la fille se satisfaisait de ne plus avoir à assumer ce rôle pesant et inconfortable.

– Tu connais *La Causalité diabolique* de Léon Poliakov, bien entendu ? annonça fièrement Adèle.

– Poliakov ? dit Joseph en essayant de puiser dans sa mémoire.

– Oui, les diables qui agitent les ficelles en temps de crise et par lesquels tout le mal arrive. Rassurez-vous, bonnes gens, si ça merde autant, c'est parce qu'il y a des diables qui vous veulent du mal et qui vous asservissent dans l'ombre. Mais on va s'en occuper et dès qu'on leur aura réglé leur compte, à ces diables, tout ira bien, ce sera la société radieuse. On sort de la logique rationnelle pour entrer dans ce que Poliakov appelle la causalité diabolique.

– Les diables ? dit-il en ouvrant de grands yeux et en exagérant le mot à outrance.

– Oui, les diables, la vision complotiste de l'histoire, les boucs émissaires. Pour l'extrême gauche, le grand capital, le pouvoir cosmopolite, l'establishment. Pour l'extrême droite, les juifs, les francs-maçons et maintenant l'étranger et surtout l'immigrant. Tout ça finit par se rejoindre un peu, non ? Le capitaliste devient le juif, le juif devient le capitaliste, l'étranger devient l'ennemi, l'immigrant devient le rival du prolétaire, finalement tout rentre en connexion. Tu n'es pas d'accord ?

– Si tu le dis, ma jolie…, dit Joseph nonchalamment.

Il sembla soudain s'ennuyer. Son regard s'éloigna de celui d'Adèle et se vida brutalement de toute substance contestataire. Sa petite-fille avait un temps représenté un hochet distrayant mais il s'en était subitement désintéressé. Il voulait arrêter, – il était convaincu de sa victoire, il aurait souhaité que tout le monde ici la reconnaisse, que chacun lui fasse crédit de son intelligence et de la clarté de sa rhétorique. Mais il ne rencontra que des regards confus, apeurés. Il en fut mécontent, c'était certain.

– Colette, tu nous sers à boire ? Je meurs de soif, moi, dit-il d'une voix agressive en tendant son verre et en l'agitant vulgairement du bout des doigts.

Justine connaissait par cœur le discours de son père. L'année précédente, juste avant les municipales, elle avait accepté – par provocation, comme on se lance dans un défi pervers – de l'accompagner à une réunion que présidait Marine Le Pen à Rennes. Elle était en vérité curieuse de voir – de réellement voir de près, comme une entomologiste qui souhaiterait se rapprocher d'une colonie d'insectes aux mœurs exotiques – ces gens qui lui faisaient peur et la fascinaient tout autant. Elle comprenait théoriquement ce qui les avait menés là et en ce lieu mais elle était avide d'associer cette idée floue à des noms, à des visages, à des comportements concrets. Ce qu'elle découvrit la terrassa. Elle nota la présence de beaucoup de représentants des classes moyennes et populaires : des employés, des ouvriers, des retraités, mais cela, elle s'y attendait. Ce qu'elle vit surtout, ce furent des visages, des mains et des corps déformés par la souffrance et un excès évident de travail et, à l'inverse, des gens ravagés d'être depuis trop longtemps sans emploi. Certains d'entre eux, d'après ce qu'elle pouvait en voir, n'étaient pas simplement exclus du système, ils avaient également sombré dans une sorte de marginalité psychique. Ceux-là étaient sur la brèche, se tenant raides, tout à leur colère, tout à leur inquiétude, tout à leur rancœur, rabâchant les mêmes slogans, les mêmes verbes haineux, encore et encore, jusqu'à en devenir parfaitement toqués. Justine vit aussi le mot *Révolution* affiché sur tous les murs et sur tous les calicots qui cernaient la scène. Il était manifeste que la majorité de ces gens étaient venus là dans l'espoir de *faire péter le système*. Justine se rappela certains congrès de gauche auxquels son père l'avait traînée autrefois. Elle se souvint que c'était une volonté identique de faire exploser le corps social qui agitait alors les personnes présentes, il y avait la même jubilation d'être ensemble et d'appartenir à la même communauté d'hostilité. Bien sûr les idées étaient en soi différentes mais la détestation était similaire. Aujourd'hui on offrait en pâture le capital, les cosmopolites, les eurocrates, les sionistes, les immigrés. Tous ces gens-là, au fond, s'aimaient de haïr à l'unisson ces boucs émissaires. Son père – ce combattant vorace, colérique, inapaisé – avait très logiquement sa place parmi eux.

À partir de là, la soirée prit un fort accent de morosité. Nicolas, persistant à se conformer à son modèle idéalisé de Noël fantastique, s'essaya à quelques anecdotes qui tombèrent à plat. L'atmosphère y gagna aussitôt en tension et en instabilité. Chaque mot prononcé devenait comme une balle sifflante à même de rouvrir à vif n'importe quelle blessure enfouie ou n'importe quel affrontement irrésolu. Pour combler le vide, Colette, devenue fébrile, se levait, remplissait les verres, se rasseyait, recoupait de la dinde, insistait vaillamment pour qu'on la débarrasse in extenso de ses légumes et de sa sauce. Adèle se taisait et observait sur les visages fuyants de chacun les ravages infligés au concept de convivialité familiale. Justine, fidèle à la promesse faite à son mari, gardait le cap d'une indifférence polie, préférant ruminer intérieurement l'épisode traumatique vécu quelques minutes auparavant avec sa mère à propos de son frère. Seul Hector semblait échapper à ce séisme silencieux. Joseph qui, depuis quelque temps, éclusait verre sur verre se leva soudain et annonça d'une voix posée :

— Putain, qu'est-ce qu'on se fait chier avec vous.

Et il disparut aussitôt dans les étages.

Vers 6 heures du matin, Nicolas se réveilla, sa bouche était brûlante, sa langue se décolla de son palais dans un claquement sec et douloureux, il se mit à rêver d'eau glacée. Il se leva et s'avança avec prudence dans cette grande maison où l'obscurité et le silence étaient terrifiants. Dans le réfrigérateur de la cuisine, il trouva du

Perrier qu'il but si goulûment, à même la bouteille, qu'à la fin il se laissa aller à roter, un bruit incongru dans ce calme de cathédrale, dont la violence le surprit lui-même. La voix de son beau-père le fit tressaillir.

– Ça donne soif tout ça, hein ? dit-il, sans que l'on sache vraiment à quoi il faisait référence.

Joseph était dans le couloir, il avait probablement attendu le moment propice, cela l'amusait de faire peur à son gendre, de le prendre sur le fait. Nicolas, confus, mit sa main devant sa bouche en émettant un petit *Désolé* étranglé. Joseph l'avait toujours impressionné, il se sentait impuissant face à cette intelligence irrévérencieuse qui triomphait toujours de son pragmatisme. Mais ce matin-là, en raison de ce qui s'était passé la veille, il n'avait envie de céder ni à la peur ni à la contrainte, il était sur ses gardes.

– J'ai un peu trop bu mais, bon, ce n'est pas Noël tous les jours, dit-il non sans humour en appuyant sur l'interrupteur de la cuisine.

Une lumière jaunâtre les éclaira. Joseph cligna des yeux et fit une petite grimace d'agacement.

– Au moins, toi, tu n'as plus à te coltiner ce genre de conneries que d'un seul côté.

– Méfiez-vous, un autre que moi pourrait trouver ce genre de remarque légèrement déplacée.

– Mais pas toi, rassure-moi ? Tu sais qu'il n'y a aucune malveillance là-dedans, dit Joseph en feignant la sollicitude. Au contraire.

Depuis toujours, Joseph tutoyait son gendre. Nicolas, quant à lui, n'était jamais parvenu à le faire, il n'y avait d'ailleurs jamais été convié.

— Comme tu as pu le remarquer, continua Joseph, je suis moi-même très peu à l'aise avec l'idée de réunion de famille.

— Ou peut-être de famille tout court ?

— Peut-être, en effet.

Nicolas inspira plus fort et se raidit, comme s'il se lançait dans une eau glacée :

— Enfin Justine, par exemple, vous l'aimez quand même un peu, non ?

— Je l'aime à ma manière, certainement.

Joseph passa une main sur son visage, manifestement cette conversation l'ennuyait.

— Bien que je ne sache pas très bien ce que ça veut dire, c'est juste une façon de parler, j'imagine.

Les mâchoires de Nicolas se crispèrent, son ventre fut littéralement envahi par une houle de picotements. Cela dura quelques secondes, puis sa pensée s'illumina.

— Qu'est-ce qu'elle a raté, Justine ? dit-il en fixant son beau-père. Ce n'est pas assez d'être ce qu'elle est ou c'est précisément parce qu'elle est arrivée là où elle est arrivée que cela vous contrarie ?

Joseph recula de quelques millimètres, comme s'il venait de recevoir le poing de son gendre en plein visage.

— Moi, je crois que vous auriez voulu qu'elle se plante pour continuer à avoir une raison valable de lui hurler dessus et de la mépriser, continua Nicolas. Comme vous l'avez fait pendant des années, quand elle ne pouvait pas encore se défendre de vous. Aujourd'hui, probablement que vous ne supportez pas de la voir réussir là où vous avez échoué, ne serait-ce qu'à avoir une vraie famille par exemple, une famille qu'elle aime, contrairement à vous, ou, pire, une reconnaissance sociale qui vous a toujours fait défaut. Comme vous n'êtes jamais arrivé à rien, ça vous ennuie que les autres arrivent à quelque chose. C'est même ce que vous détestez le plus chez eux, il me semble. Et pire encore chez vos enfants. Vous êtes maladivement jaloux de tout. En fait, je crois que vous n'êtes pas méchant, Joseph, vous êtes juste un raté malheureux et aussi un raté très seul.

Nicolas le fixa. Les yeux de Joseph n'avaient jamais été aussi petits et aussi brillants de haine.

Justine, Nicolas et les enfants repartirent vers midi, sans saluer Joseph qui s'était éclipsé on ne sait où, après l'entrevue qu'il avait eue avec son gendre. Dans l'habitacle, la vie reprit peu à peu le dessus.

– C'est quand même une drôle de famille, non, tu ne trouves pas ? déclara Justine en s'adressant à Nicolas.

– C'est une famille de merde, compléta Adèle, pelotonnée à l'arrière.

– C'est une famille malgré tout, dit Nicolas d'un ton abrupt.

Justine savait ce qu'il voulait dire, il le lui avait cent fois répété : *Mieux vaut une famille bancale que pas de famille du tout.* En dépit de ce qu'elle savait de sa souffrance, elle n'arrivait pas à lui donner entièrement raison.

La femme se tenait droite – raide serait plus exact – pour éviter de s'accoler au dossier de la chaise déglinguée sur laquelle Justine l'avait priée de s'asseoir. Quelques instants auparavant, elle avait dû se frayer un passage parmi les figures rances, usées, qui peuplaient l'entrée de ce service de toxicomanie, puis affronter le linoléum qui recouvrait l'escalier menant à l'étage. Ses pas étaient hésitants, c'était manifestement la première fois que ses escarpins foulaient un sol de linoléum et, a fortiori, un linoléum aussi dégradé et aussi sauvagement moucheté. Ici, tout était d'un vert pâle, toxique : le plancher, les murs, les plafonds, les visages corrompus des gens qu'elle ne cessait de croiser. Arrivée en haut des marches, elle s'était présentée dans l'encadrement d'un bureau minuscule à une infirmière qui l'avait poliment invitée à patienter dans l'une des nombreuses salles de consultation du Centre. Justine l'avait trouvée debout, les bras ballants, les yeux affolés, témoins de l'embarras et de l'incompréhension qu'elle éprouvait à se trouver là, dans cet endroit médicalisé et nu, si tristement banal, si ostensiblement incompatible avec la moiteur et le confort de son environnement quotidien. Son regard, ses gestes, son comportement, tout chez elle semblait trahir un état de panique.

– Je suis prise au piège, commença-t-elle en s'asseyant nerveusement. Je ne sais pas comment me sortir de ce cercle vicieux.

Patricia était un bourreau de travail – ce que l'on nomme communément une *workaholic*. Deux ans auparavant, à l'âge de trente-huit ans, elle avait été promue à la tête de l'une des filiales pharmaceutiques d'un grand groupe américain. Le poids de son travail de dirigeante et la pression infligée par l'exigence de rentabilité des actionnaires étaient tels qu'elle en était arrivée à travailler seize heures par jour, à ne penser jour et nuit qu'au bas de ligne de son compte d'exploitation et à tous les stratagèmes marketing et financiers capables de l'améliorer encore. Peu à peu, pour tenir le coup, pour répondre de la manière la plus efficace possible aux exigences de performance qu'on attendait d'elle, elle avait commencé à s'abreuver de substances psychoactives, principalement des amphétamines.

– Je me sentais invulnérable, plus du tout fatiguée. J'étais devenue une autre personne, j'étais capable d'absorber une masse de travail monumentale.

Elle s'arrêta quelques secondes.

– Mais très vite j'ai commencé à avoir des moments

d'anxiété terrible. Surtout le soir, quand il fallait que je rentre chez moi.

Le ton de sa voix était devenu traînant, dramatique.

– Alors je me suis mise à boire, avoua-t-elle, tête baissée. J'avais un besoin fou de décompresser. L'alcool me shootait, j'étais tellement assommée que j'arrivais à ne plus penser à rien. C'était formidable, ce sentiment d'échapper à tout ce stress, d'être dans ce vide. C'est là que ça a commencé vraiment. Avec l'alcool, je dormais de plus en plus mal, parfois j'arrivais en retard, je me sentais complètement perdue, glauque, minable, incapable de bosser, du coup j'augmentais ma dose d'amphétamines et le soir il me fallait décompresser avec toujours plus d'alcool.

Elle s'arrêta, regarda Justine et éclata en sanglots.

Conformément à l'éthique de son métier, Justine resta de glace, se contentant de lui tendre placidement un paquet de kleenex. Pour une raison qui lui échappait, la rigidité émotionnelle de sa pratique, qui représentait en temps normal un rempart contre le risque de se perdre elle-même dans la souffrance et la folie de ses patients, lui parut subitement inhumaine. La solitude extrême de cette femme, ce sentiment d'inconsistance et d'égarement qui la poursuivait sans cesse résonnaient fortement en elle. Brutalement, elle eut envie de la consoler, de la prendre dans ses bras, de s'effondrer avec elle. Elle ne put s'empêcher de penser à Nicolas. Bien qu'il eût tâché, comme à son habitude, d'en minimiser la portée réelle, il s'était plaint récemment de problèmes rencontrés avec plusieurs membres de sa hiérarchie. Et si c'était plus grave qu'il voulait bien le dire ? Et s'il souffrait vraiment ? Il n'était pas du genre à se doper, mais qu'en savait-elle, au fond ? La plupart des gens qui venaient la consulter – Patricia en était l'illustration – s'enferraient dans les rouages de l'addiction sans s'en rendre compte, et surtout sans en parler à quiconque. Il fallait parfois longtemps avant que les proches réalisent l'ampleur des dégâts déjà occasionnés. Pendant quelques instants, Justine prit peur pour son mari.

Dans ses jeunes années, en dépit de tout ce qui aurait pu paraître superficiel dans son langage, dans son caractère, dans son comportement vis-à-vis de ses semblables et dans bien d'autres choses encore, Justine s'était sentie viscéralement investie d'une mission salvatrice au regard de l'humanité. C'était très certainement dans le but de contrebalancer par des actions bienveillantes la vacuité morale et le désert de mansuétude qu'avait représentés la vie de son père. Contrairement à Joseph, Justine voulait être utile, donner du sens à ses actions et, pour y arriver, il n'y avait pas meilleur chemin à ses yeux que de s'engager dans une activité à caractère médical. Assez douée pour les études mais relativement pressée d'en sortir, elle décida d'entamer un cycle court et opta pour un cursus d'infirmière. Son diplôme en poche, elle s'essaya pendant deux ans à plusieurs spécialités hospitalières qui, toutes, lui laissèrent un goût d'inachevé. Elle avait déjà conscience qu'elle ne pourrait toute sa vie se satisfaire d'apporter des soins, d'effectuer mécaniquement des pansements ou des injections, que sa mission devrait, tôt ou tard, intégrer un aspect relationnel, que son savoir-faire ne pourrait en aucun cas se limiter à l'aspect somatique de la maladie mais devrait également recouvrir une dimension psychologique. À l'issue d'un cycle de conférences données par le docteur Lucas Ziegler, elle postula pour le service d'addictologie dont il avait la charge dans un hôpital de la région parisienne. Le type avait un charisme fou, son approche clinique de la pathologie l'enthousiasma. Pour Justine, qui idéalisait à cette époque sa position et son rôle de soignante, les toxicomanes représentaient une population rêvée. Sa volonté de sauver l'humanité par le geste mais aussi par le verbe prit en cet endroit une résonance particulière. Tous les patients ici étaient des malades qu'il fallait non seulement soigner par le biais de traitements classiques ou bien encore de substitution, mais aussi des êtres en souffrance qu'on devait par-dessus tout écouter. Chaperonnée par le docteur Ziegler, elle entama, après trois années de présence dans le Centre en tant qu'infirmière, un cycle d'études en psychologie – qu'elle accompagna d'une thérapie personnelle – et obtint son diplôme au bout de cinq ans. Bientôt, le Centre s'ouvrit à des addictions nouvelles, les addictions dites *sans drogues* – les jeux d'argent ou en réseau, le travail, la cyberpornographie. Un champ d'investigation entièrement neuf s'ouvrait pour les praticiens. Justine délaissa de plus en plus l'accompagnement des toxicomanes pour se focaliser sur ces nouvelles dépendances.

Au cours de sa thérapie personnelle, Justine avait découvert une autre raison à son implication au Centre, auprès de personnes dépendantes. Elle avait vite saisi qu'il y avait indéniablement une dimension politique dans son désir de traiter les comportements addictifs, devenir psychologue en ce lieu équivalait d'une certaine façon à occuper le terrain de manière militante, à témoigner dans sa pratique d'un engagement qu'elle avait abandonné en tant que citoyenne. Il lui paraissait par exemple d'une limpidité de cristal que l'addiction était la forme la plus aboutie de l'emprise de séduction que le capitalisme avait initiée depuis une quarantaine d'années. *Vivre sans temps mort et jouir sans entraves... Il est interdit d'interdire... Prenons nos désirs pour des réalités... Soyons réalistes, demandons l'impossible !...* Les slogans révolutionnaires de Mai 68 – inévitablement proférés par son propre père – avaient immédiatement été récupérés, détournés de leur sens primitif par une société avide de transformer chaque individu en petite entreprise autonome de consommation à laquelle on abandonnait le soin de fixer naturellement ses propres limites. Ce qui avait été à l'origine un slogan provocateur et libertaire était désormais perçu comme une norme à laquelle chacun était invité à se conformer. En écho à un monde devenu agressif, hypersécurisé, individualiste à l'excès, tout était fait pour inciter au dépassement de soi, à la prise de risque, à la recherche de sensations extrêmes : *Allez-y... Foncez... Soyez sexy... Soyez rock and roll... Soyez rebelle... Vivez à fond vos émotions... Osez* Addict *de Dior... Adonnez-vous à* Opium *d'Yves Saint Laurent...* La publicité et le marketing avaient pris le relais de cette entreprise de matraquage en créant de fausses révoltes ou des postures que l'on pouvait se procurer en kit ou en vapo dans l'hypermarché du coin. Dès lors, dans un environnement où tout était devenu objet de consommation, marchandise, monnaie d'échange – y compris le sexe et les relations affectives –, l'addict représentait en quelque sorte le (sur)consommateur parfait, celui qui allait au bout de l'expérience ultime que le capitalisme sauvage et contemporain l'engageait à vivre. Envisagée sous cet angle, l'addiction permettait même d'universaliser le problème spécifique de la toxicomanie et de se demander en quoi l'on était tous plus ou moins concernés, en quoi il était possible de repérer l'addict qui sommeillait en chacun de nous. *Qu'est-ce qui empêcherait*, se disait Justine, *que moi aussi je tombe dans cet engrenage délétère ?* Vu l'état d'esprit dans lequel elle se trouvait parfois, il ne lui paraissait pas du tout exclu qu'elle se mette un jour à boire un peu trop pour décompresser, pour tâcher d'oublier toutes les Patricia qui, quotidiennement, venaient lui exposer leurs pathologies, leurs désespoirs, leurs névroses. Sa pratique lui pesait de plus en plus, elle ressentait parfois une vraie difficulté à ne pas se sentir concernée. Il lui arrivait d'éprouver de la colère quand elle se sentait trop fragile face à la détresse de son patient. Parfois, elle avait envie de fuir, de ne plus avoir à régler les problèmes de quiconque. Et puis, la séance suivante, si elle allait mieux, elle se sentait boostée par le désarroi psychique d'autrui, bien plus important que le sien.

Il était plus de 20 heures quand elle arriva chez elle. Alex était sur le balcon de leur appartement, une clope coincée entre les lèvres, tandis que Nicolas se pelait de froid sous prétexte de faire la conversation à son frère. Justine fut rassurée de voir rire son mari. Elle resta quelques secondes à l'observer jusqu'à ce qu'un bruit assourdi de chasse d'eau résonne au loin. Victoire sortit des toilettes en agitant les doigts devant elle comme si elle venait de les plonger dans un bain d'acide. Justine eut un petit sursaut.

– Tu peux utiliser la salle de bains, si tu veux, dit-elle, à moitié aimable. C'est au fond là-bas.

– Ça ira, dit Victoire en se précipitant sur le robinet de l'évier.

En entrant dans l'appartement, Justine s'était soudain souvenue que Nicolas avait invité à dîner son frère et sa compagne, un mois auparavant. *Bel acte manqué*, nota cette spécialiste des faux pas psychiques. Elle se débarrassa de son manteau, tandis que Victoire lavait à grand renfort de produit vaisselle ses mains aux phalanges longues et osseuses, constellées d'énormes bagues de pacotille de toutes formes et de toutes couleurs. Elle avait certainement plus de cinquante-cinq ans mais en paraissait nettement moins, sans doute en raison de ses efforts pour continuer à profiter de la taille trente-huit de ses robes de créateurs et, plus sûrement encore, grâce aux injections d'acide hyaluronique de son dermatologue. Justine la trouvait sèche de cœur et de corps, ce qui n'était pas tout à fait faux. Victoire était productrice de films pour la télévision, donnant essentiellement dans les adaptations à gros budget de romans classiques, qui fournissaient un alibi pseudo-intellectuel à des productions très formatées et autorisaient leur instigatrice, comme elle le disait elle-même sans aucun humour, *à s'enorgueillir de porter à la connaissance de foyers ignares les trésors immémoriaux de la littérature française.*

Les deux frères les rejoignirent. Alex et Justine échangèrent deux bises pleines de retenue. L'âge n'avait que très peu entamé le potentiel érotique d'Alex. Justine ne pouvait se retenir de le noter, avec un mélange d'appétence et d'hostilité, à chaque occasion qu'elle avait de le rencontrer, et ce fut tout particulièrement le cas ce soir-là. Consciente que quelque chose de confusément sexuel se jouait entre Justine et son compagnon, Victoire attira suavement Alex contre elle et se colla à lui tout le temps que les deux couples mirent à rejoindre la table basse du salon, où s'étalaient quantité de gourmandises apéritives.

Alex avait échoué assez tôt à devenir l'artiste qu'il avait rêvé d'être. Opportuniste et flemmard par nature, quoique doué d'une intelligence rationnelle, il avait rapidement compris – et humblement admis, ce qui était tout à son honneur – qu'il lui faudrait moins compter sur son habileté picturale que sur son physique hors norme pour se faire une place au soleil. Toute son existence, il avait été la proie idéale de femmes qui avaient comme dénominateur commun d'être riches, puissantes et beaucoup plus âgées que lui. Depuis cinq ans, Alex dissimulait sa fonction première de *toy boy* de Victoire sous le titre plus ou moins usurpé de *premier assistant à la production* de sa société. *Ton frère est une petite pute*, assénait Justine à Nicolas quand lui prenait le besoin de se venger d'Alex. Vingt-cinq ans plus tard, il paraissait incontestable qu'elle ne s'était jamais totalement affranchie de l'emprise charnelle de son beau-frère. Il était tout aussi indiscutable qu'elle lui en voulait de profiter de cette injustice majeure qui semble exister, d'un point de vue physique, entre les hommes de plus de quarante ans et les femmes du même âge, au bénéfice flagrant des premiers. Bien qu'elle fût loin d'être affadie physiquement – elle pouvait régulièrement déceler, dans l'œil de certains de ses patients mâles, quelques éclairs de lubricité –, elle ne pouvait s'empêcher, en présence d'Alex, de ressentir la lourdeur et l'amollissement de sa propre enveloppe charnelle. Il réveillait une part enfouie de sa jeunesse et avivait le sentiment qu'elle aussi avait été un jour capable de rivaliser avec cette énergie et cette vigueur dont elle n'avait pas encore réussi à faire le deuil.

Ils en étaient au plat principal quand Justine s'adressa à Victoire :

– Tu travailles sur quoi en ce moment ?

– Oh, une adaptation de *Madame Bovary*.

– Ah oui ? dit Justine avec une pointe de mépris. Ça n'a pas déjà été fait mille fois, ça ?

– En tout cas pas de cette façon. Pas de manière aussi contemporaine.

– C'est ultracontemporain, dit Alex, qui avait maintenant pour habitude de renchérir sur les propos de Victoire à toute occasion.

– Ultracontemporain ? s'amusa Justine.

– Enfin bref, reprit Victoire, que les interventions d'Alex avaient le don d'agacer, on est en Cornouailles ou dans le Dorset. Charles Bovary est proctologue ou stomato, enfin un truc un peu chiant et bien dégueu, et Rodolphe, l'amant d'Emma, est un jeune trader de la City bourré de pognon, très sexy, archimatérialiste.

– Ah ! s'étonna Justine.

– C'est une manière de parler du monde d'aujourd'hui, dit Alex. C'est hyperimportant d'être connecté avec les problèmes des gens. Le pouvoir de la finance, l'emprise du fric, la merditude des choses, quoi... Les télés sont vachement demandeuses de ce genre de trucs.

Plus tard, au moment de se coucher, Justine fit vaguement la tête à Nicolas et quand il s'adressa à elle, elle l'ignora ou émit des borborygmes étouffés en guise de réponse jusqu'au moment où elle éteignit la lumière de son chevet et fit mine de s'endormir. Nicolas n'insista pas, il avait une idée assez précise de ce qui se jouait. Justine lui en voulait de l'avoir contrainte à se coltiner de plein front une femme qui participait de manière aussi ouvertement cynique à cette vaste opération de déculturation et de décervelage que représentait pour elle la télévision. Depuis quelques mois, elle ne la regardait plus. Elle ne pouvait plus la regarder : c'était un phénomène de nature physiologique, l'équivalent mental d'une allergie, qui se manifestait tout particulièrement vis-à-vis du traitement de l'information, qu'elle assimilait à *une opération obscène de camouflage et de mystification.* Il lui était par exemple impossible de voir le visage de David Pujadas – dont Nicolas, lui, suivait le journal avec assiduité – sans éprouver un léger haut-le-cœur. Les seuls programmes qu'elle s'autorisait à voir étaient des émissions ou des films à caractère documentaire et militant issus des nombreux sites de téléchargement pirates dont Adèle faisait un usage immodéré. Tous ces reportages, sans exception, témoignaient de la dérive pathogène des valeurs fondamentales du monde occidental et du vacillement irréversible de celui-ci vers un chaos sinon définitif du moins très dommageable au reste de la planète et à ses habitants. La mère et la fille les regardaient côte à côte dans le même silence, avec la même amertume, la même exaspération. Tandis qu'Adèle y trouvait une raison supplémentaire de clamer haut et fort les valeurs intangibles d'une nation démocratique et laïque, Justine y voyait, elle, le naufrage avéré d'un monde capitaliste en totale perdition depuis, grosso modo, l'année de sa naissance en 1968. Nicolas, de son côté, refusait de se soumettre à ce qu'il nommait le *pessimisme contagieux* de ces programmes et profitait en général de leur diffusion pour aller piquer un sprint aux environs du parc des Buttes-Chaumont.

Nicolas s'en doutait déjà depuis plusieurs semaines. La rumeur avait lentement enflé. D'abord instable, sans objet réel, alimentant les allégations les plus contradictoires, elle était devenue de plus en plus plausible bien qu'elle se cantonnât à ne demeurer qu'une rumeur, aucune déclaration, aucun fait avéré n'étaient venus l'authentifier. Bien plus que ces bruits de couloir sporadiques, c'était l'attitude de ses supérieurs qui l'avait alarmé. Les non-réponses que la direction apportait à la plupart de ses questions, l'embarras nuancé d'un détachement poli, à la limite de la distance contrainte, dont étaient désormais enrobés leurs échanges. Il eut brusquement l'horrible impression d'être placé hors jeu, on ne le convoquait plus à certaines réunions majeures, on court-circuitait la plupart de ses décisions, on mettait un temps considérable à répondre à ses mails les plus urgents ou bien on oubliait d'y répondre, tout simplement. Alors quand la nouvelle tomba, lui qui aimait si peu les manigances et les énigmes, il en fut presque soulagé. Oui, il fut presque apaisé d'apprendre que le palace où il avait passé les dix dernières années de sa vie professionnelle comme directeur administratif et financier allait être racheté par un consortium qatari spécialisé dans l'hôtellerie et le tourisme de très haut niveau. Pour des raisons de stratégie RH, il fallait rationnaliser l'organisation des équipes de direction, ce qui impliquait en particulier d'optimiser les *doublons induits*. Nicolas, pour son malheur, était l'un de ces *doublons induits* à optimiser et posait en conséquence un problème épineux d'un point de vue strictement managérial.

C'était, ce matin-là, ce qui justifiait sa présence dans le bureau du responsable de Talent Acquisition de la nouvelle entité, un jeune cadre prometteur, plein de mordant, de quinze ans son cadet, qui réussissait le prodige d'être à la fois effronté et gracieux.

– Il va vous falloir une vraie raison pour me licencier économiquement, dit soudain Nicolas.

Puis, avec un semblant d'ironie :

– Je ne pense pas qu'il vous sera très facile d'arguer un manque de moyens financiers. J'en sais quelque chose.

Le jeune cadre esquissa ce qui aurait pu passer pour un sourire. Il se leva et délaissa avec décontraction son fauteuil directorial pour profiter, du bout des fesses, du verre fumé de son bureau. Ainsi placé – debout, joyeux et carnassier, les bras croisés contre sa poitrine –, il toisait Nicolas qui semblait, lui, s'être complètement ratatiné dans son siège. Très subtilement, l'homme avait inauguré entre eux la position dominant/dominé classique. Il n'y avait pas que l'attitude et une presque génération qui séparaient les deux hommes. Il y avait aussi leurs codes vestimentaires – en gros The Kooples contre Cyrillus – et, surtout, leur état d'esprit : le responsable RH n'avait aucun respect pour Nicolas, pour sa fonction, pour son expérience, pour ses compétences. Comme la plupart des gens de son âge, il avait de ses aînés – de ces *affreux titanosaures*, comme ils disaient entre eux – une idée piteuse qui se doublait d'un manque de confiance total quant à leur capacité de leur transmettre quoi que ce soit de consistant. Ils ne voulaient rien leur emprunter, ils estimaient surtout ne rien leur devoir. Ce qui expliquait sans doute sa désinvolture de ton :

– Vous savez, c'est extrêmement simple. De deux choses l'une. Vous pouvez soit décider de vous battre... soit préférer quitter le navire en beauté. Le temps joue contre vous. Et donc en notre faveur.

Il détacha ses fesses du bureau et commença à arpenter la pièce, tête baissée, en enfonçant bizarrement les talons de ses mocassins dans l'épaisseur de la moquette, pointes levées à quarante-cinq degrés, de façon intermittente mais régulière, comme réglé sur un métronome intérieur. Pendant tout le temps qu'il parla, il ne jeta pas un seul regard à Nicolas.

– OK. Admettons qu'un licenciement économique en ce qui vous concerne n'entre pas exactement dans le cadre de la législation en vigueur. OK, OK... Vous connaissez la loi, je connais la loi. Match nul. Deuxième round. Qu'est-ce qui peut se passer alors ? Vous êtes vraiment très très fâché contre nous et vous finissez par nous foutre les prud'hommes au cul. Soit. Ça vous coûte très cher en énergie, ça nous coûte tout aussi cher en avocats. Personne ne s'y retrouve et puis ça n'en finit pas, hein, ça dure des mois et des mois, peut-être des années, parce que vous imaginez bien qu'on s'y connaît tout de même un peu en procédures. Bref, c'est la cata, on résiste, vous vous enfoncez, vous chopez la déprime. Et tout ça, toute cette gabegie, tout cet immense bordel pour quoi, vous pouvez me le dire ? Pour accoucher d'une indemnité merdique ?

Il eut un petit mouvement dédaigneux des lèvres en se plantant devant lui.

Et ajouta après un temps :

– Nicolas, je vais vous faire une proposition. Cette proposition, je ne vais la faire qu'une fois. Une seule fois, vous entendez. Quand vous sortirez de ce bureau, elle n'aura plus aucune espèce de réalité. Ce sera un mirage qui n'aura jamais existé. Un joli petit ballon qui vous pétera à la figure au moment pile où vous franchirez le seuil de ce bureau.

Il s'arrêta quelques fractions de seconde pour donner encore plus de poids à ce qu'il allait dire :

– C'est *maintenant* que vous décidez, conclut-il.

Il regarda fixement Nicolas en ajoutant une intensité dramatique qui n'aurait pu trouver d'équivalent que dans certaines scènes de cinéma. D'ailleurs, son attitude, ce sourire, la manière dont il venait de s'exprimer – sur un ton à la fois emphatique et blasé, les mains dans les poches, les yeux au fond des yeux –, il semblait les avoir piqués à l'un des héros arrivistes et archicyniques des séries américaines du genre *Suits* ou *House of Cards* dont il était probablement un consommateur assidu. Nicolas prit soudainement peur. Ce jeune type l'impressionnait, quoi qu'il pût en penser. Il fallait réfléchir vite, l'enjeu était monstrueux. Oui, le temps allait jouer contre lui, Nicolas le savait mieux que quiconque, lui qui avait tant de fois été placé par sa direction dans la position inverse et contraint à effectuer ce même job de dégraissage vis-à-vis de ses subordonnés. Bien que, contrairement à cet homme, il eût toujours tenté d'y apporter humanité et considération, il l'avait fait malgré tout et, au bout du compte, le résultat avait été identique, des hommes et des femmes avaient perdu leur emploi. Une fraction de seconde, il eut conscience de l'ironie mordante de ce retournement de situation. *L'arroseur arrosé*, pensa-t-il. Et puis, en un éclair, il vit défiler l'image fantomatique de sa femme et de ses deux enfants. Un frisson douloureux le parcourut.

– Je vous écoute, dit-il en triturant ses mains l'une contre l'autre.

Nicolas sortit hébété de l'entretien. Arrivé à l'air libre, il s'arrêta, étourdi par le vacarme assourdissant de cette avenue qui contrastait avec le silence glacial et mensonger des lieux qu'il venait de quitter. Sans avoir conscience de son geste, il inspira en portant la main à sa gorge, comme s'il étouffait. Il leva la tête et pesa mentalement l'agitation autour de lui. Brusquement, il ne sut que faire, où aller, que penser. Il marcha sans but sur les trottoirs en observant la nuée des passants qui tous semblaient vouloir aller quelque part, qui tous avaient un but, qui tous étaient mus par une énergie, une raison d'être, une légitimité dont il venait d'être à l'instant dépossédé.

Bientôt, l'envie le prit de rejoindre son poste de travail qui lui semblait le seul endroit acceptable en la circonstance. Il s'engouffra dans le métro. À cette heure, la rame qu'il emprunta était presque vide. Une femme l'observa avec insistance, il lut dans son regard ce qu'il interpréta comme un mélange de gêne et de mépris et il détourna la tête. Il eut honte de se trouver ainsi fragilisé, ainsi désigné. C'était une sensation inédite et terrible. Auparavant, quand il empruntait les transports en commun en dehors des heures de pointe, il pouvait lui arriver aussi de se placer en position d'observateur et de jeter des regards pleins de compassion et parfois de méfiance à tous ces exilés sociaux, à tous ces autres, inqualifiables, ces *sans-nom* dont il faisait maintenant partie. Quand il avait encore un travail, quand il occupait une position enviable dans la hiérarchie humaine, tout cela n'était que des mots, de vagues formules, des rêvasseries anxiogènes. Bien évidemment, personne aujourd'hui – même les plus favorisés par le sort – ne pouvait s'estimer à l'abri d'une mésaventure similaire. Le mot *chômage* était sur toutes les lèvres, sur tous les écrans, à la une de tous les journaux, dans les mauvais rêves de chacun. Mais ce n'était que quand ce mot recouvrait une réalité indiscutable, quand il tombait sur vous comme une lame brûlante que l'on se trouvait rattrapé par sa signification et son enjeu véritables.

Quelques minutes plus tard, Nicolas appuyait la main contre l'une des rambardes de cuivre de la porte d'entrée du palace. L'imposant tambour tourna sur son axe et le propulsa lentement dans le hall d'accueil, où le silence était d'une nature unique : grave, imposant, empreint d'une autorité indiscutable. Tout autour de lui, ce n'étaient que chuchotements, sourires, discrétion, empressement poli ; une valse savamment orchestrée des corps, des esprits et des visages. Inexplicablement, il se sentit rassuré de se retrouver là. Un instant, il crut même que ce qui venait de se passer n'était qu'une fantaisie de son cerveau, une triste fabrication de son imagination, et il fut quelques secondes à savourer cette illusion. Ce ne fut qu'en franchissant la porte qui séparait l'hôtel de sa partie management qu'il se rendit à l'évidence. Il s'arrêta quelques secondes puis gravit une série d'escaliers avant d'atterrir dans le long couloir de part et d'autre duquel se distribuaient les bureaux des services administratifs dont il était le chef il y avait encore quelques minutes. Il croisa quelques collègues qu'il salua de la main et qui le saluèrent en retour, plus ou moins vaguement. Il nota la réticence de certains à le regarder dans les yeux. Quand il atteignit enfin le seuil de son bureau, il tressaillit. De ses biens personnels, tout avait disparu. Il n'y avait plus rien aux murs, plus rien dans ses tiroirs, plus rien dans son armoire. Le butin de ce que Nicolas considérerait plus tard comme un *braquage* était empilé dans un vulgaire carton de déménagement qui trônait piteusement sur son bureau. Aucun élément tangible ne pouvait désormais témoigner de son passage en ce lieu. Dix années de sa vie avaient subitement été rayées, niées, comme s'il n'avait jamais travaillé dans cet espace. *Tout cela n'existera plus que dans ma mémoire*, pensa-t-il. Il s'approcha. Au moment où il allait s'emparer du carton, au moment où il y posa ses mains pour le soulever, il s'arrêta brusquement, paralysé. Lui qui n'avait jamais osé exprimer ici un quelconque sentiment personnel, lui qui s'était toujours efforcé d'entretenir une distance irrépressible entre son travail et sa vie, s'effondra en larmes comme un enfant. Ce furent de longs sanglots étouffés, discrets, dont personne, pas même ceux qui passèrent à quelques centimètres de lui à cet instant, n'eut conscience. Ce que les gens virent de l'encadrement de ce petit bureau n'était qu'une silhouette dont la tête était comme avalée par les épaules, une figure légèrement avachie et parfaitement anonyme.

Ce soir-là, Justine rentra peu après 20 heures. À travers les persiennes métalliques, la lumière déclinante de cette belle journée d'avril éclaboussait le salon de zébrures d'un vif orange. D'emblée, le silence qui régnait l'inquiéta. Exceptionnellement, lui manqua *le caquetage de l'impassible Pujadas,* comme elle le nommait en temps ordinaire. Elle s'avança avec prudence dans la pièce. Nicolas était assis dans le canapé, les avant-bras collés contre ses cuisses, les yeux fixés sur la béance noire de l'écran du téléviseur. Il ne l'entendit pas arriver. Elle se précipita vers lui.

– Nicolas ?

Il tourna la tête et dévoila un visage vide de toute expression.

– Ils m'ont viré.

– Merde…, dit-elle en s'affaissant.

Il ajouta :

– Deux ans de salaire et huit mois d'outplacement pour m'aider dans mes démarches.

Justine eut l'impression qu'il venait, comme un juge, de prononcer une sentence irrévocable. En l'état, ce licenciement n'était d'ailleurs pas autre chose qu'une condamnation. La faute existait, c'était clair, il suffisait que quelqu'un décrète arbitrairement votre inaptitude à une fonction pour que le doute s'insinue dans tous les esprits. L'intégrité professionnelle de son mari était nécessairement entachée par le seul fait qu'il ait été exclu, même provisoirement, d'un système ; la *présomption d'innocence*, parfois bafouée dans le circuit judiciaire, l'était tout autant dans le circuit économique.

– Ça nous laisse du temps, osa-t-elle.

– Oui, du temps, tu as raison, dit-il amèrement.

Justine tenta de calmer la peur diffuse qui s'était emparée d'elle. Nicolas l'avait tenue au courant des rumeurs qui entouraient le rachat de sa boîte et des conséquences probables que cela aurait sur sa situation personnelle. Elle s'y attendait, elle s'y était préparée, mais la réalité la rattrapait. Elle fixa son mari avec pitié. Nicolas se redressa, conscient de l'enjeu et de la nature de ce sentiment à son égard.

– Ne me regarde pas comme ça, s'il te plaît, dit-il sèchement.

Il s'était brusquement levé du canapé. Justine eut un moment de stupeur. Son mari avait élevé le ton de la voix, ce qui ne lui arrivait jamais. D'instinct, elle tenta un mouvement tendre vers lui mais au dernier moment elle en fut empêchée par Hector qui débula de sa chambre comme une furie, le casque de sa PlayStation vissé sur les oreilles.

– On mange quand ? J'ai faim, moi, gémit-il.

À sa suite, Adèle sortit elle aussi de sa chambre, aiguillonnée par le même appétit. Nicolas leur sourit et, en un clin d'œil, réintégra le rôle de père modèle que ses enfants l'avaient toujours vu endosser. Le salon s'emplit d'une énergie nouvelle. D'ordinaire, Justine appréciait ces parenthèses fragiles où s'entremêlaient des cris, des éclats de voix, des échanges rebelles, de vains débats. C'étaient des moments de retrouvailles intenses où la famille, après s'être éparpillée pendant la journée, se reconstituait joyeusement avant l'heure du dîner. En observant Nicolas préparer avec entrain le repas comme il le faisait chaque soir, répondre imperturbablement aux questions harassantes de son fils, s'intéresser aux récriminations alanguies de sa fille, Justine réalisa à quel point son équilibre personnel reposait pour l'essentiel sur celui que Nicolas avait réussi à échafauder pour elle et ses enfants. Qu'allait-il se passer si lui aussi perdait pied ?

Pendant tout le temps du dîner, elle ne cessa de vouloir repérer ce que le visage de Nicolas ou son comportement révélait de failles et de dysfonctionnements nouveaux. À sa surprise, elle ne décela rien de tout cela. Le surmoi de son mari assurait à merveille sa fonction de verrouillage, Nicolas continuait de se comporter comme si rien de sérieux ne s'était passé. *Ce type est un roc, je ne sais pas comment il fait,* se dit-elle, troublée. Plus que toute autre, elle avait conscience de la portée de ce qu'il lui arrivait. À tout prendre, elle aurait préféré qu'il s'écroule.

Plus tard dans la soirée, Justine et Nicolas décidèrent de parler aux enfants de la situation dans laquelle se trouvait désormais leur père. De fait, c'est Justine qui poussa son mari à cet aveu. Elle estimait que leur cacher la vérité était une injure faite au devoir de probité sur lequel avait de tout temps reposé la petite entité sociale qu'ils constituaient. S'il n'y avait eu que lui, la chose aurait traîné, il aurait persisté à faire semblant ; le mensonge est parfois plus doux et plus acceptable que la vérité, il le savait depuis longtemps, probablement depuis l'époque où il avait rencontré Justine.

Il fut décidé de réunir la famille dans le salon. Une certaine raideur empesait le comportement des uns et des autres, y compris celui d'Hector qui pour une fois se taisait, écrasé par la solennité de ses parents. Justine s'assit dans le canapé, ses enfants installés de part et d'autre. Nicolas leur faisait face, debout. Sans doute avait-il estimé que c'était la position la plus adéquate, bien que ce fût avec une visible affectation qu'il la tenait. Les mouvements hasardeux de ses bras, en particulier, ne l'aidaient en rien à paraître détendu.

Il commença en s'éclaircissant la gorge :

– Voilà... j'ai... j'ai... Disons que... mon employeur et moi... avons... d'un commun accord d'ailleurs... avons... décidé de nous séparer.

– Tu t'es fait virer, quoi, dit Adèle calmement.

Nicolas se raidit.

– Je peux vous assurer qu'il n'y a aucune raison de s'inquiéter. Je vais très vite retrouver un emploi, je le sais. Je connais un tas de gens qui sont prêts à m'aider. C'est une question de quelques semaines, j'en suis convaincu. Regardez-moi. Franchement, est-ce que vous trouvez que j'ai l'air inquiet ?

Il s'essaya à une mimique comique, écartant les bras, tendant les paumes vers le plafond. Justine le soutint d'un sourire. Adèle et Hector se renfrognèrent.

– Pour vous, rien ne va changer, je peux vous l'assurer.

Justine le regardait avec candeur. Elle voulait croire au discours rassurant de son mari. Adèle fut la seule à réagir, accueillant la nouvelle avec détachement et même avec une légère froideur.

– Et si tu faisais carrément autre chose ? dit-elle à son père.

– Comment ça, autre chose ?

– Oui, si tu en profitais pour changer de métier par exemple ?

– Et pour faire quoi ?

– Je ne sais pas moi. Qu'est-ce que tu aimes ? C'est quoi ta passion ? Il y a bien quelque chose qui te fait...

Elle eut un geste significatif et simultané des mains et du visage.

– Qui te fait kiffer, quoi...

Nicolas mit du temps à réagir. À bien y réfléchir, il réalisa que non, il n'avait aucune passion particulière, aucune envie spéciale, aucun hobby d'aucune sorte. Ses enfants, sa femme, son métier le comblaient et il n'avait jamais eu besoin de dérivatifs pour s'en détourner.

– J'aime ce que je fais, dit-il solennellement.

Il ajouta :

– Oui, j'aime mon travail, je ne veux pas en changer.

Adèle eut une petite moue de déception avant de se désintéresser de la discussion.

Hector, lui, encaissa la nouvelle sans poser la moindre question ou même réagir. Ce n'est que quand Nicolas entra dans sa chambre une demi-heure plus tard, au moment du coucher, qu'il le trouva en larmes. Après cinq bonnes minutes d'interrogations et de pressions en tous sens, Nicolas parvint à lui faire avouer l'origine de cette tristesse : il craignait uniquement pour lui-même, pour son petit confort personnel, son angoisse majeure tournait autour de la capacité de ses parents à continuer de le fournir en jeux vidéo, en fringues, en argent de poche. Nicolas fut d'abord effrayé de cette réaction si peu en accord avec à la manière dont ils l'avaient élevé avec Justine et aux valeurs qu'ensemble ils avaient tenté de lui donner. Puis il fut effrayé d'une autre chose, bien plus pernicieuse, il réalisa la menace que son licenciement faisait peser sur la perception que ses enfants allaient avoir de lui. Le regard de son fils avait changé. L'admiration qu'il avait d'ordinaire pour son père s'était subitement mue en incompréhension, il était devenu un petit animal fragile, inquiet, rien de ce qu'on pouvait lui dire n'était en mesure de l'apaiser. Pour la première fois, Nicolas se voyait échouer dans ce qu'il estimait être la fonction première d'un parent : rassurer sa progéniture.

Le lendemain, Nicolas se réveilla à 7 heures tapantes. Comme les nombreux matins qui avaient précédé celui-ci, il désactiva la sonnerie de son smartphone pour éviter de réveiller Justine, s'assit sur le bord du lit, bâilla en étendant les bras en croix, enfila ses mules sagement disposées la veille sous le sommier, se dirigea dans l'obscurité à travers la chambre, ouvrit puis referma la porte de sa salle de bains. Ce n'est que quand il alluma le plafonnier que cessèrent les automatismes qui conditionnaient son réveil et que la mémoire lui revint. Il se figea, inspira fortement et bloqua son souffle : aujourd'hui, il n'allait pas travailler, il resterait ici à disposer de son temps comme il l'entendrait. Aujourd'hui, il n'aurait pas à réfléchir, à torturer des chiffres, à consolider des bilans, à apporter des réponses à ses supérieurs, à réclamer des explications à ses subordonnés. Il n'aurait pas non plus à se prendre en pleine face l'arrogance de son contrôleur de gestion ou l'humour indigne de son responsable juridique. Aujourd'hui, toutes les tâches et les nécessités qui, d'habitude, l'encombraient, il n'aurait aucunement à s'y atteler. Inexplicablement, il se sentit léger, joyeux. Il réalisa à quel point son travail était devenu en quelques années un fardeau, à quel point il l'oppressait et même l'étouffait parfois. En quelques secondes, il prit la mesure de ce qui lui arrivait et entrevit dans cette situation inédite, hier anxiogène, le moyen de reprendre sa vie en main. Le destin lui avait fait un clin d'œil, il ne pouvait l'ignorer. Passé le moment de honte et de sidération qu'avait constitué l'entretien avec son responsable RH, il était maintenant dans un tout autre état d'esprit, ouvert, combatif. Ce qui s'était passé était, au fond, à la fois inattendu et inéluctable. Oui, il fallait que cela arrive pour qu'il puisse enfin réellement exister. De plus, la situation était loin d'être catastrophique, il connaissait du monde, beaucoup de monde, tous ces gens allaient l'aider, il en était certain. Devant lui s'ouvrait une parenthèse heureuse qui se refermerait très prochainement sur un travail où son expérience et ses compétences seraient pleinement reconnues. Entre-temps, il allait enfin pouvoir prendre soin de lui, de sa femme, de ses enfants.

Ce jour-là, à peine levé, il se mit à remplir des tableaux de chiffres, ce qui, on le notera avec une légère ironie, ne différenciait pas vraiment ce jour chômé d'un jour de travail ordinaire pour un homme comme lui, exerçant un tel métier. Mais sur Nicolas, comme sur d'ailleurs quantité d'autres personnes, les nombres, les tableurs, les formules – la toute-puissance de la sorcellerie algébrique en quelque sorte – exerçaient un pouvoir tranquillisant. Donc, dans des cellules Excel, il reporta le montant des versements Assédic qu'il avait précédemment simulés sur le site de Pôle emploi et, tenant compte du délai de carence incompressible, les croisa avec une projection des besoins mensuels du ménage. La différence comptable entre la situation d'hier et celle d'aujourd'hui se trouvait largement compensée par les indemnités de licenciement liées à la rupture conventionnelle concédée par sa direction ainsi que par le crédit d'impôts consécutif à la diminution notable de ses revenus. Il ressentit une bouffée de satisfaction en alignant ces hypothèses chiffrées et en constatant que, même licencié, il pouvait continuer à assurer à sa famille le train de vie ordinaire auquel chacun s'était habitué. D'un point de vue strictement financier, il n'avait pas grand-chose à craindre avant sept cent trente jours. Sept cent trente jours ! La durée de son indemnisation Assédic, ainsi exprimée en journées, lui paraissait tellement plus longue que deux années entières, tellement lointaine, tellement inaccessible en vérité.

Ensuite, il dressa des listes de personnes à contacter, établissant trois catégories qui tenaient compte de la nature des relations qui les liaient à lui :

Il y avait d'abord le cercle proche ; des gens qui, bien que professionnels, pouvaient être considérés comme de vrais amis.

Venait ensuite ce qui constituait communément son réseau professionnel ; cela allait de ses contacts LinkedIn à ses homologues dans les autres établissements hôteliers, en passant par quelques connaissances plus ou moins vagues, des responsables RH par exemple, des fournisseurs ou certains membres du comité Colbert, dont son palace faisait partie, et qui regroupait la crème des marques de luxe hexagonales.

À ce stade, il n'était pas question de répondre à une quelconque petite annonce. D'ailleurs, à un tel niveau de recrutement, il n'existait aucune offre correspondant à ses capacités, tout cela fonctionnait de manière souterraine, presque confidentielle. Les seuls postes éventuellement disponibles, c'était son troisième cercle, les chasseurs de têtes, qui étaient missionnés pour les pourvoir.

Au final, constatant le nombre impressionnant de contacts de qualité qu'il était capable d'aligner, Nicolas sentit une onde de fierté le traverser. Pour la première fois de sa vie, il estima qu'*il était quelqu'un, finalement* ; par une espèce de porosité professionnelle, il éprouva ce sentiment particulier – qui ne l'avait jamais effleuré auparavant – d'appartenir à un clan, une sorte d'élite, et de posséder des clefs que d'autres n'avaient pas. Cela le remplit d'une énergie positive, revigorante. Alors il commença à appeler ses contacts, méthodiquement, l'un après l'autre, se concentrant d'abord sur le premier cercle pour s'étendre progressivement au deuxième puis au troisième cercle, sans toutefois jamais préciser à ses interlocuteurs la raison qui le poussait à provoquer ces invitations. Personne ne fut surpris de son appel, bien au contraire. Les gens paraissaient même enchantés de le revoir, si bien que les prévisions de rencontres s'accumulaient comme neige qui tombe dans la fonction calendrier de son BlackBerry et que le planning de ses prochaines semaines se densifiait à vue d'œil.

Les retrouvailles avec les contacts de son premier cercle occupèrent à eux seuls un bon mois. C'étaient en général des déjeuners tout à la fois joyeux et haut de gamme, Nicolas était reçu avec les honneurs d'un invité de marque dans des restaurants gastronomiques au minimum deux fois étoilés. On y parlait de tout, des petites et des grandes histoires de la profession, de la menace grandissante pour les palaces parisiens de l'arrivée massive de capitaux asiatiques et moyen-orientaux ou, à l'inverse, du sang neuf qu'ils apportaient à une corporation en pleine mutation. On colportait des ragots, on relayait les coucheries éventuelles des uns et des autres, les remaniements internes de certains services, les travaux de rénovation pharaoniques de tel établissement, l'arrivée-surprise de tel ou tel chef dans tel ou tel palace. Quand Nicolas finissait par évoquer sa situation personnelle, il était visible qu'on faisait tout pour ne pas s'y attarder, c'était un peu comme une tache de vin sur une nappe bien amidonnée, une blague de mauvais goût au milieu de tout ce déploiement de luxe et de bonne chère ; la plupart de ses amis refusaient de s'en alarmer, certains allaient jusqu'à en plaisanter : *Franchement, si un type comme toi ne retrouve pas un boulot dans les quinze jours, je me les hache menu !* Alors on éclatait de rire, on passait à autre chose, on se resservait à boire pour minimiser la gravité de la situation et célébrer l'avenir nécessairement glorieux de Nicolas ; c'étaient invariablement des grands crus millésimés, on ne lésinait jamais sur la qualité de l'accueil, on buvait sec et bien. Nicolas sortait toujours un peu éméché de ces agapes, un peu hébété aussi.

Pendant des jours et des jours, il fut ainsi occupé d'au moins 11 heures du matin, quand il troquait son jogging élimé contre un costume-cravate, jusqu'à 4 heures de l'après-midi, quand il revenait chez lui et se déshabillait dans l'autre sens. Le reste du temps, il faisait du sport, il s'occupait à des petites réparations qu'il avait sans cesse repoussées dans leur appartement, il faisait des courses, achetait des fleurs à sa femme, concoctait des dîners inventifs, parfois audacieux, auxquels toute sa famille faisait honneur. Il était gai, plein d'entrain. Jamais il n'avait eu l'impression de remplir aussi parfaitement ses journées.

Au fur et à mesure cependant, à force d'échouer à évoquer frontalement son licenciement auprès de ses meilleurs alliés, il ressentit le désir d'en parler enfin ouvertement. À quelques occasions, il se montra un peu trop insistant, un peu trop maladroit, il commença à en ennuyer certains, les déjeuners devinrent moins drôles, quelques bons amis se révélèrent en réalité beaucoup plus frileux – et donc beaucoup moins bons amis – que Nicolas ne s'y attendait. *Écoute Nico, je veux bien te refiler le nom de leur DRH mais surtout, surtout, tu ne mentionnes pas que ça vient de moi !* Nicolas réalisa petit à petit qu'il avait échoué à convoquer sur son sort l'attention de ces personnes qui lui paraissaient auparavant si proches. Chacun était resté sur ses gardes, protégeant ses arrières, ses acquis, son territoire, son propre réseau. Nicolas en fut déçu, mais il ne souhaita pas s'encombrer de ce sentiment. Au contraire, cette déception nourrit son opiniâtreté, il décida d'être plus vigilant, plus opportuniste, plus offensif.

Cette première expérience – ce premier échec – décupla sa volonté de s'en sortir au plus tôt. Il le comprit vite, il allait devoir uniquement compter sur ses deux autres cercles de relations. Le degré de chaleur humaine serait nettement moindre, les repas plus formels et moins dispendieux – parfois c'était de sa poche qu'il en serait –, mais au moins les choses seraient claires : il solliciterait ouvertement un coup de pouce, un contact, une adresse mail, et pourquoi pas un poste. Alors il enchaîna des dizaines d'autres rencontres, la plupart du temps on l'écoutait avec intérêt, le plus souvent on le rassurait, presque tout le monde s'accordait à le trouver formidable, certains allèrent jusqu'à prononcer le mot *unique*, son CV était exceptionnel, à tel point qu'on allait le faire passer à une connaissance RH ou au directeur d'un établissement actuellement en pleine restructuration. Les chasseurs de têtes eux-mêmes, bien qu'ils n'eussent pour l'heure aucun poste à lui proposer, se montrèrent optimistes.

Au bout de deux mois, Nicolas avait petit-déjeuné, déjeuné, bu un verre, dîné parfois, avec plus de soixante personnes. Chacune d'elles avait promis de le rappeler.

Commença alors le long temps de l'attente. Régulièrement, il relançait par téléphone ou par mail des contacts supposés prometteurs. Parfois on lui répondait, habituellement on mettait plusieurs jours avant de le faire, mais le plus fréquemment on ne lui répondait pas du tout. Sa vie commença à lui sembler d'une lenteur ignoble. Maintenant qu'il disposait de la totalité de ses journées, l'énergie qu'il mettait à les occuper avait diminué de manière inversement proportionnelle. Il avait moins envie de courir, moins envie de réparer des choses, moins envie de faire des courses, moins envie de sortir, moins envie de tout. Comme pour ne pas rompre avec ses habitudes anciennes, il se levait toujours le premier, à 7 heures. Il prenait une douche, s'habillait, préparait le petit déjeuner des uns et des autres, puis s'éclipsait de chez lui pour faire comme si, pour s'épargner l'humiliation d'être encore là quand sa famille quitterait les lieux. Ensuite, il errait de bistrot en troquet, s'enfilant expresso sur expresso, picorant distraitement les infos du jour sur des journaux mis à disposition au comptoir. Vers 9 heures, quand il était sûr d'y être seul, il revenait chez lui, revêtait son jogging usé et se mettait devant son ordinateur. Il passait alors l'essentiel de son temps sur le Net à solliciter de nouveaux contacts LinkedIn, à s'informer des événements qui secouaient l'économie du secteur, à obtenir des informations sur les rachats ou les ventes d'établissements en cours, à consulter les organigrammes de palaces récemment restructurés. Et puis, quand il avait épuisé toutes les possibilités professionnelles, il se perdait pendant des heures dans les méandres de la Toile, au hasard, pour se désennuyer. Ou bien il se plantait devant la télévision, zappant à tout va, sans intérêt pour rien. Le soir, avant 18 heures, il quittait son jogging – qui était devenu sa tenue de combat –, s'habillait décemment, sortait de chez lui, marchait au hasard dans les rues adjacentes, attendant que ses enfants soient rentrés de l'école pour réintégrer les lieux, au moment où il était certain que chacun serait occupé à ses devoirs, au moment où sa présence serait le moins visible.

Évidemment, tout cela l'avait changé en profondeur, son insouciance s'était estompée, il semblait à vif désormais, comme menacé par les exigences cruelles de l'attente. Il guettait sans cesse l'arrivée d'un courrier sur l'écran de son BlackBerry, son téléphone était devenu son plus fidèle et son plus aliénant compagnon. Mille fois par jour, il cliquait sur la touche *Réconcilier maintenant* pour actualiser le contenu de sa messagerie. Parfois un spam surgissait, en une fraction de seconde une espérance violente naissait puis mourait, c'était encore pire que de ne rien recevoir du tout.

Il avait parfois du mal, au milieu des siens, à composer, à faire semblant. Il tentait de faire face mais le plus souvent on le trouvait absent, nerveux, l'esprit pollué par des préoccupations qu'il aurait tenté auparavant de fuir. La vie de famille en prit un coup, naturellement, ses enfants lui reprochaient son manque d'humour et plus encore son déficit d'attention à leur égard.

Un jour, un chasseur de têtes le rappela. Le poste était pour lui, clairement. Il passa un entretien, puis deux, puis trois. Là encore, ses interlocuteurs le couvrirent d'éloges. Il était plein d'espoir. Deux semaines plus tard, le chasseur le rappela :

– Désolé Nicolas, ils ont préféré prendre un type…

Il hésita, puis :

– Plus… plus jeune.

– Plus jeune ?

– Franchement, ne me dites pas que vous n'avez jamais pensé que votre âge pourrait être un problème ?

– Mais enfin, j'ai quarante-neuf ans !

– Nicolas, c'est très exactement ce que je suis en train de vous dire.

Le lendemain, Nicolas sonnait à l'interphone d'une société plaisamment nommée French Connection, dont le siège était niché au deuxième étage d'un immeuble du Triangle d'or parisien, au bas de l'avenue George-V, assez comiquement voisin du Crazy Horse. Les locaux de l'entreprise occupaient 300 m² de ce qui avait été autrefois un luxueux appartement haussmannien et se présentait aujourd'hui sous la forme d'une succession ininterrompue de bureaux minuscules et ennuyeux. Le responsable de Talent Acquisition lui avait survendu la capacité de cette société d'outplacement à lui offrir un accompagnement personnalisé de retour à l'emploi et à l'aider *à le sortir au plus vite de cette mauvaise passe*, comme s'il refusait d'assumer que c'était lui, précisément, qui l'y avait fourré. Les espérances du jeune DRH étaient immenses, sans doute corrélatives aux trente mille euros que le consortium qatari avait accepté d'investir dans cette opération de recyclage de l'un de ses cadres supérieurs.

Nicolas ne croyait pas beaucoup à l'efficacité de ce genre d'arrière-cuisines RH, d'une manière générale il leur accordait très peu de crédit et, pour tout dire, il en avait même une sale opinion. Ce n'était que forcé et contraint par sa situation personnelle qu'il avait finalement accepté de se soumettre à ce qui faisait partie de son *package* de départ. C'était ça ou devenir dingo à tourner seul en rond chez soi.

Nicolas se trouvait donc dans un état d'esprit mitigé – un mélange compliqué d'exaspération, d'espérance et de vexation – quand il se présenta à l'accueil. Après une bonne demi-heure d'attente, une assistante l'aiguilla vers le bureau d'une certaine Marie-Ange de Fronsac. Nicolas parcourut un long corridor entièrement recouvert de mots et d'injonctions en lettres colorées appelant à ce qu'il perçut avec un léger inconfort comme un hédonisme échevelé : *Osez. Brillez. Sortez de vous-même. Courage. Ne vous plaignez jamais. N'ayez jamais peur. Confiance. Dépassez vos limites…* Une phrase en particulier retint son attention : *Le monde appartient aux optimistes, les pessimistes ne sont que des spectateurs.* Tout cela eut pour effet de l'affaisser mentalement. Brutalement, il eut l'impression d'être au centre – et même le centre – d'un gigantesque canular. Il eut envie de faire marche arrière, de redescendre à toute vitesse l'escalier, de se retrouver au grand air, mais c'était trop tard, sa coach se présentait déjà dans le couloir pour l'accueillir.

– C'est ici, Nicolas, dit-elle en agitant vivement la main à hauteur de la poitrine, comme une petite fille.

Or Marie-Ange de Fronsac n'était plus une petite fille. Elle avait très probablement passé la cinquantaine, bien qu'il eût été impossible de lui donner un âge précis. Son visage était proprement effrayant, il portait les stigmates d'une succession d'opérations chirurgicales plus ou moins abouties et s'apparentait à un masque mortuaire de la couleur ivoire du marbre des statues. Il paraissait à la fois relativement lisse – en tout cas débarrassé des signes majeurs du vieillissement – et âgé, c'était peut-être l'expression indolente du regard qui induisait ce paradoxe. Il y avait également le contraste avec les mains que les innovations dermatologiques les plus pointues n'avaient pas réussi à débarrasser des taches de sénescence brunâtres qui les constellaient. Nicolas devait faire des efforts notables pour parvenir à la regarder droit dans les yeux. Marie-Ange, de son côté, déployait de vifs efforts – d'une nature différente mais tout aussi intenses – pour se montrer accueillante, conviviale, convaincue de sa mission.

La conversation s'établit d'abord autour des présentations mutuelles d'usage puis dériva très vite vers la raison de la présence de Nicolas en ce lieu.

– Nicolas, vous êtes sorti du système parce que vous n'étiez plus en adéquation avec votre cadre professionnel. Quand quelqu'un a mal aux pieds, il change de chaussures, il ne change pas de pieds, vous êtes d'accord ?

– Je suis la chaussure et l'entreprise c'est le pied ? osa Nicolas.

Il n'est pas sûr que Marie-Ange eût conscience de l'ironie. Elle enchaîna, et le débit de ses paroles devint de plus en plus rapide.

– Exactement. Il faut s'a-da-pter, mon ami. Ici, nous allons vous apprendre à vous forger une posture en adéquation avec le monde tel qu'il est.

Le visage de Nicolas n'exprimant rien de bien enthousiaste, Marie-Ange se redressa nerveusement, comme pour mieux le convaincre.

– Nous avons nos méthodes et je vous jure que ce sont les bonnes. Dans huit mois, et même avant, je peux vous affirmer que nous aurons fait de vous un... *battant.*

Aucun des traits de son visage n'avait bougé, seuls ses yeux brillants et le ton soudain victorieux de sa voix témoignaient de l'intensité de son implication. Nicolas se raidit dans son fauteuil, tâchant de ne rien montrer de son état intérieur qui, à cet instant, hésitait entre amusement et mépris.

– Il faut que vous sachiez que les entreprises ne cherchent plus des salariés, non, aujourd'hui ce qu'elles cherchent c'est des *winners.* Nous sommes entrés dans une guerre économique implacable, Nicolas. Et qui dit guerre dit soldat. Qui dit soldat dit entraînement. Qui dit entraînement dit *coach*. French Connection a précisément été créée pour fournir des armes à des gens dans votre situation.

Elle parlait vite, dans l'intention probable de dramatiser encore plus des propos largement alarmants en soi.

– Savez-vous que les premiers cabinets d'outplacement ont vu le jour aux États-Unis pour redonner une chance aux GI qui souhaitaient se retrouver sur le marché du travail ?

– Non, je... ne savais pas..., bafouilla Nicolas, effaré par une telle théâtralisation de sa parole.

– Je vous le dis encore, et je ne cesserai de vous le répéter pendant les mois où je serai à vos côtés, c'est la guerre. Aujourd'hui, dans le monde du travail, c'est marche ou crève, il n'y a pas d'autre alternative que de se battre ou de mourir, est-ce que vous comprenez ?

Elle n'attendit pas la réponse de Nicolas et se pencha légèrement en avant, les deux mains crispées sur son bureau :

– Moi, je vais vous apprendre à ne pas tomber. Moi, je vais vous montrer comment vous relever, comment marcher, justement, comment avancer la tête haute, comment vous battre. Moi, Nicolas, je vais vous donner l'envie et les moyens de devenir un *killer*.

Nicolas avait un mal fou à se projeter dans son discours. Il ne voyait surtout pas comment, du jour au lendemain, il allait pouvoir se transformer en un combattant sanguinaire. Si guerre il y avait, il sentait que c'était plutôt aux arrière-postes qu'il aurait un rôle à tenir, à la logistique bien plus qu'à l'infanterie. De par son expérience professionnelle, bien entendu, de par sa personnalité surtout. Un sourire vaguement narquois éclaira son visage. Marie-Ange, en spécialiste notoire de la psyché humaine, dut s'en rendre compte. Alors son énergie décupla, elle désigna le couloir d'un ample et violent mouvement du bras.

— Depuis que vous avez franchi la frontière de ce bureau, vous êtes devenu un autre homme, Nicolas. Vous ne le savez sans doute pas encore, mais c'est la stricte vérité.

Elle hurlait presque maintenant. Nicolas était à deux doigts de se boucher les oreilles des deux mains. Il avait bien sûr conscience que, même si cette femme était là pour l'épauler, elle se gargarisait en tout premier lieu de la puissance de ses propos et de l'énergie phénoménale qu'elle employait à les formuler. Il l'avait déjà remarqué, en général les gens aimaient surtout se saouler de leurs propres paroles, ce que les autres avaient à leur dire ou à leur transmettre ne les intéressait finalement qu'assez peu.

— Oui, continua Marie-Ange, rien qu'en me parlant, vous vous êtes déjà glissé dans la peau de votre nouveau moi. Vous n'avez plus le même état d'esprit, vous n'utilisez plus les mêmes mots.

Elle s'arrêta un instant pour ingurgiter en un temps record, directement à la canette, une gorgée de Red Bull.

Nicolas nota avec ironie l'usage de cette boisson énergisante chez cette femme déjà si *allumée* au naturel. Quoi qu'il en soit, son empressement, sa vivacité, l'ambition démesurée qu'elle avait de le convaincre l'assimilaient, dans l'esprit de Nicolas, à une vendeuse de bagnoles ou à une politicienne en campagne, ce qui pour lui revenait à peu près au même.

– Le poids des mots, Nicolas ! Vous n'avez pas été licencié, vous êtes *sorti* de l'entreprise. Vous n'êtes pas en recherche d'emploi, vous êtes en *repositionnement professionnel*. Vous n'êtes plus au chômage, c'est terrible ce mot, non ? Il fout les chocottes, n'est-ce pas ? Eh bien Nicolas, permettez-moi de vous dire que vous n'êtes plus un chômeur, désormais vous êtes un *candidat*. Et, qui plus est, *un candidat en phase de transition apprenante* ! Les mots, Nicolas, les mots. Ces foutus mots qui peuvent devenir aussi puissants que des coups de massue, eh bien ici, nous allons vous apprendre à en faire bon usage.

Nicolas se taisait et l'écoutait. Son visage attestait un investissement personnel incontestable. Toute sa vie, il avait cultivé cette attitude d'écoute soutenue, systématique, intransigeante, qui engageait l'autre à se confier de manière naturelle ; écouter religieusement était un art qu'il maîtrisait complètement. À l'intérieur, c'était une tout autre histoire. En l'occurrence, il ne croyait pas un mot de tout ce que cette bonne femme venait de lui dire.

Pendant les mois qui suivirent, Nicolas tenta de s'impliquer tant bien que mal dans le programme personnalisé que lui avait cuisiné Marie-Ange. S'inspirant bien entendu de la méthode qui avait fait le succès de la French Connection, il reposait sur l'enchaînement de trois mouvements consécutifs étalés sur plusieurs mois, parfaitement résumés par le triptyque : *Réflexion, Communication, Action.*

La première phase, celle de la *Réflexion*, engageait à un regard particulièrement intransigeant et loyal sur soi-même, sur ses qualités, sur ses défauts majeurs. Elle impliqua dans les premiers temps l'intervention d'un graphologue censé établir les plus et les moins de sa personnalité. Ainsi apprit-il que la formation de la barre de ses « *t* », plutôt *tombante*, dénotait un manque de confiance en soi pouvant aller jusqu'à un dénigrement abusif de ses capacités, un défaut par ailleurs confirmé par une signature qualifiée de *descendante*. Son écriture plus *ronde* qu'*allongée* témoignait en revanche d'une grande réceptivité humaine, tandis que la direction générale de ses lettres, ostensiblement orientées vers la gauche, trahissait une forte relation à son passé. Des tests de personnalité à répétition, fondés sur une série de questions plus ou moins pièges – *Êtes-vous une personne créative ou pragmatique ? Préférez-vous produire ou inventer ?...* – mirent à l'épreuve sa conscience professionnelle, sa stabilité émotionnelle, son ouverture d'esprit. Un psychologue d'obédience comportementaliste décrypta en outre dans sa tendance à frotter régulièrement de sa paume le côté droit de sa nuque une déficience patente d'ouverture au dialogue et dans l'insistance de sa main à se porter à son menton une volonté inconsciente d'établir une barrière entre lui et son interlocuteur. Nicolas, qui ne s'était jamais encombré de savoir qui il était vraiment, fut à la fois intrigué et insatisfait par cette manière de portrait-robot que des spécialistes de la question esquissaient peu à peu de lui.

Bien que les méthodes de French Connection lui parussent risibles, il était incontestable qu'il profitait en ce lieu d'un hébergement psychologique appréciable. Grâce à Marie-Ange et consorts, il n'était plus seul. De plus, il réintégrait des habitudes depuis longtemps perdues, comme par exemple celles de porter un costume-cravate à longueur de journée, de reprendre les transports en commun aux heures de pointe, de se tenir à distance de chez lui plus de sept heures d'affilée, d'entretenir, au moment des repas ou des pauses, des discussions sur tout et rien avec des gens qui lui ressemblaient et qui constituaient, sinon des collègues, du moins une petite communauté d'infortune à laquelle il pouvait s'identifier. Autant de détails qui, additionnés les uns aux autres, redoraient son blason intime et lui redonnaient une étoffe sociale, toutes choses qui lui avaient cruellement manqué les derniers mois.

Pendant cette période d'apprentissage de soi-même, où son amour-propre fut maintes fois mis à l'épreuve, Nicolas prit sur lui, s'efforçant en toute occasion de faire bonne figure, surtout au sein de sa famille. Les dîners étaient redevenus vivables, bien que continuât à planer sur eux l'ombre de la fatalité. Parfois, quand il parvenait à se libérer suffisamment l'esprit – c'était généralement à la faveur de deux ou trois verres de vin –, Nicolas imitait Marie-Ange. Il prenait son visage à pleines mains, en tendait outrageusement la peau jusqu'à ses oreilles, arrondissait ses lèvres en un ridicule cul-de-poule, prenait une voix cassée, caverneuse, excessivement nerveuse :

– Je suis Néfertiti, épouse du très respectable et très admirable pharaon Akhenaton, roi de la XVIIIe dynastie, je suis revenue d'au-delà les ténèbres pour faire de toi un *killer*, Nicolas.

Hector hurlait de rire. Adèle levait les yeux au ciel mais souriait pourtant. Ce n'était pas tant l'humour potache de son père qui lui plaisait que l'impression de le retrouver comme avant. Justine, bien que satisfaite de la bonne humeur regagnée de ces réunions familiales, n'était pas dupe des pitreries de son mari. Elle s'inquiétait. Elle sentait l'imminence d'un danger si rien de sérieux ne se produisait bientôt sur le front professionnel. Bien que Nicolas conservât les marques les plus éloquentes de sa générosité et de son empathie à son égard, une barrière était dressée entre eux, les moments où ils se retrouvaient face à face étaient souvent empreints de gêne, ils ne se parlaient plus guère que pour exprimer des banalités, certains mots étaient bannis, toute référence à sa situation précaire était abolie ; malgré l'insistance de Justine à aborder sérieusement le sujet, il bottait en touche en plaisantant. Il ne voulait pas en discuter et quand elle insistait, il répondait qu'il en parlait déjà trop ailleurs, avec Marie-Ange, avec ses coaches, avec les autres candidats.

Au bout de quelques semaines, quand Nicolas eut pleinement conscience de l'homme qu'il était, quand il eut pris confiance dans ses capacités à évoluer, démarra la deuxième phase, celle de la *Communication*, qui visait pour l'essentiel à établir une *stratégie marketing personnelle* dans le but qu'il se vende au mieux à ses futurs employeurs.

– Tu es un *produit*, Nicolas, que tu le veuilles ou non. Désormais, tout compte. L'intérieur comme l'extérieur, le packaging comme le contenu, lui répétait Marie-Ange, qui avait eu recours au tutoiement après seulement quelques jours en sa compagnie.

C'est ainsi que Ghislaine, une championne du relooking personnel, fut conviée à estimer et surtout à réformer ce qu'elle nommait son *potentiel de performance visuelle*. Nicolas la trouva pathétique, estimant qu'elle-même aurait bien eu besoin des conseils avisés d'un spécialiste du genre. Son visage ridé, d'une maigreur anorexique, se prolongeait par un long cou de cormoran qui peinait à disparaître sous le col roulé d'un pull en mohair fuchsia. Sa taille infime s'évasait en une accumulation de jupons multicolores constituant une jupe qui aurait été parfaite pour un festival de pop music dans les années soixante-dix mais paraissait terriblement inappropriée de nos jours et en ce lieu.

Au cours d'une de leurs séances, Ghislaine fit soudain jaillir d'un cabas extra-large recouvert de broderies façon *tribal art* une série de cartons de couleur qu'elle exposa devant le visage de Nicolas avant de les faire défiler sous son nez. Après une série de mimiques inspirées, son avis tomba, sec et irréfutable :

– Il est clair, commença-t-elle d'une voix pincée, que votre carnation est parfaitement incompatible avec les coloris crème, châtaigne, havane et tabac, et je dirais même plus généralement avec toutes les nuances de brun.

Puis, secouant la tête :

– Nicolas, j'en suis désolée, mais il faut absolument bannir les pigmentations marron de votre garde-robe, dit-elle, sincèrement affligée, comme si c'était d'un bras ou d'une jambe qu'il allait devoir se séparer.

Elle se reprit et agita encore deux ou trois cartons :

– En revanche, vous avez une affinité irréfragable avec les variations chromatiques du bleu. Vous aimez le bleu, Nicolas ?

– Je ne sais pas, dit-il, agacé.

– En tout cas, lui vous adore.

Plus tard, on parla qualités de tissus et ce fut le même jugement sans appel. Ghislaine lui recommanda vivement le recours à l'alpaga et au drap de laine, l'engageant à se délester de ses costumes de velours, jugés trop rustiques. Elle l'encouragea par ailleurs à modifier le style de sa coiffure ; ses pattes en particulier, qui exposaient une pilosité jugée un peu *plouc*, nécessitaient d'être singulièrement raccourcies et effilées. Il lui fut aussi conseillé une épilation drastique des sourcils dans le but d'*intensifier la qualité de son regard*. Ghislaine alla jusqu'à évaluer les vertus signifiantes de son stylo plume, qu'elle trouva *carrément médiocre. Un stylo sans envergure, la plume d'un loser,* commentat-elle, à la fois méprisante et paniquée.

À longueur de temps, on lui apprenait à se forger une vision positive de lui-même, à transformer d'éventuels faiblesses en atouts, à devenir un stratège de sa propre personne, en bref, à se glisser irrémédiablement dans la peau et les fringues d'un *mercenaire de la recherche d'emploi.* Parfois, en fin de semaine, des pots étaient organisés, identiques en tout point à ceux que les candidats avaient connus dans leurs entreprises, on en profitait pour y exposer comme des trophées ceux qui avaient eu la chance de trouver un job, chacun d'eux se fendait d'un petit discours optimiste, les futurs ex-chômeurs en bavaient d'envie et de jalousie, et les coaches pouvaient gloser sur l'efficacité manifeste des méthodes de la maison.

Nicolas encaissait maintenant sans trop broncher ces épreuves où l'estime de soi était constamment et parfois violemment chahutée. Son attitude et son état d'esprit avaient nettement évolué. Même si en dehors des heures passées au bureau d'outplacement il continuait péniblement d'activer son réseau LinkedIn, il avait dorénavant fait plusieurs fois le tour de son carnet d'adresses, aucun de ses contacts ne lui donnait plus signe de vie, il n'avait aucune raison nouvelle de se manifester à eux, il ne lui restait plus qu'à espérer qu'un chasseur de têtes se pointe inopinément, tel un *deus ex machina.* Par un curieux retour de manivelle, French Connection était bel et bien devenue son unique espoir et, d'une certaine façon, sa seule issue. Bien qu'il conservât une espèce de défiance vis-à-vis de sa philosophie, il ne pouvait faire autrement que de se plier à ses exigences, même les plus mortifiantes. C'était avant tout une question de survie mentale.

Au bout de quatre mois se présenta l'expérience ultime, celle de l'*Action*. Là, on allait vraiment entrer dans le vif du sujet, la guerre semblait ouvertement déclarée, on allait le préparer à affronter l'autre, le challenger, le fameux *recruteur*, l'ennemi numéro un.

Paul, un ex-comédien reconverti dans le commerce lucratif du *Team Building*, assurait l'animation – ayant personnellement essuyé de longues années d'inactivité, il savait de quoi il retournait.

– L'attention d'un recruteur, leur assénait-il en permanence, est occupée à 58 % par ce qu'il voit, à 36 % par ce qu'il entend, à 6 % par ce qu'il comprend. Au moment où vous entrez dans son bureau, rien que par ce que vous renvoyez comme image, rien qu'en lui serrant la pogne, rien que par le ton que vous employez pour lui dire bonjour, le type sait déjà à 94 % s'il va ou non vous filer le job.

Ainsi Paul apprit à tous ces gens à respirer, à marcher correctement, à contrôler leur corps, leur souffle, leurs émotions, à composer un personnage, à s'approprier le texte qui allait avec et à le régurgiter de manière naturelle en ayant l'air de le réinventer à chaque mot. Un jour, vint le tour de Nicolas d'être filmé au cours d'un entretien d'embauche fictif. Son intervention fut affichée sur un écran géant et livrée en pâture aux autres candidats. On le trouva stressé bien qu'il eût de sa prestation le sentiment exactement contraire. Certains l'accusèrent de mollesse, de passivité, d'une trop grande introversion, d'un manque de clarté dans l'énonciation de ses intentions. Nicolas encaissait, sa confiance en soi s'étiolait, peu à peu engloutie par un mélange de honte et de colère contre soi, contre tous ces gens qui semblaient se venger d'imperfections dont ils étaient eux-mêmes victimes.

Finalement, aidé par Marie-Ange, il composa un CV imparable et l'envoya, généralement à l'aveugle, à plusieurs établissements de plus ou moins grande réputation, il fallait viser large. Il répondit même à des petites annonces, c'étaient toujours des postes pour lesquels il était surqualifié, où ses perspectives de salaire étaient dévaluées. Peu importe, il voulait travailler, sa rémunération était devenue un détail, il aurait accepté n'importe quel job mineur et déclassant. Au bout de trois semaines cependant, personne n'avait manifesté le désir de le rencontrer. Marie-Ange calma d'emblée son impatience :

– Il faut que tu te mettes dans le crâne que le temps n'a pas la même valeur pour toi que pour les gens qui sont susceptibles de t'employer. Trois semaines pour toi, c'est à peine une heure pour eux !

Ce furent bientôt, non pas trois, mais cinq puis six puis sept semaines d'un silence oppressant. Bien qu'il eût la chance – contrairement à des centaines de milliers d'autres chômeurs – de continuer à profiter des conseils de French Connection et donc aussi d'un support moral indubitable, Nicolas se sentait de plus en plus inquiet. Il ne pouvait cependant rien en laisser deviner à Marie-Ange qui tenait à ce qu'il garde un esprit ouvert, positif, pugnace. Alors il tentait de faire bonne figure, muselant son impatience et ses angoisses, les reléguant dans des petites zones intimes, fragiles et inaccessibles de sa conscience.

III

Le plus pénible maintenant, c'était d'être seul chez soi, tout le temps, à ne rien faire, ou presque. L'appartement était devenu son ennemi, sans cesse il semblait désigner Nicolas et le convier à admettre qu'il n'aurait jamais dû se trouver là, en cet endroit, à cette heure, sur cette chaise, dans ce fauteuil, sur ce lit, affalé devant cet ordinateur ou cette télévision. Les déjeuners, par exemple, qui constituaient une transition naturelle, un sas légitime dans la journée bien remplie de n'importe quel travailleur, stigmatisaient pour lui l'infinie lenteur d'heures passées sans aucun projet, sans aucune perspective, la répétition ininterrompue d'une même vacuité, un mitan douloureux où la moitié de la journée était encore à affronter alors que l'autre moitié venait à peine de péniblement se conclure. Parfois, il ne mangeait rien et quand il s'autorisait à le faire, il tentait de réduire à l'extrême les minutes passées à préparer son repas – en général des barquettes Picard qu'il réchauffait au micro-ondes – et surtout à l'ingurgiter, comme si calmer sa faim et profiter du plaisir qu'il y avait à le faire représentait une récompense indécente ; or il estimait ne devoir être créditeur d'aucune gratification, d'aucun dédommagement de sa situation. Depuis quelque temps maintenant, il se sentait plutôt coupable que victime. Ayant pas mal de temps à consacrer au dénigrement de soi, il ressassait sans trêve les raisons objectives qui avaient provoqué son licenciement, pointant avec sévérité ses manquements, ses fêlures, ses faiblesses, ce qu'il aurait dû faire, ce qu'il avait raté, tout ce qu'on lui reprochait, au fond, sans jamais le lui avoir dit. Il s'était fait rattraper par le démon de la culpabilité, ce vieux sentiment qu'il connaissait si bien et qu'il avait dû apprendre à apprivoiser depuis le jour où ses parents, en raison de billets d'avion qu'il les avait poussés à acheter et donc *à cause de lui*, s'étaient écrasés sur le sol vietnamien avant de se consumer corps et âme.

En réalité, s'il l'on voulait vraiment creuser ce qui, dans l'échelle des humiliations domestiques, était désormais le plus atroce, la palme était sans conteste remportée par les instants où sa femme de ménage occupait les lieux. C'était pour lui insupportable d'être en situation de devoir payer quelqu'un pour un boulot alors que lui n'en avait plus. Au début, il y avait trois mois peut-être, comme il avait fui certains matins la présence de sa famille, il avait fui celle de Myriam. Oui, il préférait partir plutôt que de se retrouver comme un étranger dans sa propre maison, ne sachant que faire, où aller ; il préférait se barrer plutôt que de se frotter à l'énergie surhumaine que cette femme déployait pour mettre de l'ordre dans ses propres affaires. Le plus souvent, il prenait le métro, dilapidant ses heures dans des trajets inutiles, sans motivation, sans but réel, hormis celui de circuler d'un bout d'une ligne à l'autre. Levallois/Gallieni : 43 minutes, Nation/Porte Dauphine : 47 minutes... À force, il pouvait composer un savant cocktail de parcours qui le faisait tenir les quatre heures que Myriam travaillait à son domicile.

Et puis, les semaines passant, il en avait eu assez, il avait estimé que ces trajets étaient encore plus humiliants que les raisons objectives qui le poussaient à les entreprendre, il avait trouvé le courage d'affronter la présence de son employée de maison. Un temps, il avait feint devant elle de s'agiter lui aussi, de se trouver une occupation, même factice – ranger des papiers, réparer une petite installation défectueuse, simuler un travail de recherche sur son laptop ; c'était encore l'époque où il voulait sauver la face, où il ne voulait pas être accusé d'être un sale fainéant alors qu'elle se démenait sous ses yeux, alors qu'elle avait un job à effectuer qui lui conférait un statut social, alors qu'elle avait une mission, une responsabilité, des comptes à rendre au supérieur hiérarchique qu'il représentait et que lui n'avait plus rien du tout de cet ordre-là. Parfois il se disait qu'il aurait très bien pu le faire lui-même, le ménage, puisqu'il n'avait plus que cela à foutre et bientôt plus de fric pour payer celle qui s'en chargeait à sa place.

De cela aussi il s'était affranchi. Il avait abdiqué, il s'était fatigué de perdre le peu d'énergie qui lui restait à faire semblant ou à s'échauffer l'esprit en le frottant à des choses vaines. Ce jour-là, par exemple, il observait calmement Myriam. Elle était entrée, joyeuse, dans le salon où il se tenait raide au bord du canapé, sans pensée.

– Bonjour, monsieur Nicolas, dit-elle en chantonnant.

– Bonjour, Myriam. Je ne vous dérange pas ? Je peux partir si je vous dérange.

– Enfin, monsieur Nicolas, vous êtes chez vous quand même.

Il sourit de cet affront involontaire. *Effectivement, je suis chez moi*, se dit-il, amer.

Ses yeux étaient rivés aux gestes de son employée, très vite il s'était laissé happer par la vitesse et l'efficacité – il avait noté une certaine élégance aussi – avec lesquelles, une bouteille d'aérosol dans une main, un chiffon dans l'autre, elle s'attaquait au dépoussiérage de leur salon. C'était d'une précision remarquable, le jet sous pression s'abattait en microgouttelettes sur la surface vitrifiée, presque simultanément le chiffon les disséminait en des gestes nerveux et concentriques, avalant les particules, rendant aux meubles leur lustre initial. Nicolas ne perdait pas une miette du spectacle. *Oui, c'est bien un vrai métier que son métier à elle*, se disait-il. *Elle a développé un savoir-faire unique, une technique, elle est rapide, efficace, elle ne se plaint jamais, elle mérite largement les quinze euros de l'heure qu'elle reçoit.* Parfois leurs regards se croisaient. Ils se souriaient sans rien se dire, l'un et l'autre gênés.

Deux mois auparavant, après trente-deux semaines de dressage intensif et de recherches inabouties, il avait été éjecté du système d'outplacement. Marie-Ange l'avait convoqué dans son bureau. C'était le 2 mai, le lendemain de la fête du Travail, une coïncidence qui n'avait pas manqué d'alimenter son ironie, car il était ironique maintenant, en tout cas il avait fini par opposer aux vicissitudes du destin un détachement nuancé d'un humour blasé.

– Voilà, Nicolas, c'est la fin d'une belle histoire, commença Marie-Ange sur un ton enjoué. Je suis fière de t'avoir accompagné jusqu'ici. Aujourd'hui, tu es prêt à voler de tes propres ailes, j'en suis ravie pour toi.

Nicolas mit quelques secondes à évaluer la meilleure attitude puis il se lança :

– Non, non, non Marie-Ange. Contrairement à ce que tu peux penser, je ne suis pas un petit oiseau prêt à décoller pour s'envoler dans le beau ciel du plein-emploi.

Terrifiée par cette attitude rebelle, Marie-Ange

ingurgita à toute volée une gorgée de sa canette de Red Bull.

— Si j'étais un animal, puisque que je constate que tu es une fan des métaphores ou des comparaisons, je ne sais jamais la différence, enfin disons des images, je serais plutôt un animal du genre rampant, tu vois. L'asticot dans la pomme, par exemple.

— Excuse-moi, Nicolas, mais je ne saisis pas où tu veux en venir.

— Celui qui gâche la récolte en quelque sorte. Je fais tache, je le comprends bien.

Il laissa passer quelques secondes pendant lesquelles Marie-Ange ne cessa de se tortiller dans son fauteuil.

— Je suis devenu un perturbateur de vos bonnes statistiques.

— Nicolas ! dit-elle plus fort, comme pour le prévenir du danger qu'il y avait à s'engager sur ce terrain.

— Je fais baisser votre moyenne auprès de vos clients, j'en suis conscient. C'est exactement pour cette raison que vous ne voulez plus de moi. Alors je t'en prie, Marie-Ange, n'aie pas l'air d'être satisfaite de mon sort.

Son ton monta d'un coup :

— Que tu le sois pour toi, ça je l'admettrais, tu as gagné énormément de pognon sur mon dos, mais surtout ne me fais pas le coup de celle qui est contente que je me casse la gueule du haut de ma putain de branche.

– Nicolas, tu sais qu'une telle agressivité peut être extrêmement néfaste dans les rapports avec tes futurs recruteurs. Tu te comportes exactement à l'inverse de ce que nous t'avons enseigné ici.

– Je manque de sang-froid, c'est ça ? Je ne contrôle plus assez mes émotions, mon souffle, ma colonne vertébrale ?

Il respira fort pour se calmer, puis :

– Je ne me fais aucune illusion, Marie-Ange, plus personne ne voudra d'un type comme moi. Même toi, tu ne veux plus de moi. Je suis une merde. Grâce à toi, je suis une merde rasée de frais, une merde emballée dans de jolis costumes bleu marine, une merde impeccablement coiffée et épilée, mais je suis une merde malgré tout.

Il se rapprocha dangereusement du bureau. Elle n'eut pas le moindre mouvement de recul, elle ne le craignait pas, on l'avait formée à affronter ce genre de situations hargneuses.

– En me voyant arriver ici il y a huit mois, tu savais parfaitement ce qui allait se passer. Tu aurais dû me le dire : *Nico, tu es super sympa mais y a rien à faire avec un loser comme toi. On aura beau t'habiller, te coiffer, te débroussailler les sourcils, te donner un stylo de vainqueur, tu resteras toujours un loser.* C'est ça que tu aurais dû me dire, Marie-Ange, au lieu de me faire passer huit mois à glander dans ces putains de bureaux.

Il appuya les mains sur le bois de la table et se pencha encore plus vers elle. Là non plus, elle ne bougea pas.

– Huit mois ! Tu m'as volé huit mois de ma vie, bordel !

– Tu es en colère, Nicolas, et ça se voit, dit-elle calmement. Crois-moi, il n'y a rien de pire.

Souvent, Nicolas se prenait à imaginer ce que ses parents auraient pensé de tout ça, de lui, l'effroi qu'ils auraient très probablement ressenti à constater l'échec patent de leur fils aîné à se sortir de ce merdier. Toute leur vie, ils avaient travaillé comme des esclaves, se levant six jours sur sept à 4 h 30 du matin pour vendre des chaussures sur des foires ou des marchés ambulants, terminant leur journée à 18 heures – le temps de remballer des centaines de paires de pompes dans leurs boîtes en carton, de déconstruire leur échoppe éphémère, de la ranger morceau après morceau dans leur camionnette, de reprendre la route pour rentrer chez eux et d'y dresser le bilan comptable de leur journée –, se couchant à 22 heures après un repas frugal, reproduisant exactement le même schéma le matin suivant, excepté le lundi qu'ils consacraient aux nécessaires obligations domestiques. Sa vie d'enfant puis d'adolescent s'était réglée sur les horaires insensés de ses parents. Très tôt, il avait su ce que travailler signifiait et impliquait. Sa perte d'emploi le renvoyait à l'excès de travail de ses parents. Le vide de sa vie renvoyait au trop-plein de la leur.

Jusque dans son sommeil, des mots cognaient en permanence contre son crâne. *Loser, profiteur, menteur...* Plus rien ne pouvait désormais être simple, léger ou doux, tout était gâché d'avance, il y avait toujours une ombre pernicieuse qui planait, une distance néfaste s'était établie entre lui et le monde, il s'y sentait de plus en plus comme un étranger et parfois comme un usurpateur ; partout où il allait, il craignait les regards, les jugements, la pitié comme la rancœur, il s'imaginait que chacun, rien qu'à le voir dans la rue à une heure où tout le monde était au travail, savait de quoi il retournait. À la longue, il avait perdu tout amour-propre et toute confiance en soi. Le monde s'était dépossédé de sa réalité objective, il ne le voyait qu'à travers le prisme déformé de son obsession à retrouver un travail. Il enviait le sort du balayeur municipal qui était en poste au bas de chez lui, celui du marchand de journaux qu'il croisait devant son kiosque, celui de la serveuse qui prenait sa commande. Au moins eux avaient un job, une raison d'être, une fonction. Il aurait voulu leur piquer leur boulot, il aurait voulu *être eux*. Le plus infime détail de la vie quotidienne des autres le ramenait, en creux, non pas à ce qu'il *n'avait pas* mais à ce qu'il *n'était plus*. Il se sentait exclu, marginalisé, il souffrait tout le temps, partout, en toutes circonstances, d'un vague à l'âme indicible et affreusement morose. Parfois il imaginait qu'il allait en finir, il envisageait tous les scénarios morbides possibles, cela le calmait ; oui, sa douleur pouvait d'un coup cesser, la certitude de sa finitude la rendait supportable encore quelques instants et puis son esprit repartait dans l'autre sens.

Il voulait à la fois exister et ne plus exister. Sans cesse il devait s'efforcer de composer pour ne pas s'écrouler, sans cesse il devait mentir. Avec sa famille en particulier, il continuait de faire bonne figure, il était même devenu capital pour lui de ne pas craquer devant eux, sa femme et ses enfants étaient le seul lien avec ce qu'il avait fini par nommer *l'autre monde*. C'était la prégnance de ce mensonge domestique qui était le plus ignoble, le moment où tout le monde rentrait de ses occupations extérieures et où il devait les accueillir avec une fausse bonne humeur constituant de loin l'épreuve la plus accablante. À force de *prendre sur lui*, au sens littéral de l'expression, c'était comme s'il avait creusé dans l'intimité de son être pour ne laisser visible que la partie la plus à vif. Quand il croisait des gens proches, des personnes qui autrefois lui faisaient du bien, il s'énervait vite de leur silence, il se sentait comme un grand malade à qui l'on n'ose plus, par décence peut-être, parler de son état de santé ; mais il y voyait de l'indifférence. Quand, au contraire, on lui demandait où il en était, comment ses recherches avançaient, il en était agacé ; il décelait là de la perversité. Rien n'allait jamais, ni dans un sens ni dans l'autre.

Sa vie au quotidien étant d'une insignifiance accablante, le plus petit événement qui brisait le cycle insidieux de l'attente était accueilli comme une délivrance. Relever le courrier, acheter du pain, réceptionner une commande que Justine avait passée sur le Net ; dans sa solitude extrême, tout était bon à prendre. En dépit de la quantité de temps disponible dont il bénéficiait, il n'arrivait pas à se plier au concept de *divertissement*. Un jour, il s'était présenté au cinéma UGC dans le quartier des Halles. Il ne souhaitait voir aucun film en particulier, il avait choisi au hasard un blockbuster américain qui ne nécessitait aucun investissement intellectuel, puis il était resté de longues secondes à observer le petit bout de papier rigide qu'il venait d'acquérir. Il lui avait été physiquement impossible d'assister à la séance et il était reparti se terrer chez lui, déprimé. Aucun des petits dérivatifs que la vie moderne offre aux habitants des grandes villes ne lui faisait envie et, pire, ne lui paraissait acceptable. La seule manière recevable de remplir le vide de sa vie et de son esprit était le sport. Tous les jours, il courait au moins deux heures. L'effort, l'excitation qu'il procurait, toutes ces molécules d'endorphine sauvagement libérées dans son cerveau, il aurait été incapable de s'en passer désormais. Ce qui était au départ un défouloir avait évolué au fil des semaines en une nécessité pathologique, ce que Justine n'avait pas manqué de noter.

Bien sûr, il n'avait pas complètement démissionné, il persévérait à conserver un semblant d'espoir. Quoique cela lui demandât plus d'efforts que par le passé, régulièrement il entretenait son réseau, il passait des coups de téléphone, il répondait à des annonces. Sa pugnacité était d'ailleurs parfois récompensée. Quelques semaines auparavant, par exemple, un chasseur de têtes lui avait dégoté un rendez-vous par Skype avec un responsable RH basé à New York. Deux heures avant l'heure prévue, il avait quitté sa tenue débraillée, ciré ses chaussures, réintégré son petit costume, enfilé une cravate, adoptant sans s'en rendre compte le code vestimentaire que lui avait soufflé Ghislaine, son ex-coach en *relooking personnel*. Il avait puisé dans ce qui lui restait de moral et d'énergie et ç'avait été soudain comme s'il se reconstituait. Le poids de ses habits l'avait lesté d'une identité, il s'était réapproprié un moi oublié, pendant quelques heures il avait à nouveau fait partie du monde des travailleurs et donc, en définitive, de celui des vivants. En se regardant dans le miroir pour vérifier sa tenue, il s'était à peine reconnu. Étrangement, il avait pensé à Cendrillon, à ses haillons qui se transforment en robe de princesse sous le coup de baguette d'une bonne fée. *C'est complètement schizophrénique*, s'était-il dit, ahuri.

Pour les besoins de la conférence téléphonique, il avait dégagé l'un des murs de son salon de tous les tableaux ou indices qui auraient pu indiquer qu'il se trouvait chez lui, il lui semblait préférable que l'image renvoyée par la caméra de son ordinateur soit la plus neutre possible. L'entretien, initialement prévu à 16 heures, avait été décalé par deux fois par l'assistante du type. Nicolas s'était mis à attendre, concentré, rigide. Il avait finalement été contacté vers 18 heures, il paraissait déjà à bout de forces. La réception était mauvaise, il dut se reconnecter à trois reprises, il ne comprenait qu'à moitié l'américain nasillard de son correspondant – en outre distordu par la précarité de la technologie –, il avançait à vue dans un échange décousu avec le sentiment de descendre dans l'obscurité un escalier où il trébuchait contre des marches irrégulières. Et puis la porte du palier s'était ouverte avec fracas, Hector avait surgi, il avait balancé son cartable au milieu du salon en hurlant : *Papa, je suis rentré !* Évidemment, cela l'avait déstabilisé, sa pseudo-mise en scène d'un Skype passé d'un endroit neutre s'était aussitôt éventée, le responsable RH avait dû sentir l'éclair de panique de l'autre côté de l'Atlantique, en tout cas Nicolas avait identifié une nette crispation de ses mâchoires. Voyant le visage contracté de son père, Hector avait fini par comprendre qu'il n'était pas le bienvenu et avait abandonné les lieux en bougonnant. Quelques secondes plus tard, le type avait sèchement conclu l'entretien par ces mots que Nicolas avait, cette fois, parfaitement assimilés : *N'espérez pas avoir de nos nouvelles avant quatre semaines.*

Quand Nicolas avait raccroché, toute son énergie s'était envolée d'un coup, un poids était tombé sur ses épaules et l'avait affaissé, il était devenu un pantin de chiffon, ses jambes le trahissaient. Après avoir connu l'ivresse de redevenir *normal*, il allait devoir réintégrer sa routine dégradante. Alors il avait rangé son petit costume, sa cravate, ses chaussures, renfilé ses tongs et son jogging avec des gestes mécaniques, puis il s'était écroulé dans un fauteuil. *Quatre semaines ! Autant dire un siècle*, avait-il pensé. À tout prendre, il aurait préféré avoir une réponse négative dès le lendemain, c'était même, au stade où il en était, ce qui pouvait lui arriver de mieux. Ayant déjà trop creusé dans son capital d'énergie vitale, il n'avait plus aucune espèce de patience. *De toute façon jamais je ne serai pris pour ce putain de job*, se lamentait-il déjà.

En l'occurrence, il n'y eut pas de suite, plus jamais il n'eut de nouvelles, ni du chasseur de têtes, ni du responsable américain, malgré un nombre impressionnant de mails de relance de la part de Nicolas. Au-delà de l'humiliation et de l'effarement qu'il ressentait, c'était comme s'il réalisait subitement que le système de recrutement en soi, et donc par extension le système tout court, présentait des failles inconcevables. C'était le boulot de tous ces gens de se rappeler à lui, ils étaient même grassement rémunérés pour le faire et pourtant ils ne le faisaient pas. Envoyer un mail, juste un mail, cela paraissait pourtant simple, il n'y avait aucun engagement émotionnel, il était mille fois plus facile d'écrire un *non* que de le dire en face. Que se passait-il dans leur tête ? Tous ces types, tous ces soi-disant spécialistes chevronnés de la gestion des rapports humains, et donc de la psychologie qui lui était corollaire, n'avaient-ils pas la moindre idée de ce que leurs carences impliquaient ? *Oui, pas de doute*, avait fini par conclure Nicolas, *le système est devenu parfaitement foireux.*

L'erreur avait très probablement été de fêter ça chez eux. Nicolas l'avait senti dans les premiers moments, quand les invités s'étaient présentés l'un après l'autre et qu'il avait bien fallu les faire entrer, les débarrasser de leurs affaires et, au bout du compte, leur adresser la parole. La plupart étaient des amis psychanalystes de sa femme auxquels se mêlait un assez grand nombre de collègues de son service psychiatrique. Nicolas avait toujours ressenti un brin d'appréhension à l'égard de ces techniciens du langage qui, de par leur métier, lui semblaient détenir la clef d'accès à un certain type de décryptage occulte de la pensée d'autrui, des sortes de médiums de l'inconscient si l'on veut, en tout cas des gens habitués à triturer la psyché de patients autrement plus aguerris que lui à la dissimulation et au mensonge. Ce fut ce qui ce soir-là l'inquiéta en premier chef. Il allait non seulement devoir converser avec eux mais il allait également devoir faire gaffe à tout ce qu'il allait leur dire, sous peine d'être immédiatement percé

à jour. Car, s'il présentait à cet instant toutes les appa-
rences d'un homme allègre, fier et satisfait de cette
petite sauterie entre pros, il aurait en réalité largement
préféré se faufiler dans un trou de souris. Et il n'avait
pas du tout envie que cela se sache.

Trois semaines auparavant, Justine avait estimé que
célébrer ses quarante-six ans dans leur appartement
constituait une bonne occasion de rompre avec la
sinistre banalité de leur quotidien et de sortir son mari
de sa routine épouvantable, ne serait-ce que pour
quelques heures. *Non, non, c'est moi qui m'occuperai de
tout*, avait-il assuré, à la grande surprise de sa femme,
quand elle avait annoncé que c'était elle, évidemment,
qui se chargerait de l'organisation de l'opération. Sur le
coup, cela lui était apparu comme un excellent dériva-
tif aux idées asphyxiantes qui l'occupaient ordinairement. Pendant trois jours, il avait focalisé son attention
sur la réalisation de l'événement et tenté de ne penser à
rien d'autre – ce qui lui fut évidemment impossible. Il
avait cependant regagné une certaine énergie qu'il avait
dilapidée à tout planifier : l'élaboration du menu, les
courses, la décoration du salon ; il avait même dressé
un bar à cocktails au milieu de la cuisine et commandé
un fraisier géant chez un pâtissier spécialisé dans ce
genre de réceptions de moyenne envergure.

Et puis, le moment de la soirée arrivant, la vanité de
ce projet lui avait sauté à la figure, il avait peu à peu
perdu confiance en ce que cette occasion de se distraire

lui procure l'apaisement qu'il en avait stupidement espéré. S'excluant d'office des conversations qui s'étaient engagées, il se sentait ce soir-là encore plus isolé que lorsqu'il se retrouvait seul. Évincé, il l'aurait été de manière identique en temps normal – ces gens-là se répandaient sur des sujets auxquels il ne comprenait rien ou alors qui ne l'intéressaient pas –, mais son inactivité chronique redoublait ce sentiment d'exclusion qui était désormais non seulement intellectuelle mais aussi psychologique.

Justine le surveillait de loin. Elle portait une robe noire près du corps, qu'elle avait illuminée d'un lourd collier de corail d'un rouge flamboyant. Elle lui sourit, il fit de même, maladroitement. Elle eut alors une mimique interrogatrice et Nicolas leva discrètement son pouce pour lui signifier que tout allait bien, qu'elle n'avait nullement à s'inquiéter. Il l'observa longtemps après qu'elle eut tourné la tête. Il la trouva belle. Jusqu'au dernier moment, il lui avait épargné le moindre effort, elle avait donc pu consacrer tout son temps à sa tenue, à sa coiffure, à son maquillage, et ce temps, il était visible qu'elle l'avait très bien rentabilisé. Au milieu de tous ces visages anonymes et hostiles, il ressentit une brûlure rien qu'à la voir. *Heureusement qu'elle est là,* se dit-il soudain. Cette pensée le rassura puis très vite le déstabilisa. Ce n'était pas à elle de le réconforter, c'était exactement l'inverse qui aurait dû se produire. C'était lui le protecteur, lui le sauveur. C'était sur lui que devait se reposer cette femme qu'il savait si fragile. C'était ce qui avait toujours été. Il réalisa à quel point il l'avait négligée ces derniers temps, et peut-être un peu malmenée, il en fut immensément triste. Alors il se dirigea vers elle, l'arracha doucement à sa conversation en la prenant par le bras et lui susurra à l'oreille :

– Je suis désolé.

– Nicolas, qu'est-ce qui se passe ? demanda-t-elle, affligée.

– Excuse-moi, dit-il en la fixant avec des yeux affolés.

Puis, très vite, en lui caressant la joue de ses lèvres :

– Je t'aime.

Il repartit aussi sec. Le visage de Justine s'était éclairé d'un sourire triste et ambigu. Elle le regarda fuir et fendre la foule de ses amis, ne sachant où aller, que faire, ses épaules s'étaient voûtées, on aurait dit un animal blessé qui cherchait désespérément un refuge.

Ces derniers temps – il en avait très fortement conscience –, Nicolas avait accumulé nombre de sentiments négatifs à l'égard de Justine. Comme il était jaloux de tout travailleur qu'il croisait, il était jaloux de sa femme, de son statut, de ses horaires, des collègues avec qui elle travaillait, déjeunait, plaisantait. C'était évidemment plus fort que lui, sa nature généreuse ne le portait pas à un tel sentiment. Cela n'avait pas échappé à Justine qui faisait tout pour minimiser l'impact de sa vie professionnelle sur sa vie personnelle, ne parlant jamais de ses patients, de ses doutes, de ses inquiétudes, bien qu'à de nombreuses reprises elle eût ressenti l'envie de s'épancher comme elle avait coutume de le faire auparavant. Si la situation était insupportable pour lui, elle l'était devenue également pour elle, d'une autre façon, tout aussi néfaste. Comme il était souvent très difficile d'accompagner un grand malade au jour le jour, il était tout aussi pénible de vivre quotidiennement aux côtés d'un mari sans emploi. Il fallait sans cesse cacher ses joies comme ses désespoirs, terrer une partie de soi, se renier en somme. Lui faisait semblant mais elle également. C'était un jeu de dupes et chacun avait constamment conscience de ce qu'il impliquait.

Évidemment, tout cela avait eu des répercussions notables sur l'intimité de leur couple. Depuis déjà longtemps et jusqu'il y a environ six mois, Nicolas et Justine se contentaient d'un rendez-vous charnel à peu près hebdomadaire, ce qui, il faut le reconnaître, n'était déjà pas si mal. Avec les années, ils avaient constitué un stock d'une quinzaine de situations sexuelles ad hoc, dans lequel ils piochaient pour composer, pendant vingt à trente minutes, un enchaînement de tableaux érotiques toujours différents, quoique vaguement similaires d'une semaine sur l'autre, le nombre des combinaisons possibles constituant à l'évidence un ensemble mathématiquement fini. Peu importait. Contrairement aux couples récemment formés, c'était *l'après* qui était pour eux le plus gratifiant, quand, la chose faite, ils s'enlaçaient dans la moiteur de leurs ébats, se félicitant mutuellement de leurs performances respectives et de l'intensité de leurs récents échanges, se gratifiant de petits mots complices – *Ça fait du bien, non ? – Oh oui !* –, indifféremment exprimés par l'un ou par l'autre, auxquels se mêlaient de temps à autre la satisfaction et l'étonnement d'être encore capables de se donner mutuellement autant de plaisir après dix-neuf ans de vie commune. Alors ils s'allongeaient dans la volupté du devoir accompli, le stress sexuel s'évacuait lentement dans de tendres échanges alanguis, ils finissaient par s'endormir l'un contre l'autre, puis fesses contre fesses.

À présent, rien de cet ordre ne se passait plus jamais entre eux. Nicolas était tellement focalisé sur sa recherche d'emploi qu'il en avait perdu toute libido, l'énergie qu'il déployait pour élaborer une image positive de soi amoindrissait de façon proportionnelle celle qui lui aurait été nécessaire, ne serait-ce que pour avoir une érection potable. Justine, privée de la sensualité de ces moments, avait brutalement anticipé la dérive de leur couple vers quelque chose qui l'effrayait : vivre avec son mari dans une indifférence courtoise, exempte de tout échange amoureux. Elle refusait cette perspective, obstinément, bien qu'elle la sût courante, voire ordinaire pour la majorité des couples. Ce n'était pas uniquement une question de calendrier – à quarante-six ans, elle s'estimait beaucoup trop jeune pour se priver de ces intermèdes qui, bien que répétitifs, se révélaient en général assez réjouissants –, c'était avant tout une question d'image et d'estime de soi. Justine engageait des efforts constants pour demeurer présentable et même désirable. Le caractère public de son métier, qui l'exposait de façon visible à quantité de gens, l'y contraignait de toute façon. Elle ne dédaignait pas de se sentir admirée par d'autres hommes mais ce qu'elle souhaitait principalement, c'était l'être par son mari. Maintenant, malheureusement, il était impossible à Nicolas de la regarder comme avant et parfois il faisait son possible pour ne pas la regarder du tout. Alors, cette soudaine déclaration d'amour l'avait galvanisée. Elle espérait bien en tirer un bénéfice, plus tard, quand ses amis auraient pris congé. Elle continua de se délecter de cette sensation légère dont elle avait perdu l'habitude et ne fit presque plus attention à lui, papillonnant d'un invité à l'autre.

Elle rejoignit son mari dans leur chambre vers 1 heure du matin, après que les derniers invités se furent évaporés. Nicolas dormait paisiblement, les bras en croix, les jambes légèrement écartées. Elle s'approcha de lui, elle se sentait à la fois épuisée et légère. Elle observa l'attitude d'abandon de son mari dans son sommeil et la trouva chargée d'érotisme. L'envie brutale qu'elle avait eue il y a quelques heures d'un échange charnel avec lui la reprit. Elle le voulait, intensément, tout de suite. La soirée avait été magnifique, tout le monde l'avait félicitée de tout, elle s'était sentie admirée, elle voulait que tout cela se conclue en beauté. Elle s'agenouilla entre les cuisses de Nicolas, défit la boucle de sa ceinture, désolidarisa avec soin le bouton du pantalon de sa bride et, très lentement, fit glisser la fermeture éclair, mettant au jour la bosse de chair comprimée par le coton du sous-vêtement. Elle déglutit, transpercée par une nouvelle vague de désir. Très vite, elle fit descendre le pantalon jusqu'à mi-cuisses, désengagea le sexe du caleçon et le prit tout entier dans sa main, ses cinq doigts enserrant fermement les deux testicules. Nicolas émit quelques grognements puis se réveilla d'un coup en relevant la tête.

– Qu'est-ce que tu fous ? dit-il d'une voix pleine d'animosité.

Il ne voulait pas de ça, il se sentait mal, il avait trop bu. Il la laissa faire malgré tout, par fatigue, par lassitude, peut-être aussi pour voir s'il en était capable, au fond. Justine partit à l'attaque. Sa langue s'aventura par à-coups sur le gland dans des petits mouvements joyeux, de plus en plus appuyés, puis sa bouche l'avala d'un coup, montant et descendant le long de la verge. Les succions, d'abord douces, devinrent de plus en plus gourmandes, empressées, presque violentes. Justine retrouvait l'état d'excitation intense qu'elle adorait. Pourtant sa bouche et sa langue suçaient, léchaient, mordillaient un sexe flétri par un manque évident de désir. Au bout de quelques minutes de vains tripotages buccaux, Nicolas se releva brusquement sur ses deux coudes.

– Arrête, s'il te plaît, ordonna-t-il.

Mais Justine n'écoutait que son propre désir, elle n'avait pas du tout l'intention d'arrêter. Maintenant, sa langue allait et venait sur les testicules de Nicolas tandis que sa main agitait son sexe. Il apparut assez rapidement que son acharnement était voué à l'échec. Nicolas se redressa encore plus et cria :

– Justine, je te demande d'arrêter.

Elle s'entêta encore. Son visage, qui exprimait du désir il y a quelques secondes, était déformé par la souffrance de se révéler aussi incompétente à éveiller la libido de son mari. Elle haletait, ses gestes caressants étaient devenus maladroits, désespérés, inutiles.

Alors il hurla :

– Tu me fais mal, bordel !

D'une main, il lui écarta violemment la tête qui alla heurter le matelas. Il s'extirpa du lit avec des mouvements désordonnés et malhabiles, se précipita en vacillant vers la porte de la salle de bains, l'ouvrit et la referma dans un claquement sourd. Quelques secondes plus tard, on l'entendit vomir. Quand il sortit, le visage encore humide de l'eau dont il s'était aspergé, il passa brutalement le dos de sa main sur ses lèvres pour les essuyer.

– Je te dégoûte à ce point ? lui dit aussitôt Justine, pleine de rage.

Il demeura sur le seuil, tétanisé. Lui aussi avait honte, lui aussi était en rogne.

– J'ai trop bu, avoua-t-il après quelques secondes.

– Toi, tu as bu ?

Le visage de Justine s'éclaira. Pour une raison inexplicable, sans doute à mettre sur le compte d'un mélange d'humiliation et de soulagement, elle éclata d'un rire vengeur, ignoble. Nicolas se raidit de colère. Il se sentait blessé, il estimait que c'était Justine cette fois, par ses envies déplacées, par ses lubies, par son incapacité à le comprendre, qui était responsable ; c'était elle, en organisant cette soirée, qui l'avait mis en situation de se sentir aussi malade, aussi fragile ; c'était elle qui avait pointé du doigt aussi férocement son impuissance, non seulement sexuelle, mais aussi face à toute chose désormais. Il la fixa et réalisa que jamais il n'avait à ce point détesté quelqu'un. À vrai dire, jusqu'à présent il n'avait jamais détesté qui que ce soit. Il fut horrifié à la seule pensée d'être soudain capable d'éprouver une exaspération aussi vive, qui plus est contre la personne qu'il avait déclaré aimer quelques heures plus tôt.

Et puis arriva la fin du moins de juillet et, avec elle, le temps des vacances. Ce mot révulsait Nicolas, il le renvoyait à son étymologie : *vacance*, à l'origine, ne signifiait pas autre chose qu'*être sans*. Sans, Nicolas l'était depuis trop longtemps. Sans travail, sans joie, sans désir. Inutile donc d'adjoindre le moindre vide à un vide déjà considérable.

Pendant l'année, la béance des week-ends lui avait paru insupportable. Ces jours-là, personne ne travaillait, il était exclu qu'il reçoive le moindre mail, appel, signe encourageant. Dès le vendredi, il guettait le lundi. Que dire alors de l'interminable béance du mois d'août ? À tout prendre, il préférait rester à Paris, plutôt que de se lamenter au spectacle de milliers de gens en congés payés et en maillot de bain, des travailleurs qui méritaient effectivement de souffler un peu puisqu'ils s'étaient démenés pendant les onze mois qui précédaient. Qu'avait-il fait, lui, de ces onze derniers mois ? Que méritait-il d'obtenir ?

L'argent aussi faisait problème. Ses indemnités de chômage, bien que justifiées par des années de travail et de cotisations dûment réglées auprès d'un organisme de redistribution d'État, lui semblaient relever d'une aide publique qu'il lui paraissait moralement inconcevable de gaspiller pour des loisirs, des apéritifs en terrasse, des cornets chez le glacier du coin. Bref, Nicolas avait toutes les raisons de ne pas bouger de chez lui et de persévérer dans son abominable train-train. Quant à Adèle, à cause des examens qu'elle devait passer en septembre, elle ne souhaitait pas non plus s'éloigner. Il fut donc entendu que Justine s'en irait seule avec Hector, tandis que Nicolas et Adèle resteraient à Paris.

Depuis treize ans, Justine et Nicolas avaient pris l'habitude de louer la même maison sur la côte atlantique, toujours les trois premières semaines d'août. Justine avait admis sans trop de difficulté la décision de Nicolas de ne pas l'accompagner. Cela lui avait été d'autant plus facile que depuis son anniversaire, une semaine auparavant, un lien infime avait été brisé entre eux que seul le temps – et le manque dû à l'éloignement peut-être – serait en mesure de réparer. Bien entendu, ils avaient fini par s'excuser mutuellement et par tomber dans les bras l'un de l'autre, ils s'étaient même embrassés, et plutôt fougueusement, mais leurs regrets et leurs étreintes n'avaient rien de réellement honnête.

C'était leur première grande dispute, Nicolas avait toujours œuvré pour que ce genre de confrontation n'ait jamais lieu, il avait toujours su dégoupiller à temps le moindre risque d'échauffement. La violence de leur échange avait en conséquence constitué un choc dont aucun des deux ne s'était encore remis, rien n'avait été gommé de leurs rancœurs respectives et chacun persistait à en vouloir à l'autre.

La veille du départ, il y eut un dernier repas, à la fois triste et enjoué. Jamais encore la famille ne s'était séparée. Des valises et des sacs s'étalaient dans le couloir de l'entrée. Chacun, en les croisant, ceux qui partaient comme ceux qui restaient, en ressentait un petit vague à l'âme.

– Promets-moi de ne pas rester enfermé ici, implora Justine.

– Je te promets, répondit Nicolas.

Évidemment il fit exactement le contraire. Il passa beaucoup de temps à dormir, la nuit mais aussi la journée, qui constituait une suite ininterrompue de siestes dont il ne se réveillait qu'insatisfait et coupable. Adèle était souvent absente, travaillant ailleurs, chez des amis, on ne savait où, allant et venant à sa guise, jouissant de sa liberté d'adolescente. Nicolas faisait des efforts notables quand elle était là, il s'occupait à des riens, il s'inventait des tâches, il agissait exactement avec sa fille comme autrefois avec sa femme de ménage. Adèle fut assez perspicace pour observer ce qui se passait et, plus précisément, ce qui ne se passait pas. Au bout de quelques jours, elle vint le trouver :

– Dis-moi, papa, tu ne vas pas passer l'été à ne rien faire ?

Il releva la tête de son ordinateur, vexé.

– Tu déclares forfait, donc ?

Il ne comprit pas.

– Tu n'es en rien coupable, tu le sais. Tu es juste la victime d'un système voué à l'échec.

Bien qu'il eût désormais la conviction qu'Adèle avait raison, Nicolas sourit de ce qu'il considéra malgré tout comme la vision simpliste d'une adolescente en colère. Depuis seize mois qu'il était au chômage, il n'avait pas eu l'occasion de s'entretenir en tête à tête avec elle sur sa situation et ce qu'elle impliquait. Jusqu'à présent, il avait réussi à faire face vis-à-vis de ses deux enfants. Même s'il ne montrait plus l'enthousiasme des jours heureux d'avant son licenciement, son attitude en leur présence n'avait jamais été alarmante au point que l'un ou l'autre veuille s'entretenir personnellement avec lui, surtout pour lui réclamer d'expliquer sa conduite.

– Je ne suis victime de rien du tout, répondit-il.

Elle observa sa tenue ; il portait un T-shirt trop grand, un short ridiculement court, des tongs : une tenue *de vacances* qui dénotait surtout un certain laisser-aller.

– Adèle, je t'en prie, ne me regarde pas comme ça. Qu'est-ce qu'il y a ?

– Je voudrais que tu m'accompagnes à un truc, dit-elle.

– Un truc, c'est quoi un truc ?

– Tu verras.

Très tôt, Adèle avait souhaité emprunter la voie hasardeuse de la chose politique. La hargne chronique de sa mère et, plus encore, celle de son grand-père contre un système devenu à leurs yeux illégitime avaient certainement favorisé l'émergence d'une telle curiosité et d'une telle détermination. Contrairement à eux cependant, elle ne s'était jamais reconnue dans aucune organisation généraliste, dans aucun de ces partis qui, ayant soi-disant une réponse à tous les problèmes, avaient réussi pendant de très longues années à cristalliser la pensée des générations qui l'avaient précédée en leur faisant embrasser une espèce d'idéal. Aujourd'hui, plus personne – et surtout pas elle – ne croyait à l'absolu politique, plus personne n'osait encore affirmer que demain *on raserait gratis* ou que *le Grand Soir* pourrait encore advenir, c'était fini tout ça, la confiance vis-à-vis de toutes les entreprises idéologiques du passé s'était définitivement écornée, le cynisme, les mensonges, l'affairisme des uns et des autres avaient dégoûté la plupart de conserver le moindre espoir. Pour Adèle, l'envie d'agir, de dire, était pourtant bel et bien là, le désir de s'investir dans une cause était bel et bien vivant, mais se posait dorénavant la question de savoir comment ce désir individuel pouvait s'investir dans un désir collectif, au moment où l'univers de l'engagement partisan était devenu totalement illisible, et même repoussant pour une jeune fille de son âge. Adèle voulait s'engager sans contrainte, elle refusait toute soumission à un ordre vertical, hiérarchique, hiératique, elle conspuait les dogmes des partis de masse, elle leur préférait le militantisme moral de mouvements à enjeu unique comme Amnesty International ou Greenpeace, elle se projetait mille fois plus dans le communautarisme chaleureux de petits groupes d'appartenance structurés autour d'engagements et de goûts partagés par ses membres. Comme la plupart des jeunes de sa génération, elle se sentait à l'aise au sein de la *tribu* qu'elle s'était constituée, sur les réseaux sociaux en particulier, où tout se passait de manière horizontale, solidaire, où l'essentiel était de bien vivre ensemble. Chacun était convaincu que si changement il devait y avoir, il viendrait par le bas et non par le haut, par l'addition d'individualités qui finiraient par former un collectif et non l'inverse, comme par le passé. En réalité, ce qu'Adèle souhaitait par-dessus tout, c'était être libre, en pensée comme en action ; elle estimait n'avoir de comptes à rendre à personne ; elle voulait pouvoir tout remettre en question à tout instant, quitte à se contredire parfois ; elle voulait pouvoir, du jour au lendemain, changer de cause sans trahir celle qu'elle venait de quitter.

Depuis six mois, par exemple, elle était fortement impliquée au sein d'une association qui se mobilisait par des actions concrètes et parfois spectaculaires contre toute forme d'injustice sociale, contre les excès de la mondialisation et du capitalisme sauvage, contre les dérives du monde de la finance et contre toutes sortes d'aberrations corrélatives. Régulièrement, le groupuscule organisait des débats sur des sujets de fond, parfois dans des squats ou des locaux désaffectés, le plus souvent dans des locaux mis à disposition par certaines municipalités conciliantes. Hormis l'intervention préliminaire de l'un des membres de l'association – et quelques intrusions salutaires quand la discussion menaçait de partir en vrille ou, au contraire, de s'enliser –, la parole était donnée aux vrais acteurs du drame, si l'on peut dire, ceux dont la voix était rarement entendue et qui trouvaient là l'occasion de s'exprimer sur des questions qui les touchaient directement. Ce soir, par exemple, on discuterait chômage et, plus spécifiquement, de *la précarité psychologique due à la perte de son emploi*. C'était précisément à cette réunion qu'Adèle avait souhaité que son père assiste. Après avoir beaucoup renâclé et inventé mille raisons aussi indéfendables les unes que les autres, il avait finalement accepté la proposition de sa fille.

Ils se retrouvèrent dans une salle inhospitalière, sans fenêtre, située au sous-sol d'un immeuble des années soixante-dix dans le XXe arrondissement de Paris. Le sol était recouvert de carreaux de céramique d'une vilaine couleur marron, les murs présentaient de larges taches jaunasses aux origines confuses, tandis qu'au plafond quatre grandes barres de néon dispensaient une lumière bleuâtre sur les visages d'une vingtaine de participants. Suivant un principe de prise de parole absolument démocratique, il n'y avait ni estrade, ni micro, chacun devait donner de la voix pour se faire entendre. Nicolas fut d'emblée terrifié par la précarité de cet environnement qui répondait si justement au thème du jour écrit au feutre rouge sur un chevalet plastifié. Il était nerveux, mal à l'aise. Adèle l'abandonna en lui ordonnant de ne pas se défiler et de tenir bon jusqu'à la fin de la réunion. Nicolas se pelotonna dans un coin, tâchant de se rendre le plus invisible possible au milieu de cette congrégation d'anonymes. Le silence était glacial, les têtes fixaient le sol. La plupart des gens donnaient l'impression de ne pas savoir pour quelle raison ils se trouvaient là ou, pire, de regretter d'y être. Bientôt, ce fut l'heure du débat. Adèle, en charge du petit discours introductif, but une gorgée d'eau à même le goulot d'une bouteille en plastique et commença :

– Merci d'être venus.

Et, après quelques secondes :

– La plupart d'entre vous sont mieux placés que moi pour le savoir, le chômage ne ronge pas uniquement votre pouvoir d'achat, il n'affecte pas seulement votre capacité à vous procurer des biens matériels, le chômage a aussi un impact considérable, le plus souvent ignoré, sur la manière dont vous vous percevez en tant qu'individus, sur la façon dont vous vous comportez dans votre famille, avec vos amis, avec les autres en général. Être privé d'emploi vous atteint en profondeur.

Adèle parlait d'une voix calme et assurée, elle semblait n'avoir aucune appréhension à s'exprimer devant cette assemblée pourtant rétive ; elle réussissait le prodige d'être à la fois sereine et enflammée, pondérée et lestée d'une autorité incontestable. Dès les premiers mots qu'elle avait prononcés, Nicolas avait tressailli. Réfugié à l'autre bout de la pièce, il lui avait été dans un premier temps difficile d'apercevoir son visage, de telle sorte qu'il n'avait d'abord pas reconnu sa voix. Ce n'est qu'après quelques secondes qu'il s'était rendu à l'évidence. Alors, entendre sa propre fille, en ce lieu, dans ces circonstances si particulières, l'avait bouleversé. Il s'était très lentement approché, centimètre après centimètre. Au départ, ce ne fut pas tant la teneur des propos d'Adèle qui le déstabilisa que l'assurance éclatante avec laquelle elle les énonçait, insistant sur certains mots, en éludant d'autres, modulant certains effets, accompagnant son discours de gestes précis, sans emphase, à la façon des *professionnels du langage*. Une pensée le cloua sur place. L'adolescente qu'il avait accompagnée s'était subitement muée en une jeune femme à la détermination manifeste, Adèle n'était plus *sa petite fille chérie*, elle avait grandi d'un coup, il ne la reconnaissait

plus, elle était devenue une autre personne, une étrangère d'une certaine façon. Le père en lui fut ébranlé,
comme si une part de son intimité, la plus vibrante, la
plus sacrée sans aucun doute, venait brutalement de lui
être arrachée. Sa première pensée fut que, désormais,
Adèle n'allait plus avoir besoin de lui pour exister. Il en
fut à la fois ému et attristé. Heureux de la voir s'élever,
grandir, et désolé de la voir s'éloigner de lui. Il se mit à
mieux écouter ce qu'elle disait :

– Personne n'évoque jamais les vraies souffrances
que vous devez endurer au quotidien, continuait Adèle.
Vous-mêmes, vous avez du mal à en parler et parfois à
les accepter pour ce qu'elles sont vraiment. Pourtant,
des tas d'études le montrent, la privation d'emploi a des
conséquences néfastes sur la psychologie, sur l'état
d'esprit et, à long terme, sur la santé mentale de ceux
qui en sont victimes. C'est de tout cela que nous voulons
vous inviter à témoigner ce soir.

Les yeux de chacun étaient rivés sur les lèvres d'Adèle.
Hormis sa voix, nul autre son ne troublait l'endroit. Le
silence, au départ hostile, était devenu compact, rempli
d'énergie, les corps et les esprits étaient comme à l'affût.
Deux douzaines de femmes et d'hommes, visiblement
marqués par la souffrance d'être déclassés, repoussés à la
marge, se taisaient et écoutaient. Nicolas, lui aussi, buvait
les paroles de sa fille. Peu à peu, ce qui à l'origine s'apparentait à une frustration paternelle, égoïste et auto-
centrée, se transformait en quelque chose de plus apaisé

mais aussi de plus poignant. Des larmes lui montèrent aux yeux, sa poitrine lui faisait presque mal, c'était comme si, à l'intérieur, son cœur se contractait. Se pouvait-il que lui, ce pauvre chômeur – ce pauvre type, il n'y avait pas d'autre mot – qui n'était jamais parvenu à quoi que ce soit de glorieux dans son existence, qui ne s'était jamais réellement soucié du sort de son prochain autrement que de façon consensuelle et distante, oui, se pouvait-il qu'il ait réussi le miracle d'engendrer une jeune femme aussi remarquable, quelqu'un à même de prendre la parole devant une foule aussi exigeante et aussi désespérée, quelqu'un déterminé à s'oublier pour se fondre dans la terrible nécessité des autres, quelqu'un capable de mobiliser toutes ses forces pour le bien commun ? Il ressentit un sursaut de fierté.

Quand Adèle eut fini, il se passa quelques longues minutes avant que des voix s'élèvent, d'abord confuses ; chacun voulait soudain parler, témoigner, apporter sa contribution, puis, au-dessus du brouhaha, un homme prit la parole.

– L'autre jour, mon fils de neuf ans m'a demandé de remplir une fiche pour une sortie scolaire, commença-t-il. Il fallait donner son nom, son adresse. À la case métier, je n'ai pas su quoi répondre. Qu'est-ce que je pouvais mettre ? Chômeur ? Demandeur d'emploi ? Je suis quoi maintenant, hein ?

– On se sent tout seul, tout le temps, c'est ça le plus terrible, enchaîna une femme. Moi, j'ai un mari et trois enfants. Eh bien, depuis que ça m'est tombé dessus, je n'arrive plus à leur parler, je garde tout pour moi, je vois bien que ça me ronge à l'intérieur.

– J'arrive plus à voir mes potes, continua un jeune homme, à peine la trentaine. Eux, ils ont un job et moi j'ai plus rien. Avec eux, je me sens comme un loser, complètement inutile. J'ai trop honte de moi.

– Maintenant, les gens me regardent de travers, dit encore une autre. Ils doivent penser que je suis une profiteuse, que je ne veux pas bosser, que je me contente de toucher les aides de l'État, que je me débrouille bien avec ça, quoi, finalement. Sauf que c'est pas vrai, je veux profiter de rien et de personne, moi ce que je veux, c'est retrouver un boulot.

Nicolas écoutait. Tout ce qui se disait le frappait en plein cœur, il avait l'impression d'avoir appréhendé l'ensemble des émotions intimes que ces gens avaient le courage d'exposer. Il se sentait moins seul, tout d'un coup, comme englobé dans une même communauté de désespoir, moins cadenassé par les exigences de sa culpabilité aussi, comme si la parole des autres avait libéré en lui quelque chose d'enfoui et de primordial. Autour de lui, les langues se déliaient de plus en plus, charriant des torrents de mots que chacun avait jusqu'à présent gardés pour soi. Nicolas se rapprocha et se trouva bientôt à quelques pas de sa fille. Le visage d'Adèle était fermé, elle écoutait ce que chacun avait à dire. Elle surprit soudain le regard de son père, ses yeux mouillés par l'émotion, le sourire de reconnaissance qu'il lui adressait. Elle fronça les sourcils et eut un petit hochement de tête qui signifiait : *Vas-y, parle toi aussi.* Il la fixa d'un air absent, désolé. Il aurait tant souhaité être digne des espérances que sa fille plaçait en lui à cet instant, mais il en fut incapable, terrorisé à l'idée d'exprimer avec honnêteté ce qu'il ressentait. *Un jour, peut-être*, se dit-il. *Oui, un jour, j'y arriverai.*

Quelques jours après son retour de vacances, Justine revit sa patiente *workaholic*, qu'elle recevait depuis plus d'un an maintenant. Dernièrement, la CEO avait annulé une série de quatre rendez-vous successifs et Justine désespérait de la revoir un jour. Quand Patricia se présenta à la porte de la salle de consultation, sa psychologue eut du mal à la reconnaître. Il y avait sa tenue d'abord – bien moins élégante, bien moins sophistiquée qu'à l'habitude –, il y avait surtout son visage. Ses traits s'étaient amollis et débarrassés de la tension qu'on y lisait auparavant, il s'y diffusait une tristesse nouvelle. Ses cheveux, autrefois enroulés en un chignon austère qui s'apparentait à un marqueur social, étaient aujourd'hui relâchés et retombaient en masse sur ses épaules, presque vulgairement.

– Je me suis fait licencier, annonça-t-elle, avant même de prendre place dans la chaise que lui proposait Justine.

– Asseyez-vous, je vous en prie, dit la psychologue.

Patricia s'exécuta.

– Ils ont découvert… Pendant un comité de direction. Mon n+1 était venu tout spécialement de New York. J'avais tellement bu la veille. Je devais sentir l'alcool à plein nez.

Puis :

– J'ai craqué. Je me suis effondrée. Le burn-out classique, ce n'est pas à vous que je vais apprendre ces choses-là.

Elle marqua un temps assez long avant de reprendre :

– Je me sens libérée, d'une certaine façon.

– Qu'est-ce que vous comptez faire ?

– Je suis quand même partie avec un petit *parachute*.

Elle s'amusa du mot, qu'elle mima d'une main agile.

– J'ai de quoi voir venir. J'ai envie de voyager, de sortir, de voir du monde, de profiter de la vie… J'ai envie de…

Elle hésita encore, puis :

– En fait, je ne sais pas très bien de quoi j'ai envie ni ce que je vais faire. Mais ça n'a aucune espèce d'importance. En revanche, ce que je sais, c'est que plus jamais je ne me laisserai avoir comme j'ai pu le faire.

– C'est l'impression que vous avez, de vous être fait avoir ?

– Disons que tout ce que j'ai accompli jusqu'ici, je crois que je l'ai fait pour de mauvaises raisons. J'ai toujours été très sage, très obéissante.

Elle marqua une pause.

– Je pense avoir un peu trop confondu mon désir avec celui des autres.

Justine eut un sourire compatissant. Elle était plutôt inquiète. Qu'allait faire cette femme de cette liberté si brutalement, si chèrement acquise ? Pouvait-on parler de liberté dans son cas ? C'était, en ce qui la concernait, un choix où n'entrait aucune préférence. *Plus jamais je ne me laisserai avoir comme j'ai pu le faire.* Tout cela n'était que des mots. Justine le savait, pour les manipuler chaque jour, les mots que ses patients prononçaient devant elle et à son intention – parfois pour la séduire, parfois pour lui faire plaisir ou la tranquilliser, le plus souvent pour s'inventer de fausses raisons d'être ou pour se désengager d'une sorte de responsabilité morale vis-à-vis d'eux-mêmes –, ces mots, qui formaient une suite apparemment logique, n'étaient en général que des enveloppes vides, des artifices sémantiques dénués de sens et, par conséquent, d'intérêt. C'était seulement si on les garnissait d'un immense désir, d'une immense droiture, d'un immense courage qu'ils parvenaient à gagner une signification et donc une consistance. Si Patricia ne trouvait pas la force mentale de donner du poids, une vérité, à cette liberté soudainement offerte, les effets collatéraux de cette indépendance seraient tout aussi dommageables que l'enfermement qu'elle avait précédemment subi. En se dégageant des habitudes et des rouages d'un système, elle risquait de s'engouffrer dans ceux d'un autre système, encore plus pernicieux. Ce n'étaient pas tellement les mots qui étaient ici en jeu, mais la volonté suprême d'être enfin honnête, et donc en parfait accord avec soi-même. C'était en réalité la position la plus enivrante qui soit mais aussi la plus difficilement tenable.

Dès que Patricia eut pris congé, Justine se sentit abattue. *Cette femme m'épuise*, se dit-elle. *À chaque fois que je la vois, je me sens éteinte.* La nouvelle position de chômeuse de l'ex-CEO faisait évidemment écho chez Justine à celle de son mari, mais il y avait autre chose, de plus obscur, de plus fondamental, qu'elle mit un bon moment à identifier : quantité d'éléments chez cette femme la renvoyaient à son propre mal-être, et tout particulièrement à l'âpreté de la solitude qu'elle éprouvait depuis quelques mois et qui s'était encore intensifiée depuis son retour à Paris.

Les vacances avaient été compliquées. Après avoir admis l'idée que se séparer quelque temps leur ferait du bien à l'un comme à l'autre, Justine s'était brusquement sentie dépossédée de sa famille et surtout de son mari. Elle s'était remémoré leur rencontre, la curieuse triangulation sur laquelle s'était fondée leur relation. À l'époque, elle n'était pas amoureuse de Nicolas au sens où on l'entend classiquement, elle ne l'avait pas non plus été par la suite, il paraissait clair qu'elle ne le serait probablement jamais. Elle s'était même persuadée qu'elle ne valait pas mieux que ce sentiment à la fois fade et chaleureux qui l'habitait, que la passion dévorante n'était pas son lot, que son destin était d'être toujours insatisfaite – délicatement insatisfaite pourrait-on dire, mais insatisfaite malgré tout –, que, toute sa vie, elle ne profiterait pleinement de rien et échouerait dans tout, à être heureuse en particulier. *On passe à côté de son existence à 95 %, il faut juste arriver à profiter honorablement des 5 % restants,* ricanait sans arrêt son père quand il la voyait ténébreuse, l'esprit chagriné par ses pensées. À cet instant, elle se disait, exaspérée : *Il avait raison, ce vieux con.* Et puis aussi : *À des kilomètres de distance, il parvient encore à me persécuter.* Elle l'admettait, sa vie n'était qu'un long chapelet d'insatisfactions. Elle n'était d'ailleurs pas certaine d'avoir atteint le quota de 5 % de contentement dont la destinée lui était apparemment redevable. Pourquoi n'était-elle pas plus épanouie ? Pourquoi ne pouvait-elle se satisfaire de la tendresse de son mari, de la présence de ses enfants, du métier qu'elle avait pourtant choisi avec ardeur ? Que lui manquait-il pour exister vraiment ? Une autre chose l'inquiétait : avec les années, elle s'était convaincue que si elle éprouvait à l'égard de son mari une affection sincère, l'amour que Nicolas lui portait en retour était en revanche pur, inconditionnel et irrévocable. L'épisode de la fin juillet – sa violence, autant physique que verbale – suggérait qu'il n'en était peut-être plus rien. Et si Nicolas avait cessé de l'aimer ?

Ce sentiment de désertion la hanta jusqu'à ce que sa mère accepte de parcourir quatre cents kilomètres en voiture pour passer quelques jours à ses côtés. Bien que Colette fût venue de temps à autre à Paris, les deux femmes s'étaient moins vues depuis un an et demi, depuis ce Noël où Joseph avait démontré toute l'étendue de sa goujaterie envers sa famille. Pour fêter leurs retrouvailles, la mère et la fille décidèrent de dîner en tête à tête au restaurant le soir même.

– Il va comment ? s'enquit Justine, après que le serveur eut déposé un cocktail devant chacune d'elles.

– Il va bien, je crois, dit Colette.

Puis, en souriant :

– Enfin j'espère.

– Comment ça, tu espères ?

– Il n'était pas très heureux de me voir partir.

Colette sortit son portable de son sac à main et effleura de l'index la touche *Messages*.

– Regarde, dit-elle avec un sourire en tournant l'écran vers sa fille.

Justine lut avec effarement le SMS – écrit en lettres majuscules – que son père avait envoyé à sa mère quelques minutes auparavant : *TU ES VRAIMENT UNE SACRÉE GARCE DE ME LAISSER TOUT SEUL !* De colère, elle avala une bonne rasade de gin tonic. Il était mal dosé, l'alcool blanc lui racla la gorge, elle eut un spasme de répulsion. Colette éclata d'un petit rire moqueur. Justine ne savait pas ce qui, du message insultant de son père ou du comportement compatissant de sa mère à son égard, l'horripilait le plus.

– C'est plutôt risible ce message, non, quand on y réfléchit ? dit Colette. Ton père est resté un petit garçon, il a désespérément besoin qu'on l'aime, qu'on le flatte, et puis il ne supporte pas qu'on le laisse tout seul.

– Un petit garçon ? répéta Justine, écœurée. Comment tu peux l'excuser ?

Elle se pencha vers sa mère, et plus bas, sur un ton où se mêlaient la prudence et le dégoût :

– Tu es encore amoureuse de ce type ?

– Oui, sans doute, dit Colette, vexée, je suis encore amoureuse de ce type, comme tu l'appelles. En tout cas j'ai été folle de lui, c'est certain. Il doit bien en rester quelque chose, non ?

– Joseph n'a jamais rien foutu de ses dix doigts. Toute sa vie, il n'a fait que t'utiliser, maman. Te hurler dessus et t'exploiter.

– Oh, Justine, grandis un peu, bon sang !

– Il m'a pourri la vie et il pourrit encore la tienne.

– Qu'est-ce que tu en sais, d'abord ?

Colette haussa légèrement le ton, sa fille en fut étonnée :

– Est-ce que tu t'es jamais dit que cette situation apparemment bancale, je l'acceptais, pas nécessairement avec le sourire, mais que je l'acceptais malgré tout, que c'était mon choix, ma décision à moi ?

Il y eut un léger silence. Justine regardait sa mère comme si elle la redécouvrait.

— Ton père n'est jamais parti, il ne m'a jamais battue. S'il m'a trompée, il s'est débrouillé pour le faire avec beaucoup de discrétion. Alors tu vois, quand il se montre insupportable, je ferme les yeux et les oreilles. À un moment donné, il se calme et redevient acceptable.

Colette posa sur la nappe l'ombrelle de papier coloré qui couronnait son verre et but une gorgée de son apéritif.

— Il revient toujours. Il sait qu'il aura toujours plus besoin de moi que moi je n'aurai besoin de lui, dit-elle avec une sorte de fierté incongrue.

Puis, fixant Justine :

— Je ne me suis jamais fait d'illusions sur rien. La vie est une chienne, aujourd'hui j'en suis plus que jamais convaincue. Finalement, comparé à tous les gens autour de moi, je trouve que je ne m'en sors pas si mal. Je m'accommode. Tout le monde s'accommode, sinon ça serait invivable. Tu ne t'accommodes pas, toi ?

Justine préféra se taire. Oui, bien sûr, elle aussi s'accommodait de pas mal de choses, comme Nicolas devait le faire lui aussi, de son côté. Mais avait-elle envie de continuer à faire autant d'efforts pour sauver ce qui restait à sauver ?

Colette se pencha vers sa fille.

– Est-ce que tu connais une seule personne de plus de quarante ans qui est ne serait-ce qu'un peu heureuse et équilibrée ? On fait tous avec, crois-moi.

Justine fut à la fois désarçonnée et rassurée par cette réaction inattendue. De savoir que sa mère ne souffrait pas autant qu'elle se l'était imaginé la rassura et la dédouana soudain de devoir s'intéresser en profondeur à son sort. En retour, elle n'eut pas envie de s'épancher sur ses propres états d'âme, d'exposer avec sincérité l'ampleur de ce qui ébranlait son couple.

Par la suite, la mère et la fille passèrent de bons moments ensemble, rien de grave ne se dit, rien d'important non plus, tout fut mollement doux et inconsistant. *Finalement, on se retrouve toujours tout seul dans les pires moments*, conclut Justine quand sa mère repartit, une semaine après.

Lorsqu'elle rentra à Paris, elle trouva Nicolas changé, à la fois plus calme, plus résolu, un peu plus solide aussi d'une certaine façon, même si aucune de ses recherches n'avait pour l'heure abouti et qu'il continuait de devoir faire front à la même situation intenable. Il sembla sincèrement heureux de la revoir. Dès qu'il la vit, il la prit longuement dans ses bras. Elle se blottit contre lui et se laissa aller à un *Je t'aime*, chuchoté à l'oreille. *Mais moi aussi, je t'aime*, répondit Nicolas, comme s'il réagissait à un reproche qu'elle lui aurait adressé. Justine pensa qu'il lui mentait, que c'en était définitivement fini de ce bel amour chevaleresque. Elle en fut mortifiée. Quelque chose la frappa par-dessus tout : la relation de Nicolas avec Adèle avait profondément évolué ; son attitude, les mots qu'il employait, la manière dont il l'observait désormais, jusqu'à ses silences, tout dans son comportement témoignait de sollicitudes nouvelles à l'égard de sa fille. Il l'entourait d'attentions particulières, il semblait accorder plus d'importance à ses propos, à ses réflexions, plus jamais il ne la réprimandait ou ne lui adressait de reproches ; Adèle, en retour, paraissait entretenir à sa mesure cette complicité inédite, elle était plus docile, plus accommodante envers lui. Ce n'étaient plus un père et sa fille, mais deux adultes respectueux l'un de l'autre. Que s'était-il passé ? Bien qu'elle tentât de réprimer ce sentiment qui lui paraissait inavouable, Justine en fut immédiatement jalouse. D'une jalousie de rivale, une jalousie adolescente, vibrante et irrépressible. *Ma fille m'a détrônée*, se dit-elle, atterrée. Cette pensée se doubla d'une autre, plus sombre. Elle se sentait d'emblée exclue de cette connivence mais aussi de sa famille tout entière. *Est-ce que j'ai encore une place quelque part ?* se dit-elle finalement.

À force de se sentir autant mise à l'écart, l'envie lui prit de revoir certains amis qu'elle avait délaissés et, pour d'autres, oubliés. Un lundi particulièrement lumineux de septembre qui engageait à sortir, à se balader, à profiter de la ville, elle chercha à joindre Ahmed, qui avait été son interlocuteur privilégié il y a plus de vingt ans. Elle ne sut jamais trop ce qui l'y avait poussée – pourquoi lui parmi tant d'autres ? Il se trouvait qu'après toutes ces années, elle avait conservé son numéro, comme un totem d'une vie antérieure qu'elle n'avait jamais eu la force de révoquer. Il n'en avait pas changé, ce qui lui parut de bon augure. Elle l'appela, ils se parlèrent brièvement mais avec ferveur, ils convinrent de se voir le jour même, vers 20 heures, dans un bar de la rue des Archives. Elle mentit à Nicolas sur la façon dont elle allait occuper sa soirée et alla directement de son lieu de travail au lieu du rendez-vous. Tout le long du chemin, elle se sentit rajeunie, légère, prête à toutes les excentricités, c'était comme si elle avait décroché un rendez-vous amoureux.

– Salut princesse ! hurla Ahmed en la voyant.

Elle eut du mal à le reconnaître. Il avait énormément grossi – il devait peser près de cent kilos –, avec maintenant un faciès au croisement de la crapule véreuse et du bonimenteur un peu ringard. Malgré ces handicaps, il réussissait le miracle de continuer à être plutôt sexy. Elle était à peine assise qu'il lui proposa un verre :

– Un gin to' comme d'habitude ?

Sans attendre sa réponse, il avisa un serveur, leva le bras et claqua des doigts. Le jeune homme se présenta illico et enregistra la commande. Puis Ahmed se tourna vers Justine.

– Tu es encore très belle, tu sais.

Elle apprécia le compliment. Il posa délicatement l'index sur son front.

– Tu pourrais être encore plus belle, dit-il en suivant la ligne d'une ride transversale.

– Du Botox ? dit Justine d'un air dégoûté.

– Ça t'éclaircirait le visage, dit-il sérieusement.

Lui-même devait largement profiter de l'effet tenseur de cette protéine neurotoxique. Ses traits étaient lisses, débarrassés de tout artéfact du vieillissement : il paraissait sans âge. Il voulut immédiatement lever l'incohérence entre son excès de poids et le soin qu'il apportait à son visage.

– Je me fiche d'être gros, chez nous les Algériens, c'est plutôt un signe de bonne santé, mais vieillir, ah ça non, très peu pour moi !

Il explosa de rire. Il était volubile, il souriait tout le temps, il se fichait de parler fort, de gesticuler, le monde semblait lui appartenir. En réalité, ce n'était pas tout à fait le monde qu'il possédait, mais trois bars-restaurants avec terrasse – dont celui où ils se trouvaient –, ainsi que deux hôtels et un club, tous situés autour du quartier Saint-Paul, tous estampillés *gay friendly*, et la majorité *gay* tout court.

– Tu as bien réussi, dit Justine, impressionnée,

quand elle fut renseignée sur l'étendue de son patri-
moine foncier.

– Pour un Arabe, tu veux dire ? fit-il, soudain sérieux.

– Mais non, je n'ai pas dit ça ! s'exclama Justine,
gênée.

Il s'esclaffa, c'était une mauvaise blague. Il était effectivement devenu riche et n'en tirait aucun complexe.

– Je suis le parfait exemple de l'intégration réussie,
ma poupée, non seulement de l'intégration commerciale
d'un Beur parmi les Français mais surtout de l'intégration culturelle d'un Arabe dans le quartier le plus juif
qu'on puisse trouver à Paris. Ici, on me respecte. À part
les cons, mais on sait bien que les cons ne respectent
personne, à commencer par eux-mêmes.

Il ajouta :

– Je suis biculture, bilingue, il n'y a que ma sexualité
qui soit entièrement restée à sens unique.

Il explosa à nouveau de rire. Et Justine se mit à
l'envier. Elle envia sa liberté de ton et d'expression, son
assurance, son aisance financière. Une pensée la traversa : se pouvait-il qu'un jour elle ait pu avoir assez
d'aplomb pour avoir à ses pieds un type aussi sûr de lui ?
Elle se souvint de la jeune femme joyeuse et affranchie
qu'elle avait été et ce fut comme un uppercut en pleine
poire. Elle but une longue gorgée.

– Maintenant je vis la nuit, continua Ahmed. Je peux
te dire que j'adore ça. Je suis invisible avant 6 heures
du soir et personne ne vient m'emmerder avant cette

heure-là. Je crois que la lumière me gêne, alors je passe le plus clair de mon temps à l'obscurcir.

— Boris Vian, dit Justine en souriant.

— Ah, tu te souviens ?

À l'époque, c'était déjà la phrase favorite d'Ahmed, il la sortait à toute occasion. Très jeune, il avait lu *L'Écume des jours* et ce roman l'avait bouleversé.

Il se pencha vers elle et murmura :

— Tu sais, je crois que j'ai réalisé mon rêve. Travailler en m'amusant. D'ailleurs, c'est peut-être l'inverse.

Justine se força à sourire. Elle eut soudain honte d'elle, de sa vie qui lui parut d'une platitude immense comparée à celle d'Ahmed qu'elle se représentait comme une série ininterrompue de fêtes joyeuses et excitantes.

Ils burent encore quelques verres puis ils se mirent à table. Un jeune serveur vint s'occuper d'eux. Ahmed se mit à le draguer de manière éhontée. Le garçon ne paraissait pas s'en offusquer, il rentrait dans le jeu, il y était habitué vraisemblablement ; il devait être étudiant et tenir plus que tout à conserver son job.

— Justine, tu as vu ce petit cul ? dit soudain Ahmed en se penchant de côté au moment où le serveur repartait avec leur commande.

— Tu dragues toujours autant, toi, dit Justine, que le cinéma d'Ahmed avait un peu agacée.

— Sex, drugs and rock' n'roll, ma jolie. C'est toujours ça qui m'a tenu en vie. Le sexe surtout !

– En vie ?

– En vie, oui, et ne commence pas à jouer à la psy, s'il te plaît.

Pendant tout le dîner, Ahmed ne cessa de reluquer les hommes jeunes qui passaient à sa portée, réclamant de Justine qu'elle lui donne son avis, exactement comme il le faisait vingt ans auparavant. À deux ou trois reprises, elle eut droit à quelques extravagances embarrassantes de sa part : visiblement, il ne pouvait pas voir un joli garçon – n'importe quel joli garçon de moins de vingt-cinq ans – sans se dandiner devant lui comme un dindon dépravé, sans lui faire une cour éhontée, à la frontière du ridicule et de l'avilissement, la franchissant du reste la plupart du temps. Justine s'attendait à ce qu'à un moment donné la discussion s'oriente vers sa vie à elle. Non pas qu'elle le désirât, loin de là – elle pensait que son existence était totalement pathétique par rapport à la sienne –, mais il lui paraissait logique qu'après avoir autant parlé de lui, il soit, non pas assez curieux, mais assez civil pour s'intéresser à elle, à son mari, à sa famille, ne serait-ce que quelques minutes. Ce ne fut pas le cas, Ahmed n'en avait rien à faire de la courtoisie. Il n'arrêtait pas de la nourrir d'informations sur sa vie privée – en l'occurrence sur sa vie sexuelle, l'une et l'autre ne faisaient apparemment qu'un – qui, malgré la proche cinquantaine, continuait à tourner uniquement autour de la drague et des coucheries d'un soir. Aucun détail ne fut épargné à Justine. En l'état, Ahmed ne s'épargnait pas non plus ; son amour-propre, elle s'en souvint au fur et à mesure qu'il lui racontait ses turpitudes, n'avait jamais été une enveloppe bien difficile à percer. Elle nota avec intérêt cette contradiction chez cet homme qui semblait par ailleurs avoir une si haute opinion de lui-même. Elle apprit ainsi qu'il persistait à s'embarquer dans des histoires avec des hommes beaucoup plus jeunes, qui finissaient systématiquement par l'humilier ; il y avait toujours entre eux des questions d'argent, d'une façon ou d'une autre il devait les payer pour s'envoyer en l'air ; d'ailleurs il confia à Justine – dans l'espoir de choquer la petite-bourgeoise qu'il voyait désormais en elle – qu'il était branché sur un réseau de prostitution presque exclusivement composé d'hommes africains – *des Blacks, ma grande, des Blacks !* s'exclama-t-il avec des yeux déformés par la concupiscence –, en général des types sans papiers qui trouvaient là une occasion de se faire des thunes à relativement peu d'efforts. Ahmed lui avoua aussi qu'il passait à Bangkok la majorité des quelques vacances qu'il s'accordait, s'enfermant nuit et jour dans les bordels du quartier de Patpong, où il lui arrivait de se taper des mineurs. C'était pathétique à mourir, le pire était qu'il n'en avait aucune conscience. Écœurée, Justine se demandait ce qui avait pu les souder autant qu'ils l'avaient l'été à une époque. *Que se disaient-ils alors ?* pensa-t-elle. *Quels pouvaient être leurs points communs ?* Au-delà de son invraisemblable égoïsme, Justine sembla discerner autre chose dans l'attitude d'Ahmed. S'il ne voulait rien savoir de sa vie d'aujourd'hui, c'était sans doute parce qu'il ne voulait rien voir de ce qu'il était devenu lui-même. Il n'avait pas grandi et refusait que, contrairement à lui, Justine soit devenue une adulte. Il avait figé leur relation dans le temps de leur jeunesse, il s'en tenait à l'image qu'il avait conservée d'elle et ne voulait pas en décrocher.

Il voulut aller boire un verre – *un dernier, s'il te plaît !* – mais elle refusa, prétextant l'heure tardive. Ils se séparèrent en se promettant de se revoir et de faire la fête. *Une vraie fête, comme avant, hein ?* dit Ahmed avant de l'embrasser sur la bouche.

Après l'avoir quitté, Justine marcha le long des quais de la Seine et s'arrêta à l'arrêt du bus qui la ramènerait chez elle. Il était presque 1 heure du matin. Elle n'avait pas envie de rentrer sur-le-champ. Elle s'assit sur un banc et observa la ville devant elle. Paris était presque vide, silencieux, magique, les lumières des véhicules dessinaient de longues traînées dorées contre le noir de la nuit. Une pensée la tarauda, elle décida soudain d'évaluer les liens qui la liaient aux personnes figurant dans le répertoire de son portable. Nom après nom, elle tenta de se demander honnêtement si la personne concernée était un ami, une connaissance, une relation plus ou moins avérée et, plus largement, si elle aurait eu envie de se confier à elle, en cas de pépin par exemple. Le résultat fut consternant : pour l'heure et en la circonstance, elle n'avait aucun ami digne de ce nom. Cela l'attrista, elle se sentit vide, ses yeux devinrent humides et la ville, vue à travers le miroir déformant de ses larmes, lui parut soudain grotesque et repoussante.

Alex débarqua chez son frère quelques semaines avant Noël, après s'être fait expulser de l'appartement de Victoire en raison d'une infidélité particulièrement sacrilège. Son arrivée fut comme une bouffée d'air revigorante dans cette famille rongée par la morosité. Alex distillait naturellement, sans jamais chercher à la provoquer, une sorte de bonne humeur communicative, il attirait immédiatement la sympathie – ou bien, à l'inverse, la jalousie –, il n'était jamais triste, ni angoissé, ni de mauvaise humeur, ni en colère, il se divertissait du moindre événement, il ne s'embarrassait d'aucun faux-semblant, d'aucune hypocrisie, jamais il ne craignait d'émettre une opinion personnelle, que ce soit la plus fantasque ou la plus commune, il cultivait ce qui pourrait naïvement se nommer *le bonheur de vivre* et il le faisait de la manière la plus simple et la plus abordable qui soit. En dépit de la situation précaire où il se trouvait soudain, il ne se prenait pas la tête. *Tout finit toujours par s'arranger, même mal,* répétait-il à l'envi, en éclatant de rire. Aux yeux d'observateurs exigeants, il aurait pu apparaître comme un être superficiel, il s'intéressait à finalement assez peu de choses, il n'avait presque rien retenu de ses cours aux Beaux-Arts par exemple. Parfois, au cours de conversations ou de dîners élaborés – ceux qu'organisait Victoire en particulier –, il pouvait passer pour un *ravissant idiot*. La grande force d'Alex était qu'il se fichait absolument du regard des autres, la moquerie, la méchanceté, l'étroitesse d'esprit ne l'atteignaient jamais, il possédait sa propre morale qui le préservait des avis qu'on avait sur lui, quelle que soit leur nature, bonne ou mauvaise. Si rien ne semblait l'atteindre, rien non plus n'était en mesure de retenir son attention tout entière et c'est probablement de là que venait son charme. Il était avec vous sans y être vraiment ; quand vous essayiez de l'attraper, il vous filait entre les doigts comme l'eau d'une rivière. Il paraissait inconcevable qu'il puisse un jour appartenir pleinement à quiconque. C'était un être solaire, incandescent, auprès duquel il semblait tout à fait envisageable de pouvoir se brûler.

Adèle et Hector l'adoraient. Hector voyait en lui un compagnon de jeux idéal. Quant à Adèle, elle entretenait l'idée qu'il avait passé sa vie à détrousser des femmes puissantes, riches et parfois cupides, elle voyait en lui une sorte de Robin des bois du sexe – un parfait héros *anticapitaliste* au fond –, elle admirait surtout la liberté insensée qu'il cultivait en permanence et qui le différenciait de tous les adultes qu'elle fréquentait, à commencer par ses parents.

Justine avait bien évidemment un avis différent sur la présence de son beau-frère. Elle le considérait en premier lieu comme un profiteur, il n'avait aucun revenu, aucune épargne dans laquelle il aurait pu puiser, il allait être à leur charge, sans doute pendant de longues semaines et, de cela, il avait l'air de se ficher royalement. Elle ne voulait surtout pas envisager le danger potentiel que représentait sa présence prolongée à ses côtés, elle souhaitait minimiser le fait que le ménage à trois qu'ils avaient un jour formé, Nicolas, Alex et elle, était bel et bien en train de se reconstituer, dans des conditions certes très différentes, mais de façon explicite. Alors, pour être bien certaine de ne pas risquer de le convoiter à nouveau, elle se mit à le détester ardemment. Elle ne manquait pas une occasion de le reprendre, de l'abaisser, de le contredire, le plus souvent en dehors de la présence de Nicolas, qui n'aurait pas admis un tel comportement d'hostilité. N'étant pas stupide au point de ne pas comprendre ce qui se tramait, Alex trouva rapidement une occasion de mettre les choses au point.

– Je voulais te dire une chose, Justine, dit-il à mi-voix.

Il s'approcha du canapé où elle était en train de lire.

Les autres travaillaient ou étaient assoupis dans leur chambre. Elle se redressa, inquiète.

– Tu n'as rien à craindre de moi, tu sais. La dernière chose dont j'aie envie, crois-moi, c'est de faire du mal à mon frère.

Elle le regarda, ahurie.

– Alex, je ne comprends pas ce que tu cherches à me dire.

– Si, si, Justine, tu sais parfaitement ce que je cherche à te dire.

– Ah ! Et quoi donc ?

– D'abord, pourquoi est-ce que tu es agressive avec moi ?

Elle croisa les bras sur sa poitrine.

– Parce que tu es une sangsue, Alex.

– Une sangsue ?

– Tu t'accroches à la bête, tu lui pompes le sang, le fric, l'énergie, tout ce que tu peux pomper tu le pompes, et une fois que tu as tout bien pompé, tu te barres. Oui, c'est ce que j'appelle être une sangsue, et moi, je n'aime pas beaucoup les sangsues.

Il fronça les sourcils.

– Dis, Justine, tu n'es pas en train de me reprocher des choses qui seraient arrivées il y a très très long-temps ?

– Des choses ? Quelles choses ?

– Des choses que je t'aurais faites il y a…

Il s'efforça de compter mentalement.

– … Vingt et un ans.

Elle éclata d'un rire faux.

– Tu ne veux quand même pas parler de…

Il lui coupa la parole, posa la main sur son bras nu et le serra longuement. Ses doigts étaient glacés, ce qu'elle trouva singulier de la part d'un animal au sang si chaud ; elle en eut un léger tressaillement.

– Tu n'as pas à te méfier de moi, plus jamais je ne te ferai de mal. Voilà ce que je voulais te dire.

Puis il ouvrit grand les bras dans un geste d'apaisement quelque peu théâtral. Alors elle se leva et, quelques secondes plus tard, il la serrait chaleureusement contre lui.

– On oublie tout ça ? lui chuchota-t-il à l'oreille.

Justine ne saisit pas ce qu'il entendait exactement par ces mots, mais elle se laissa faire. Son corps était tendu, ses bras osaient à peine enlacer le torse d'Alex comme son beau-frère enlaçait le sien. Dans son cerveau cependant une véritable entreprise de délabrement s'était mise en branle. L'extérieur résistait mais l'esprit était en train de céder. Elle avait brutalement eu la vision du corps nu d'Alex, il y a vingt et un ans, la première fois où elle avait couché avec lui ; elle s'était remémoré la puissance sexuelle hors du commun de cet être à peine sorti de l'adolescence. Pendant de longues années, cette image l'avait maintes fois traversée, consumée, écorchée. Elle ne s'était plus imposée à elle depuis très longtemps mais voilà qu'à cet instant elle revenait en force, la brûlant en profondeur. Elle s'en rendait compte, et cela l'anéantissait, jamais elle n'avait cessé de désirer ce type, et peut-être d'en être amoureuse. Elle eut envie de l'embrasser, elle eut envie qu'il la renverse farouchement, ici, n'importe où, qu'il la pénètre, qu'il lui fasse l'amour. Elle voulait qu'il la désire, oui, voilà ce qu'elle voulait par-dessus tout : être violemment désirée par lui.

Au lieu de cela :

– OK, on oublie tout ça, dit-elle froidement en se séparant de lui. Tu as raison, c'est ridicule.

Troublée à l'extrême, elle ne comprenait pas ce qu'elle était en train de lui dire. *On oublie quoi, exactement ?* se demanda-t-elle.

– C'est de l'histoire ancienne, ajouta-t-il gentiment.

– Exactement. De l'histoire ancienne, répéta-t-elle, le dos tourné, en s'éloignant.

Elle partit s'enfermer dans sa chambre.

Son désir pour Alex avait réveillé son impression de solitude. Elle en avait assez, elle voulait être touchée, réconfortée, aimée, elle voulait sentir la main d'un homme sur sa peau, échanger un brin d'humanité avec lui et surtout avoir l'impression d'exister. *Je veux faire partie du monde,* se dit-elle. Elle fut traversée par un profond sentiment d'injustice. Elle aurait voulu s'effondrer en larmes mais elle en fut incapable. Sa gorge était nouée, non pas par le chagrin mais par une rancœur tenace contre son mari, contre l'existence qu'il lui faisait mener, contre sa vie dans sa globalité. Elle se figea. Peu à peu monta en elle une violente contrariété. Elle y reconnut la colère blanche, inexorable, que son père lui avait un jour refilée et qui ne l'avait jamais quittée depuis l'enfance.

Depuis des mois, Nicolas courait quelque cinq fois par semaine et jamais moins de deux heures d'affilée ; à cela s'ajoutaient d'innombrables longueurs dans la piscine municipale Georges-Vallerey à la Porte des Lilas et des dizaines de kilomètres à vélo le long des rives du canal de l'Ourcq, bien au-delà de Livry-Gargan et parfois de Villeparisis. C'était devenu pour lui un besoin qui tenait à la fois de la délivrance et de l'enfermement, Justine y avait d'emblée noté les signes liminaires d'une possible addiction et s'en inquiétait. Sans cesse, Nicolas testait l'endurance de son corps et lui dessinait des limites de plus en plus outrancières. Malgré la dose massive d'hormones gratifiantes libérées par l'action conjointe de l'hypothalamus et de l'hypophyse, il prenait finalement peu de plaisir à l'exercice, seul l'intéressait le défi permanent qu'il se lançait à lui-même. Il s'était blessé à plusieurs reprises ; un jour, il s'était retrouvé cul par-dessus tête sur les pavés ; ses articulations morflaient régulièrement, sans parler des contusions et des ecchymoses, mais rien ne semblait en mesure de le ralentir. Quand il allait vraiment très mal, il se forçait encore plus, il avançait encore plus vite, attendant le moment où son corps le lâcherait vraiment, où son cœur cesserait de le servir aussi fidèlement, où enfin un vaisseau, un seul parmi les millions de kilomètres de vaisseaux qui irriguaient son cerveau, lui exploserait pour ainsi dire à la figure et, si possible, de manière définitive.

Depuis l'arrivée d'Alex, les deux hommes avaient pris l'habitude de s'entraîner ensemble. La présence de son jeune frère empêchait Nicolas de se livrer à des démonstrations excessives ou à des élucubrations suicidaires, au contraire il réendossait sans s'en apercevoir le rôle protecteur qu'il avait toujours tenu envers lui. Ce jour-là, ils entamaient leur dixième kilomètre, avenue de la Cascade, dans le parc des Buttes-Chaumont à Paris, quand Alex s'arrêta, hors d'haleine. Nicolas fit une pause à son tour, une dizaine de mètres plus loin, et le rejoignit. Tous deux respiraient bruyamment, à pleins poumons. Au contact de l'air glacé, de gros nuages de vapeur s'échappaient de leurs gorges brûlantes. Ils entamèrent côte à côte une série d'étirements puis ils s'assirent sur un banc, en silence. Nicolas jeta un bref coup d'œil à son frère puis baissa la tête.

– Ça t'arrive de temps en temps de penser aux parents ? demanda-t-il.

– Pourquoi ? répondit Alex en se tournant vers lui.

— Tu imagines ce qu'ils diraient s'ils voyaient leurs deux fils, en pleine journée, assis sur un banc, alors que tout le monde ailleurs est en train de bosser ?

Alex encaissa et, quelques instants plus tard :

— Personne n'a le droit de nous juger, tu sais. Personne n'a rien à dire au fait qu'on soit là tous les deux, à glander sur un banc, en pleine journée. Ça ne regarde personne que nous.

Puis :

— Soit dit en passant, je n'ai pas l'impression qu'ils étaient si heureux que ça, les parents. En tout cas, autant que je m'en souvienne, je ne crois pas que j'aurais aimé avoir la vie qu'ils ont eue.

Nicolas fit une petite moue insatisfaite. Ses yeux balayèrent le sol. Alex devint soucieux, il entoura de son bras les épaules de son frère.

— Je sais que tu en baves, Nico.

— C'est bon, Alex.

Nicolas essaya de repousser son frère mais celui-ci le retint fermement. Il était solide, sa masse musculaire était impressionnante, tandis que la pratique intensive du sport avait fait perdre à Nicolas près de six kilos en un an. Il était amusant de noter que c'était le plus chétif des deux qui se donnait pour rôle de protéger le plus costaud.

— Je t'admire, tu sais, commença Alex. Je t'ai toujours admiré. Tu es le type le plus sympa et le plus généreux que je connaisse. Je sais tout ce que tu as fait pour moi. Je sais tout ce que tu as sacrifié aussi.

Alex n'avait jamais été aussi sérieux. Il mit la main de son frère aîné dans les siennes et la serra très fort. Nicolas était à deux doigts de verser une larme.

– J'en ai croisé des gens, tu sais, continua Alex. Il y a trop de cons qui ont un job pour qu'un mec aussi cool que toi ne finisse pas par en avoir un lui aussi.

Ils eurent un petit rire triste et complice.

– Et toi, qu'est-ce que tu vas devenir ? demanda Nicolas.

– Moi ? Je vais continuer à faire ce que je sais très bien faire.

– C'est-à-dire ?

– Je vais rencontrer quelqu'un avec qui je vais être très gentil et qui, en retour, va être très gentil avec moi. J'aime faire plaisir, c'est ce que je fais de mieux.

– Gagner sa vie en faisant plaisir de cette manière-là, ça a un nom, Alex.

– Je m'en fous des noms, Nico. Les gens mettent trop de noms dans leur vie, c'est pour ça qu'ils sont aussi malheureux.

– Et dans dix ans ?

Alex se tourna vers son frère, éberlué.

– Dans dix ans ? Mais je ne sais même pas ce que je vais faire demain. Peut-être que je serai mort, demain ! dit-il en lui tapant sur la cuisse.

Alex se leva avec célérité. Nicolas le rejoignit, ils

marchèrent côte à côte jusqu'à la zone sud du parc, qui débouchait sur l'avenue Secrétan. Soudain, un nombre impressionnant de sirènes de police se mirent à hurler aux environs de l'avenue Jean-Jaurès. Ils n'y prêtèrent pas attention et rentrèrent chez eux, c'était à deux pas, sur le boulevard de la Villette.

Dans l'escalier, Alex reçut un SMS qui l'alarma. Il se précipita vers l'appartement et, dès qu'il eut ouvert la porte, il se rua sur la télécommande du téléviseur. Le noir électronique laissa place aux images d'une édition spéciale où soufflait un réel vent de panique. Un attentat meurtrier venait d'avoir lieu dans les locaux du journal *Charlie Hebdo*. Les deux frères se plantèrent devant l'écran et leurs cerveaux commencèrent à absorber toutes ces images, toute cette démence homicide qui passait et repassait en boucle, désormais, sur toutes les chaînes.

– Oh putain, lâcha Alex. C'était ça tout à l'heure. Les flics.

Nicolas s'affala dans le canapé. Tous les journaux, les blogs, les réseaux sociaux, les plates-formes médiatiques relayaient l'info et leur *cyberconsternation*. Sur tous les écrans, on voyait les blessés enveloppés dans du polyester isotherme qu'on éloignait vivement de ce que l'on assimilait déjà à une zone de guerre, il y avait les figures de ceux qui soulageaient les survivants et les figures de ceux qui traquaient les fuyards, il y avait les images volées, tremblotantes et floues, des téléphones portables qui avaient réussi à capter en *direct live* la haine, la stupeur et la trouille, il y avait le scandale des imprécations meurtrières, il y avait la mort jusque sur le bitume du boulevard Richard-Lenoir.

Nicolas explosa en larmes comme si c'était sa propre famille qu'on venait de liquider sauvagement. Ce qui venait de se passer le sidérait. Pour une raison qu'il ignorait, l'horreur du drame le ramenait à son propre destin. Une *alchimie psychique*, analyserait Justine plus tard. En regardant ces images qui défilaient – toujours les mêmes, inlassablement –, il pensa et repensa à sa femme, à ses deux enfants, à la confondante bêtise des hommes, à leur insatiable cruauté, à leur fragilité aussi ; il pensa de nouveau à ses parents et à la terrible prégnance de la mort dans son existence.

Alors, les jours qui suivirent, il lâcha peu à peu, puis il lâcha complètement.

N'importe quel autre événement d'importance, n'importe quelle injustice majeure, n'importe quel acte de bestialité aurait pu déclencher chez lui un sentiment comparable. De toute manière, il avait trop résisté, trop essayé, trop attendu surtout. Il était épuisé, l'ampleur de la tâche était devenue surhumaine, ses propres limites paraissaient avoir été atteintes. Dès lors, il n'espéra plus rien. En digne vaincu, il rendit les armes, acceptant de se défaire de son identité et de se fondre dans celle que les autres attendaient qu'il endosse, c'est-à-dire celle d'un chômeur de longue durée.

Par la suite, personne ne s'apercevrait réellement de cette transformation. À vrai dire, il ne changerait rien à sa routine, il sortirait aux mêmes heures, il ferait du sport aux mêmes endroits, il continuerait à prononcer les mêmes phrases, à tous il semblerait identique à ce qu'il avait été les jours précédents. C'est uniquement à l'intérieur que le phénomène serait palpable. Nicolas abandonnerait progressivement l'idée d'appartenir à la petite communauté humaine sur laquelle il s'était construit et à laquelle il s'était toujours identifié, il sentirait que rien ne pourrait réellement le retenir de s'en éloigner, qu'il lui serait totalement impossible de continuer à faire partie de la société. Après ce qui venait de se passer, plus rien ne ferait sens, tout paraîtrait factice et déplacé. Et puis désormais il serait seul, vraiment. Et *pour toujours sans doute*, se dirait-il encore.

Depuis sa mise à la retraite il y a une dizaine d'années, absolument rien ni personne n'aurait été en mesure de contrarier le désir de Colette, la mère de Justine, de participer aux soldes d'hiver et tout particulièrement ceux des grands magasins du boulevard Haussmann à Paris. Elle n'y achetait pas grand-chose au final – elle n'avait plus besoin de grand-chose dorénavant – mais il fallait impérativement qu'elle y soit. L'idée de faire des affaires, de s'extirper de sa solitude provinciale, d'être aspirée pendant une semaine par un tourbillon d'activité l'emportait sur le poids de ses achats, quel qu'il soit. Il se trouva qu'en cette année 2015, cette ample opération de bazardage commercial fut inaugurée le mercredi 7 janvier, soit très exactement le jour de l'attentat contre le journal *Charlie Hebdo* – une coïncidence de calendrier qui ne manqua pas d'alimenter sur la Toile quelques boutades de plus ou moins bon goût se divertissant des possibles variations sémantiques autour du mot *liquidation*.

Pendant trois jours, tandis que sa femme participait à l'écoulement des stocks des grandes enseignes vestimentaires, Joseph se terrait dans sa chambre d'hôtel pour suivre l'évolution politique et médiatique de ces attentats djihadistes qui, comme on s'en souvient, furent particulièrement nourris en rebondissements tragiques. Nicolas ne décolla pas lui non plus, ni de son appartement, ni de son salon, ni de son téléviseur, ni bien sûr de son ordinateur, se noyant dans des torrents d'informations et, encore plus régulièrement, dans ses propres larmes. Justine, Adèle, Hector le rejoignaient de temps à autre sur le canapé pour suivre en direct le développement de ces chasses à l'homme qui, de par les enjeux humains considérables qu'elles impliquaient, avaient pris peu à peu les allures d'un suspense insupportable.

Depuis dix ans que les parents de Justine venaient à Paris, il était devenu inévitable que le dimanche qui suivait l'ouverture des soldes constitue l'occasion d'un déjeuner familial au grand complet. En ce 11 janvier 2015, ce protocole domestique fut bafoué par l'organisation de la *marche républicaine* qui devait démarrer vers 15 heures aux environs de la place de la République. Bien qu'à des degrés de motivation divers, presque tout le monde dans la famille souhaitait y prendre part.

Adèle mit du temps à se décider à participer à ce rassemblement. Ça la gênait, l'idée d'être associée – même d'extrêmement loin et de façon symbolique – à ces quarante-quatre chefs d'État dont certains bafouaient les droits civiques les plus élémentaires dans leur propre pays et se retrouvaient néanmoins à constituer, de part et d'autre du président Hollande, la ligne de front d'un défilé à visée hautement républicaine. Elle trouvait que c'était cynique, idéologiquement bancal, voire carrément dangereux pour la légitimité de ce mouvement, mais elle décida de faire avec et d'y aller.

Comme des millions d'autres personnes, Justine, Nicolas et Alex n'eurent aucun état d'âme de cette sorte. Ils s'y rendirent poussés par la force d'une conviction démocratique spontanée et irrépressible, répondant à l'appel de ce que les communicants de tous horizons n'avaient pas tardé à nommer *l'unité nationale contre la barbarie.*

Quant à Joseph, cela l'amusait de voir de près tous *ces humanistes de bazar (sic)* qui, hier encore, flinguaient le gouvernement et aujourd'hui applaudissaient à deux mains à *la mise en scène de sa soi-disant douleur patriotique* (re-*sic*).

Seule Colette manqua à l'appel. Malgré les violentes percées qu'elle effectuait régulièrement dans des magasins bourrés de milliers de consommateurs, elle déclara qu'*elle avait toujours été légèrement agoraphobe* – ce dont personne ne se souvenait – et décida en conséquence de rester à son hôtel afin de profiter d'un repos dominical bien mérité.

Bien avant 15 heures, il y avait déjà des centaines de milliers de personnes dans les rues. Trois défilés avec des trajectoires différentes avaient été planifiés pour éviter que tout cela ne dégénère très vite en une grosse pagaille incontrôlable. Le moindre passage, large ou étroit, grouillait de monde. Certains endroits étaient proprement irrespirables, une marée humaine était agglutinée, compacte et visqueuse, tournant sur elle-même comme un serpent en colère, c'était sans doute au prix d'une immense ferveur citoyenne que les gens qui s'y trouvaient emprisonnés réussissaient à ne pas céder à la panique ou à l'exaspération. Il y avait un nombre impressionnant de poussettes et d'enfants, une multitude de parents avaient souhaité embarquer leur progéniture dans l'aventure et l'exposer à ce qui serait sans aucun doute leur première grande expérience démocratique. Justine se sentait portée, au sens propre comme au sens figuré, par ce gigantesque élan populaire, elle ne pensait plus à elle, à ses ennuis, à ses idées noires, son corps et son esprit flottaient et acceptaient de se dissoudre dans cette masse fourmillante qu'en d'autres circonstances elle aurait trouvée hostile et intrusive. Depuis le début des attentats, elle avait minimisé sa peine personnelle et déchargé sa rancœur et sa colère au profit d'une affliction plus grande, moins égoïste, qui la dépassait. Aujourd'hui, elle ne cessait de regarder les gens autour d'elle. Certains n'avaient jamais dû participer à une manif de leur vie, cela se voyait, ils n'en avaient ni le look ni les manières ni l'état d'esprit. Elle en fut émue. La plupart se taisaient, parfois ils s'observaient paisiblement les uns les autres et se souriaient avec un air complice qui témoignait de l'assurance qu'ils avaient, non pas de faire partie de la même famille de pensée, mais d'être pour une fois engagés ensemble dans la défense d'une cause grave, capitale, indiscutable, qui cristallisait tous les espoirs et les rêves qu'ils avaient un jour investis dans des mots comme *politique* ou *démocratie*. Les visages étaient à la fois dignes et ouverts, émus et déterminés, on y lisait clairement le souhait de ne céder ni à la peur ni à l'affolement. Une multitude de drapeaux tricolores de tous les formats flottaient, agités par des poings de toutes les tailles, du plus minuscule au plus solide. Il y avait de longs silences où l'on n'entendait que des murmures et puis soudain la *Marseillaise* éclatait dans la bouche de quelqu'un et ricochait en un rien de temps dans les gorges de centaines de personnes. Tout le monde semblait fier de se réapproprier ces symboles de la république qui, jusqu'à présent, s'étaient dissous dans un nationalisme embarrassant aux yeux de la plupart.

D'ailleurs, le soir, Joseph ne put s'empêcher de commenter :

– C'est grotesque. Hier tous ces gens crachaient sur la *Marseillaise* et aujourd'hui, ils sont prêts à la gueuler sur tous les toits et sur tous les tons.

– Aujourd'hui, c'était un rassemblement républicain, répliqua Justine. Des millions de gens étaient soudés, ensemble, des millions de gens étaient heureux de chanter l'hymne national et d'agiter le drapeau tricolore, c'est ça que tu ne peux pas encaisser. Ça te fait mal au ventre de penser que ce genre de chose est encore possible.

– Bien sûr, ma cocotte, tu peux croire absolument ce que tu veux. C'est surtout que ça rassure les bobos de gauche de ton espèce de s'éclater sur un chant révolutionnaire dont ils conchiaient l'agressivité des paroles avant tout ce bordel. Sauf que dans un mois ou deux, quand tout le monde sera revenu de cette connerie d'unité nationale, si un mec plante un drapeau à la fenêtre de sa cuisine, on le traitera toujours de *sale facho*, toi la première.

Le dîner, traditionnellement assis, avait cette année pris la forme d'un buffet froid. Tout le monde s'était éparpillé sur les chaises, les fauteuils, les deux canapés de l'appartement. Nicolas et Alex suivaient les infos du soir sur le portable d'Alex, évitant au maximum toute collusion avec la zone du salon où Justine et Adèle faisaient bloc contre Joseph. Colette s'était réfugiée dans la chambre de son petit-fils qui s'était mis en tête de lui faire apprécier l'univers foisonnant de *World of Warcraft*.

– Je n'ai jamais traité personne de sale facho, même pas toi !

– De toute façon, c'est trop tard, continua Joseph, qui avait choisi d'ignorer l'ironie de sa fille. Ça fait longtemps que la gauche a raté le coche de la nation. Le drapeau, la *Marseillaise*, tous ces machins, c'est bien beau, ça fait de jolies photos, mais ça ne marche plus. Évidemment qu'au début c'étaient des symboles de gauche, et pour cause, on les a hérités de la Révolution, du temps où les sans-culottes zigouillaient les curés et les aristos à tour de bras et où il était assez mal vu d'être anti-laïque. Évidemment que le nationalisme il a d'abord été de gauche.

Il se baissa vers sa fille comme pour lui souffler une confidence et poursuivit :

– Il a aussi été gentiment expansionniste et colonialiste entre parenthèses. La droite au moins n'a jamais été colonialiste. C'est la gauche républicaine qui l'était, et pas qu'un peu. Le bel universalisme républicain, la mission de civilisation façon *Tintin au Congo* ou Banania. Ce qui est bon pour moi, y en a être bon pour l'Africain. Ah, les bobards que ces salopards sont capables de vous refourguer !

Joseph se redressa en émettant un rire désagréable. Il était évident que, tel un paon vaniteux, il se rengorgeait de sa petite démonstration. Justine se tenait raide dans son fauteuil – contrairement à son habitude, elle se sentait prête à en découdre avec lui à tout moment –, tandis qu'Adèle les écoutait avec un curieux mélange de méfiance et d'intérêt.

– Il a fallu deux bonnes guerres pour que tout ça vire à droite, reprit Joseph. L'affaire Dreyfus, l'Alsace et la Lorraine, le pays blessé, *La Terre et les Morts*, et puis trente ans plus tard Pétain et tout le bastringue. Après Michelet, on a eu Barrès. Et voilà ! À partir de là, entre la gauche et la nation, ç'a été la guerre froide, la gauche n'a jamais pu se réconcilier avec ça, elle a encore loupé l'affaire avec de Gaulle et son foutu nationalisme d'ouverture, sa France soi-disant modèle. Maintenant, avec tous ses copains internationalistes, elle se méfie du nationalisme. Elle préfère parler de multiculturalisme. Il faut respecter tout le monde, toutes les minorités doivent avoir une place dans l'espace public, et patati et patata. À bas la nation unie, vive la nation mosaïque ! Sauf que c'est exactement avec ce genre d'inepties qu'on aboutit à des communautés qui se referment sur elles-mêmes et qui deviennent complètement zinzin. La preuve.

Depuis quelques secondes déjà, Justine était devenue livide. Le discours de son père la révulsait. Son assurance surtout, ce mur d'intelligence agressive qu'il dressait entre lui et quiconque, entre lui et elle aujourd'hui. Au fond, c'était une intelligence *imbécile*, se disait Justine quand elle en avait assez de se battre. En tout état de cause, une intelligence *stérile* qui n'avait pour seul but que d'écraser les gens et de les spolier de leur capacité à réfléchir et à comprendre. Il n'y avait rien de bon dans cette intelligence-là, elle ne voulait rien engendrer hormis la haine et la discorde. Impossible de l'ébranler, impossible de la faire reculer, c'était un bloc inaltérable et la seule chose envisageable était de s'y casser les dents.

– Surtout, ne faites pas d'amalgame, messieurs-dames, s'il vous plaît. Mais les gens sont trop cons pour faire la différence entre un bon musulman et un putain de djihadiste. Entre parenthèses, on fait comment, d'ailleurs, pour faire la différence ? Ce qui s'est passé cet après-midi, continua-t-il, rigolard, c'est une mascarade. C'est précisément à cause de ce genre de manifs que les gens vont aller encore plus vers le FN, il faudrait être complètement aveugle et surtout complètement crétin pour ne pas s'en rendre compte.

Justine se raidit soudain, ses mâchoires se contractèrent violemment et elle dit :

– Ta gueule.

Et, après quelques fractions de seconde :

– Tu nous saoules, Joseph.

Vu son état d'esprit, on peut estimer que cela fut exprimé plutôt calmement. Adèle se tourna vers sa mère. La jeune femme eut d'abord un sourire et, immédiatement après, ses traits prirent une expression plus grave qui ne signifiait pas autre chose que : *Non, ne va pas sur ce terrain-là, n'abandonne pas, s'il te plaît...* Joseph, lui, était ravi d'avoir touché sa fille au point qu'elle en soit devenue vulgaire. Il se mit à rire, un rire gras qui dégénéra en une toux grasse elle aussi, une expectoration adipeuse qui mourut peu à peu dans des hoquets venus du fond de sa gorge.

– Pardon ? dit-il enfin, mielleusement.

– Ferme-la, tu entends.

Il y eut une parenthèse où chacun s'observa. Justine regretta vite ses paroles. Au final, en agissant de manière ouvertement triviale, c'était comme si elle abdiquait, c'était elle qui apparaissait comme une idiote incapable de trouver les mots justes pour se défendre, cela, Adèle l'avait immédiatement compris. D'une manière générale, Joseph avait l'art et la manière de vous faire passer pour un con, quoi que vous puissiez lui dire.

– Pour une soi-disant socialiste, tu n'es pas franchement démocrate, observa-t-il avec amusement.

– J'en ai assez que tu imposes tes idées, j'en ai assez que tu parles sans arrêt pour dire uniquement des choses infectes.

– Si tu penses que j'impose mes idées ou que mes idées sont infectes, pourquoi est-ce que tu n'imposes pas les tiennes dans ce cas ?

– Parce que tu ne laisses jamais personne s'exprimer, Joseph.

– Ah c'est ça ! Mais exprime-toi, Justine. Je t'en prie. Qu'est-ce que tu as à dire, exactement ?

Profitant de la légère hésitation de sa fille :

– Est ce que tu as des idées, d'ailleurs ?

– Qu'est-ce que tu racontes ?

– Je veux dire, est-ce que tu es capable de sortir des sentiers battus de la pensée des autres ? continua-t-il d'une voix affreusement douce. Est-ce que tu as des idées bien arrêtées sur les choses, des idées bien à toi ?

Sous le coup de ces insultes, Justine s'affaissa, même si elle se battait intérieurement pour ne rien laisser paraître.

— Tu ne m'as jamais laissée parler. Comment est-ce que tu pourrais savoir si j'ai des idées ?

— Tu veux dire... que... toute ta vie... je t'ai volé ta parole ? dit-il en feignant d'être compatissant.

Les yeux de Justine brillèrent. En entendant cette phrase qu'elle avait si souvent formulée en secret, son chagrin était monté d'un coup. Son père la regarda avec mépris puis se redressa dans son siège. Un mauvais rictus alourdissait ses lèvres.

— Pauvre petite Justine. Quarante-six ans et toujours à se battre contre son méchant papa. Elle en a pourtant passé, des heures, sur son foutu divan, à dire à la dame que tout était de sa faute à lui, qu'il avait tout mal fait, que c'était un salopard qui lui avait bouffé son enfance. Ça a servi à quoi tout ce fric balancé par les fenêtres ? Rien n'est réglé. Tu es paumée, ma fille. Ça se voit tellement que c'en devient gênant. Tu es paumée comme ta putain de gauche est paumée. Toi aussi, tu as cru dur comme fer à des choses et tu continues de rêver qu'elles vont arriver, alors que tu vois bien que tout est en train de se casser la gueule autour de toi. Tous les jolis châteaux de cartes que tu as construits et dans lesquels tu vis encore. Mais tu n'es plus une petite fille que son papa réprimande parce qu'elle ne sait pas se tenir correctement ou qu'elle fait du bruit en mangeant. Réveille-toi, bon sang. Tu es une grande fille maintenant, pas tout à fait une adulte, malheureusement, mais une grande fille malgré tout.

Pour ne pas montrer l'étendue de son chagrin, Justine se leva et s'éloigna du salon. Adèle se leva elle aussi mais, au lieu de quitter les lieux, elle s'approcha de son grand-père, le fixa, déterminée, pendant quelques instants, puis lui dit d'une voix calme :

– Tu hais la terre entière parce que, même si tu parles beaucoup, personne ne t'écoute. En réalité, tout le monde se fiche de ce que tu as à dire. Personne n'a envie de se taper les pleurnicheries éculées d'un vieux con aigri par cinquante années d'échecs. C'est exactement pour cette raison que personne ne s'est jamais empressé de t'éditer et a fortiori de te lire. Tu écris mal, Joseph, parce que tu vis mal. Tes livres sont mauvais parce que toi-même tu es mauvais. Il n'y a que les génies qui peuvent à la limite se permettre d'être infects. Toi tu es infect mais tu n'es pas un génie. C'est visiblement acceptable quand on fait de la politique mais certainement pas quand on prétend faire de la littérature.

Adèle avait conservé un flegme sidérant. En cela elle se rapprochait de son grand-père. C'étaient deux masses inébranlables qui se faisaient face et qui, bien que similaires, s'opposaient en tout. Joseph eut pour elle un léger sourire qui, en d'autres circonstances, aurait pu passer pour de la cordialité. Sa petite-fille l'observa encore quelque temps puis abandonna le salon. Joseph, resté seul dans la pièce, continua de garder l'apparence d'un homme calme et froid, il était impossible de deviner ses pensées.

– Tout ça me donne très soif, conclut-il pour lui-même, d'une voix forte et joyeuse, en se jetant sur l'une des bouteilles de morgon posées sur la table basse.

Depuis quelques mois, Justine suivait un certain Marc qui s'était ruiné, financièrement et psychologiquement, en raison d'une dépendance pathologique aux jeux d'argent. L'homme occupait à l'époque le poste de responsable commercial au sein de la branche poids lourds d'un équipementier automobile. À l'occasion de la signature d'un contrat particulièrement juteux, son client avait insisté pour célébrer l'événement au casino d'Enghien, un endroit où Marc n'avait jamais mis les pieds. Au bout de deux heures passées à la roulette, il avait amassé une somme approchant les vingt mille euros. *Ce fut comme une révélation*, confierait-il plus tard à Justine. *L'équivalent du premier shoot d'un toxicomane*, avait-il précisé avec un sourire amer, dénué d'humour. Dès le lendemain, il n'avait pu se retenir de retourner à Enghien, où il avait dilapidé la totalité de ses gains de la veille. À partir de là, la machine addictive s'était lentement mais très efficacement mise en branle. La toute-puissance des émotions liées au triomphe initial et la volonté de la retrouver à tout prix, s'il l'on peut dire, l'avaient entraîné dans une logique d'assujettissement irrépressible. Il avait emprunté à tout va, à sa famille, à ses amis, en mentant de plus en plus effrontément à tous. Les dettes s'étaient accumulées et, avec elles, s'était imposée la nécessité de se refaire et donc de jouer encore plus. Marc s'était plus ou moins accommodé de cette double vie pendant trois ans, jusqu'au jour où sa femme avait accouché de leur premier enfant. Au moment de se rendre à la clinique, en proie à un mouvement de panique totale, il s'était engouffré dans un bar-PMU situé à quelques pas de l'établissement où son fils venait de naître et il avait dilapidé dans des paris en ligne, en seulement quelques minutes, la totalité d'un crédit à la consommation que sa femme et lui venaient de contracter auprès de leur banque pour couvrir les frais de naissance de leur bébé. Quand il avait réalisé la portée de son geste, il s'était enfui et n'était jamais revenu. Après être passé par les cases délinquance et prison, il s'était retrouvé, six mois plus tôt, sans domicile fixe et avait dû affronter l'humiliation de retourner vivre chez sa mère.

– Comment allez-vous, Marc ? dit Justine, alors que l'homme s'asseyait face à elle.

Il désigna d'un coup de tête la valise à ses pieds.

– Je me suis barré de chez ma mère ce matin. Elle peut pas me blairer de toute façon.

Justine le regarda d'un air soupçonneux.

— Je lui ai volé des thunes, finit-il par avouer sur un ton provocateur.

En dépit de son jeune âge, Marc se présentait déjà comme un paria. Il avait abandonné sa femme il y a deux ans à un moment particulièrement critique et il n'avait jamais vu son fils, il avait rompu la majorité des liens sociaux qui le retenaient à son monde d'avant, il avait connu la prison et eu recours à des actes considérés comme criminels pour assouvir son addiction. En volant sa mère – la seule personne qui avait accepté de l'héberger –, il avait encore franchi un cap. Ce soir, il trouverait refuge dans l'un des centres d'hébergement que Justine lui indiquerait. Mais le lendemain, une fois livré à la violence de la rue, que se passerait-il ? La sortie de l'addiction exigeait que le patient se pose les questions fondamentales auxquelles la plupart des gens, par crainte le plus souvent, évitaient de se confronter : *Qu'est-ce que je désire par-dessus tout de l'existence et qui me la rend supportable ? De quoi est véritablement constitué le bonheur auquel j'aspire ?* Évidemment, toutes ces interrogations résonnaient fortement chez Justine.

La consultation continua pendant près d'un quart d'heure, au bout duquel il fut prescrit à Marc une batterie relativement légère d'anxiolytiques. C'était la seule chose qu'il était venu chercher, ce recours à la chimie qui allait pour un temps atténuer artificiellement sa souffrance. Justine se leva. En s'extirpant de sa chaise pour se lever à son tour, le genou de Marc heurta bruyamment sa valise, qui, apparemment mal verrouillée, s'ouvrit en retombant sur le sol. À l'intérieur, au-dessus d'affaires roulées en boule à la va-vite, il y avait un smoking et une chemise blanche parfaitement rangés et repassés. Son uniforme de joueur, en quelque sorte. Marc, sans se démonter, se baissa calmement pour refermer sa valise puis tendit la main à Justine pour prendre congé.

Elle le regarda s'éloigner, lesté de médicaments et de cette valise, et pensa à son mari qui, pareillement à ce patient, ne cessait de se mettre en danger en testant continuellement les limites de son corps, quitte à en crever sans doute. Jouer ou courir jusqu'à perdre pied, c'était au fond la même chose, une façon indirecte et excitante d'adresser une question à la providence, au hasard, à Dieu pour certains : *Est-ce que c'est la chance qui va se manifester ou est-ce que c'est l'abominable fatalité qui va me punir ? Que vaut ma vie, au fond ?* Autrefois, Justine aurait pu aider Nicolas, doublement même, en tant qu'épouse et en tant que praticienne. Aujourd'hui, ils étaient l'un et l'autre arrivés à un point où ils ne pouvaient plus s'être d'aucun secours. Leurs chemins n'étaient ni opposés ni même éloignés, mais bel et bien parallèles. Les deux époux avançaient côte à côte, chacun comme il le pouvait, avec difficulté le plus souvent, sans faire attention à autre chose qu'à son propre chemin et aux embûches dont il était truffé. Il y avait une certaine tendresse dans l'indifférence qu'ils manifestaient l'un pour l'autre, toute rancœur en avait été gommée, d'ailleurs ils se parlaient peu et quand c'était le cas, leurs paroles étaient uniformes et douces, emplies de lassitude, comme eux leurs mots avaient irrémédiablement perdu de leur piquant.

Le téléphone sonna dans le bureau de Justine. C'était son frère Cédric qui venait aux nouvelles. Elle fut heureuse de l'entendre, ils ne s'étaient pas parlé depuis trois mois, c'était pour eux inhabituellement long.

– Ça va ? commença Cédric. Nicolas tient le coup ? J'ai eu maman hier, elle était super inquiète.

– Elle s'inquiète pour tout, ce n'est pas nouveau. Pour nous, pour toi.

– Elle s'inquiète pour moi ?

– Disons qu'elle ne comprend toujours pas ce que tu fabriques.

– Y a rien à comprendre, tu sais bien.

– Oui je sais.

Il y eut une pause et Cédric demanda :

– Pourquoi vous ne descendriez pas un de ces jours ? On aimerait bien vous voir. Ça vous ferait du bien un peu d'air frais et de nature, surtout en ce moment, non ?

Justine se demanda si c'était vraiment de ça qu'ils avaient besoin, Nicolas et elle, *d'air frais et de nature*. L'idée de champs ternis par l'hiver, d'arbres nus et secs, de longues promenades hivernales, de feux de cheminée une tasse de thé à la main la déprimait. Elle avait au moins cela en commun avec son père de détester la campagne, qui plus est au mois de février. Et puis, la vie que son frère avait décidé de mener impliquait trop de concessions au confort, cela lui aurait été insupportable en ce moment. Ils parlèrent encore quelques minutes puis se promirent sinon de se revoir du moins de se rappeler prochainement.

Peu après que Justine eut raccroché, il y eut des hurlements dans le couloir. Elle ne put s'empêcher de se lever, par une espèce de solidarité réflexe qui faisait qu'ici les problèmes des uns devenaient nécessairement ceux de tous les autres. Elle ouvrit la porte. Près du poste de garde, un homme qu'elle avait déjà vu plusieurs fois agressait verbalement l'infirmière de service. L'usage massif et prolongé de dope l'avait défiguré, il était complètement chargé, vraisemblablement sous l'effet d'une dose massive de crack.

– Putain de salope, donne-moi quelque chose, bordel !

– Calmez-vous, monsieur, dit Justine en s'approchant lentement. Expliquez-moi ce que vous voulez.

– Ce que… ce que je veux, dit l'homme en se tournant vers elle, c'est les médocs que… que cette salope a planqués.

Justine était maintenant très près de lui, elle posa délicatement la main sur le bras de l'homme, qui l'envoya brutalement balader. Elle recula prudemment de quelques pas.

— Vu votre état, monsieur, je ne crois pas que ce serait très raisonnable de vous…

Justine n'eut pas le temps de terminer sa phrase. L'homme plongea la main dans la poche de son manteau et brandit un couteau à cran d'arrêt dont il activa illico le mécanisme déclencheur. La lame se déploya d'un coup vif, jetant un éclat de lumière argenté. Des cris s'élevèrent d'un peu partout dans le couloir. Justine resta figée sur place, tétanisée par la peur et la surprise. L'homme poussa un hurlement horrible, rauque, et fonça sur elle, la lame dirigée vers sa gorge. Elle eut le réflexe de l'esquiver en projetant son bras devant son visage. La pointe du couteau atteignit l'épaule et la lame s'enfonça dans l'épaisseur du deltoïde gauche, profondément, jusqu'à seulement quelques millimètres de l'artère axillaire. Justine poussa un cri tandis que deux patients et l'infirmière de garde se jetaient sur l'agresseur pour le maîtriser. Aussitôt, l'homme abandonna toute violence et se laissa retomber aux pieds de Justine en position fœtale, tête, bras, jambes repliés vers le torse comme s'il voulait se protéger d'une pluie de coups.

Cela pourra peut-être paraître étrange mais, dans les premiers temps, Justine se trouva d'une certaine façon soulagée – pour ne pas dire galvanisée – d'avoir été ainsi agressée. Souffrir à ce point et de cette manière avait ranimé chez elle l'impression de se sentir intensément vivante. Enfin elle existait, et pas n'importe comment, le cours de sa vie avait même revêtu pendant de longues minutes un caractère romanesque, en tout cas exceptionnel. Pour Nicolas aussi cet incident était une sorte d'aubaine. Au moins pendant les semaines qu'allait durer l'arrêt de travail de son épouse, il pourrait se focaliser sur d'autres préoccupations que les siennes et redevenir le Nicolas attentionné et généreux qu'il avait cessé d'être depuis quelques mois. Tout reprendrait du sens, finalement. Rien que cette perspective le rendait lui aussi très vivant.

Évidemment, cela aurait été trop beau, les choses ne continuèrent pas sur cette lancée. D'abord, Justine eut de plus en plus mal, sa blessure était si profonde que les chairs se recollaient difficilement, elle ne dormait quasi-ment plus, alors elle se bourrait de somnifères et d'antal-giques à base de morphine qui l'assommaient. Pour soulager sa douleur, elle avait régulièrement recours à des joints qu'Adèle lui dégotait dans son lycée, de sorte qu'elle vivait comme un zombie, dormant le jour – somnolant serait en réalité plus juste –, mais incapable de fermer l'œil la nuit. Elle passait son temps à errer dans l'appartement en jogging avachi, ne pouvant se concentrer sur aucun objet, aucune activité, aucun divertissement, ne parvenant à se consacrer à rien, hormis la célébration ininterrompue de son malaise et de sa douleur.

En plus de tout cela, il y avait la présence continuelle d'Alex. Vingt ans après, la géométrie vicieuse s'était recomposée, les trois étaient à nouveau contraints de vivre dans un espace commun à longueur de temps et le tableau n'était franchement pas jojo. Un chômeur de longue durée sans réelles perspectives d'ouverture, un michetonneur récemment déboulonné par sa cougar, une psychologue déprimée victime du cran d'arrêt d'un addict au crack. *Quelle sombre blague*, pensait Justine au milieu de sa souffrance. Alors les attentions répétées de Nicolas à son égard, charmantes au début, lui parurent encombrantes puis irrecevables. La douleur aiguë, la gêne de se trouver dans un état aussi pitoyable – surtout devant son beau-frère – devinrent agaçantes au point que Justine en voulut presque à son mari de vouloir la soulager de tout : de son mal-être, de sa blessure, de la préparation des repas. La cohabitation prenant des accents orageux et parfois menaçants, Nicolas finit par abandonner régulièrement le navire pour aller s'essouffler aux environs des Buttes-Chaumont. Seul Alex avait de la situation une vision apaisée. En réalité, il ne voulait rien voir, toute sa vie il avait cultivé le don de se fermer aux mauvais traitements, aux mauvaises personnes, plus globalement aux mauvaises ondes. Avec le temps, il s'était constitué un métabolisme proche de celui d'un panda : il paraissait cool, d'une patience héroïque, uniquement mû par le désir de limiter au maximum ses expositions au stress.

Un jour, alors qu'il se baladait comme souvent pieds et torse nus, en caleçon fantaisie – impudique, décontracté et léger –, Justine l'alpagua :

– Ça ne te gêne pas d'être tout le temps à moitié à poil ? dit-elle, en alimentant la cafetière Nespresso d'une nouvelle capsule.

– Tu veux que je mette un pyjama ?

Justine haussa les épaules ; il n'avait pas de pyjama, c'était un concept qui lui était étranger. Elle se dirigea vers la fenêtre et porta sans y penser la main à son épaule, le bandage dessinait une masse grotesque sous la fine maille de coton de son T-shirt.

– Tu as encore mal ? demanda-t-il maladroitement.

– J'ai toujours mal, Alex. Tout le temps. Il faut que tu te mettes ça dans le crâne.

Elle se tourna vers lui. Il était assis, droit et calme,

sur un tabouret haut, portant régulièrement son mug à ses lèvres, aspirant son thé bouillant par petites gorgées prudentes et délicates. Elle le détailla pendant quelques secondes et il en fut légèrement alarmé.

— Ça va, Justine ?

Elle se sentait tellement amochée et lui était, comment dire, si... si propre, si... net, si... jeune..., avec son corps et son visage sans blessure ni cicatrice, sans aucune trace de rien d'ailleurs, avec son thé vert détoxifiant et tous ces antioxydants qui lui bouffaient les radicaux libres pendant qu'elle ingurgitait son café noir et augmentait de facto la concentration sanguine de ses triglycérides. *Oui, il est tellement propre*, se dit-elle. *Et moi... moi je me sens tellement sale, moche, merdique.* La honte monta d'un coup. Aussitôt elle abandonna le terrain et s'enfuit. Alex, en habitué de ces comportements erratiques, la regarda vaguement se précipiter dans sa chambre. Elle claqua la porte derrière elle, se rua sur sa table de nuit et, après en avoir brutalement ouvert le tiroir, sur sa réserve de joints qui s'établissait à ce jour à cinq énormes sticks. Elle en alluma un et tira deux ou trois bouffées profondes et précipitées, qui l'étourdirent au point qu'elle dut s'asseoir sur son lit pour ne pas s'écrouler sur le plancher. Une fois assise, elle tira à nouveau comme une fanatique, si bien qu'en une minute elle avait pompé l'essentiel de son joint. Très vite, elle fut complètement *stone*, la douleur s'estompa en même temps que ses pensées cessèrent de lui appartenir, c'étaient comme des bulles qui évoluaient librement. Tout cela était doux, agréable, d'une limpidité bleutée, c'était toujours satisfaisant au début chez Justine, cependant il y avait un moment, quand la drogue avait irrigué le cœur et le système sanguin en profondeur, où les choses commençaient à tourner au vinaigre. Les pensées, au lieu de s'éclater gracieusement dans le ciel dégagé de sa conscience, y restaient au contraire accrochées, devenaient lancinantes, des masses asphyxiantes qui l'effrayaient, la tétanisaient et dont elle avait du mal à se débarrasser. Parfois, quand elle ralentissait sa respiration, tout redevenait calme, tolérable, les images s'adoucissaient, mais, brutalement, elle réalisait que sa respiration, au lieu de s'apaiser, s'était en réalité bloquée, que ses poumons avaient cessé leur office et l'abandonnaient, alors l'image, douce une seconde auparavant, se transfigurait pour ainsi dire, devenant mauvaise, agressive, anxiogène, inacceptable.

Au bout d'un quart d'heure de ce traitement en dents de scie, Justine était devenue complètement parano. Rien ne tenait droit, ni dans sa chambre ni dans sa tête, tout était animé de mouvements antagonistes et horripilants : son lit tanguait, les murs vacillaient, son corps, son esprit aussi surtout. Son cerveau était une immense machine à broyer du noir. Dépassée par la puissance de son délire paranoïaque, elle n'eut subitement plus conscience de rien et surtout pas de ce qu'elle s'apprêtait à faire. Que se passa-t-il dans son cerveau ? Quel enchaînement de pensées délétères présida à la décision qu'elle prit soudain de se précipiter dans le salon ? Alex la vit se ruer sur lui avec des yeux révulsés et un visage de folle. Il prit peur mais n'eut pas le temps de faire un mouvement. Elle se jeta sur lui, se colla contre lui, agrippa âprement son visage de ses deux mains. Elle ne sut jamais ce que, de le violer ou de le mordre jusqu'au sang, elle avait en tête à cet instant. En tout état de cause, elle n'eut le temps ni de l'un ni de l'autre. En un éclair, Alex utilisa toute la force dont il était capable pour l'écarter de lui et la projeter au sol.

– Espèce de cinglée ! hurla-t-il.

Justine s'effondra sur le carrelage et sa tête alla cogner contre la poignée d'un tiroir. Elle eut mal sans doute mais ne se plaignit de rien. Sous le choc, sa cicatrice céda d'un coup, la gaze du pansement puis la maille de coton du T-shirt furent parcourues d'un entrelacs de veinules vermeilles qui se densifiait à vue d'œil pour prendre des proportions alarmantes.

Il se trouva qu'au même moment, Nicolas se présenta à la porte du salon. Il était en nage, il avait dû courir avec une intensité particulière, il paraissait éberlué, lui aussi comme sous l'effet d'une drogue. Ni Alex ni Justine ne l'entendirent arriver. Il s'avança, hagard, et observa leurs visages ahuris, déformés, enlaidis par quelque chose qu'il n'arrivait pas à identifier. Était-ce du désir, de la peur, de la haine qu'il lisait dans leurs yeux ? Justine était allongée par terre, aux pieds d'Alex, et ne bougeait plus. Son épaule était mouillée du sang de sa blessure qui avait viré au cramoisi. Bien qu'encore assommée, elle reprenait conscience et mesurait peu à peu l'ampleur de ce qu'elle venait de commettre. Ce fut elle qui vit Nicolas en premier. Dans ses pupilles passa un éclair de terreur. Il tourna la tête et vit son frère qui se dirigeait lentement vers eux.

– Oh putain, Nico ! Ce n'est pas ce que tu crois, marmonna-t-il.

Le plus curieux était que personne ne faisait réellement cas de l'état de Justine, alors qu'il était évident qu'il nécessitait une prise en charge médicale rapide. Nicolas, en particulier, ne donnait nullement l'impression que la condition de son épouse l'inquiétait. En réalité, rien de ce qu'il venait de découvrir ne semblait l'affecter, il n'y avait aucune acrimonie ni dans son comportement ni dans son regard, aucune compassion non plus. Il se contentait de constater, le plus placidement du monde, que son petit frère – chose très inhabituelle – était paniqué au point d'en paraître malade et que sa femme gisait sur le sol, à cinq mètres de lui. Mais il lui était impossible de faire un pas vers l'un ou vers l'autre.

– C'était écrit, Alex, tu n'as pas à t'excuser, commença-t-il d'une voix douce.

Passé le premier moment de sidération, Alex se rapprocha de son frère.

– Je ne m'excuse pas, Nico, tu ne comprends pas, je te dis que je n'ai rien fait. Il ne s'est rien passé du tout.

Nicolas ne l'écoutait pas.

– Toi non plus, Justine, tu n'as pas à t'excuser. Tout est de ma faute.

Elle baissa la tête. La drogue continuait à agir et la clouait au sol. Elle se sentait comme morte, désormais incapable d'esquisser le moindre mouvement, la douleur ne l'atteignait plus.

– Ça fait des mois que je ne te touche plus, continua Nicolas.

Puis :

– Tu as droit à autre chose.

Les yeux de Justine étaient rivés au sol. Les phrases de son mari lui parvenaient dans un épais brouillard sonore, elle n'en percevait pas le sens, seulement l'intention, la couleur en quelque sorte, et c'était largement suffisant.

– Et puis Alex, c'est Alex quand même, ajouta-t-il bizarrement, sans aucune ironie.

Alex se dirigea vers son frère, posa les mains sur ses épaules et le secoua gentiment.

– Nico, arrête.

– J'ai accepté le deal.

– Le deal ?

– Le deal de l'avoir, elle, et de t'avoir toi aussi, de vous avoir tous les deux en somme. Elle et toi. J'aurais pu la perdre et j'aurais pu te perdre, mais finalement j'ai bien joué.

— Qu'est-ce que tu racontes ?

— Maintenant je paie, c'est réglo, j'en aurai bien profité.

— Pardon ? dit Alex sèchement.

— Les petits dommages collatéraux.

— C'est quoi cette morale à la con ? Tu accepterais que je couche avec ta femme, c'est ça que tu es en train de me dire ? cria Alex, fortement irrité maintenant.

Nicolas eut un infime moment d'étonnement nuancé d'une certaine crispation — il n'avait jamais réellement vu son frère en colère —, mais il se calma aussitôt et poursuivit sur un ton similaire, obligeant et doucereux :

— Elle s'est sacrifiée pour moi, Alex. Elle est allée vers moi parce que toi, tu ne voulais plus d'elle. Imagine une seconde ce qu'elle a dû en baver, imagine ce qu'il a dû lui en coûter de continuer à vivre à mes côtés en voulant quelqu'un d'autre, en voulant précisément quelqu'un que je la forçais à voir parce que c'était mon frère et que je ne peux pas me passer de voir mon frère. Je ne peux pas lui refuser ce qu'elle a toujours désiré, Alex, aujourd'hui elle a le droit de me réclamer ça.

— De te réclamer ça ? Mais tu es complètement marteau, Nico.

— Je ne suis plus rien, tu comprends ? Je n'existe plus, je ne compte plus. Rayé de la carte, mon vieux. Alors, vous deux, faites ce que vous avez à faire.

Sur ces mots, Nicolas tourna les talons et s'enfuit de l'appartement. Quand il fut à l'extérieur, il réalisa petit à petit la portée de ce qui venait de se passer, comme si on l'avait longuement empêché de respirer et qu'il retrouvait progressivement la cadence naturelle de son souffle et l'oxygène nécessaire au bon fonctionnement de ses cellules. Sa femme venait – c'était en tout cas ce dont il était maintenant convaincu – de le tromper avec son frère et il n'avait rien dit. Avec le recul, il s'effraya du peu de réaction qu'il avait eu, du peu de colère qu'il avait ressenti, de la froideur avec laquelle il avait encaissé tout cela, de l'être *a-sentimental* qu'il était devenu, précisément en cette circonstance si particulière. Il eut envie de rebrousser chemin, de les affronter à nouveau, de leur dire quelque chose et peut-être de le leur gueuler aux oreilles. Oui, mais quoi leur dire, quoi leur gueuler ? Il mesura encore une fois à quel point il s'était barricadé hors du monde réel pour s'enfermer dans un monde illusoire, inquiétant, obsessionnel, où le poids de sa personne était devenu infime, où il ne valait plus rien, pas plus à ses yeux qu'à ceux des autres, où il n'était plus capable ni de s'attendrir, ni de souffrir, ni de se révolter.

La nuit allait bientôt tomber. Encore humide de sa dernière course dans le parc, il grelottait. Revenir dans son appartement lui apparut comme une épreuve insurmontable. Alors il se retourna et commença à s'enfoncer sans but dans les rues sombres de son quartier.

Après il y eut l'hôpital, les urgences, l'attente interminable avant la prise en charge par l'interne de service, les points de suture, les recommandations formelles de repos auxquelles Justine jura tant bien que mal de se conformer. Alex fut présent à chaque étape, s'interdisant d'adresser la parole à sa belle-sœur qui – cela tombait bien – n'avait pas non plus très envie d'échanger avec lui.

Elle redescendait peu à peu de son nuage psychotrope, tentant de toutes ses forces de se fermer à tout, à sa culpabilité, à sa douleur, à sa honte, s'efforçant de ne plus rien ressentir et de ne plus penser à rien, ce à quoi elle parvenait assez bien, on aurait dit un petit automate de foire.

Ils rentrèrent en taxi, leurs visages fermés, muets, sinistrement accrochés au noir de la nuit devant eux. Il était plus de 20 heures quand ils débarquèrent boulevard de la Villette. L'appartement était vide et triste, il exsudait la mémoire sale de ce qui s'était passé et cela le rendait encore plus lugubre. Nicolas n'était toujours pas rentré, Hector profitait d'une classe de neige dans les Alpes, Adèle avait découché, une fois de plus.

Il ne fallut que quelques instants à Justine pour décider de ce qu'elle allait faire. Ce n'était pas une lubie, une pensée irraisonnée, elle agit au contraire avec le plus grand sang-froid – ce qui contrastait avec l'attitude proche de la démence qu'elle avait eue quelques heures auparavant –, elle y pensait depuis pas mal de temps déjà, la nécessité de s'y soumettre lui était apparue au moment où Nicolas s'était avancé et l'avait découverte aux pieds d'Alex. Vers 21 heures, elle quitta discrètement l'appartement et se dirigea vers le sous-sol de l'immeuble. Dix minutes plus tard, elle abordait le périphérique extérieur au volant de sa Mégane en direction de la porte d'Italie puis de l'autoroute A6.

Le véhicule avait maintenant dépassé Versailles. La chaussée était quasiment déserte. Bien que gavée d'antalgiques, Justine avait toujours mal. Elle essayait de ne pas s'en soucier, elle se disait qu'à force la douleur finirait par devenir tolérable, une compagne de route plus ou moins turbulente. Ses mains étaient agrippées symétriquement de part et d'autre du volant, son pied droit était ferme et immobile, assujetti à la pédale d'accélération, elle scrutait intensément la route, à moitié hypnotisée par cette théorie ininterrompue de longs pointillés blancs, luminescents et flous, qui semblait lui tracer une voie, la lui dégager au fur et à mesure qu'elle progressait. Des pensées confuses surgissaient mais, cette fois, elle n'essayait pas de leur bloquer l'accès. Elle voulait au contraire les laisser librement s'insinuer, elle voulait avoir la vision d'elle-même la plus objective, elle voulait se juger sans a priori, sans complaisance, c'était exactement pour cela qu'elle avait fui, pour se voir telle qu'elle était et se poser les bonnes questions.

– Ma vie est un ratage intégral, commença-t-elle tout haut en fixant l'horizon. J'ai tout planté. J'ai commencé par foirer ma jeunesse à cause d'un salopard narcissique, et puis j'ai foiré le reste de mon existence en faisant une erreur d'aiguillage. Je n'aurais jamais dû me marier avec ce gentil garçon, j'aurais dû lui foutre la paix, il aurait dû se trouver une gentille femme qui lui aurait fait de gentils enfants, au lieu de ça je lui ai pourri la vie. Le pire de tout, c'est qu'il n'y a plus aucune tendresse là-dedans, c'est ça qui nous sauvait de tout, avant, la tendresse. Maintenant il y a de la colère, de la haine ou, pire, de la compassion. Je foire même à le tromper décemment, le pauvre. Si c'est vraiment ça que j'avais en tête, d'ailleurs. Je ne sais pas ce qui m'a pris avec Alex, je voulais juste l'éjecter de son foutu piédestal, ce petit prétentieux, je ne suis même pas certaine qu'il me fasse encore bander.

Elle but avidement une gorgée d'eau de son magnum d'Évian. Ça lui plaisait, ce passage à tabac systématique de sa propre psyché, elle se délectait de se traîner dans la boue, ses yeux étaient écarquillés, son corps retrouvait une ardeur inédite dans cette opération de pilonnage.

Vers 6 heures du matin, elle aborda le pont d'Aquitaine, puis la rocade intérieure de Bordeaux. Son frère Cédric habitait à une heure de là, dans un village minuscule, retiré du monde, situé grosso modo entre les vignobles de Saint-Émilion et ceux de Sauternes, l'Entre-deux-Mers comme on l'appelait, c'était vague mais c'était la seule chose dont elle se souvenait, elle n'y était allée qu'une fois et en avait gardé un souvenir confus et pas vraiment enthousiaste. Une demi-heure auparavant, sur une aire d'autoroute, elle avait activé son GPS, un Tomtom à bout de souffle, le parcours qu'elle avait à effectuer s'affichait sur un écran ridiculement petit, le côté primitif des graphiques la saoula vite, elle préféra finalement s'accrocher à la voix synthétique et nasillarde du système de navigation. Une fois le périphérique abandonné, ne se présentèrent qu'une longue série de routes départementales hérissées de villages minuscules, enjolivés par le fait qu'ils étaient à cette heure enrobés d'une brume matinale dense et fibreuse faisant penser aux filaments d'une barbe à papa mais qui, lorsque celle-ci se serait dissipée, révéleraient leur vraie nature, menaçante et déprimante. D'un coup, son moral s'assombrit.

Il y a sept ans, Cédric et sa femme avaient quitté la région parisienne et choisi de se retirer dans l'un de ces endroits oubliés – tout particulièrement des touristes et des compagnies de téléphonie mobile. C'était en 2008, au moment où la plupart des marchés financiers se faisaient eux aussi la malle et où il devenait évident, du moins pour des gens comme eux, que quelque chose dans le système ne tournait pas rond et que l'idée de croissance à tout prix pour sauver le monde, telle que la leur survendait l'économie libérale, représentait plutôt un piège qu'une opportunité, aussi bien pour les individus que pour la planète. Ils voulurent fuir le stress de la surdose de travail, des grandes banlieues, des crédits sur trente ans, des hiérarchies quelles qu'elles fussent. Ils voulurent, comme on disait à l'époque, *gagner moins pour vivre mieux*, ils voulurent surtout se désolidariser au maximum des outils les plus aliénants de la vie moderne et mener une vie saine, en tout cas meilleure à leurs yeux. Cédric, un ancien cadre administratif, bénéficia d'un licenciement de complaisance puis du système Assédic pendant deux ans, avant d'en être éjecté il y avait cinq ans. Il avait les mains habiles, il exécutait de temps à autre des tâches mineures pour des voisins qui disposaient en général des mêmes capacités financières que lui et le rémunéraient au lance-pierres ou ne le payaient pas du tout. Sa femme Jennifer abandonna son poste d'aide-soignante et navigua de petit boulot en petit boulot avant de se fixer, il y avait six mois, comme caissière à temps partiel d'un hypermarché bio. Ils vivaient de son maigre salaire, de l'argent au noir que ramenait parfois Cédric, des APL, ainsi que de quelques coups de pouce gouvernementaux, régionaux ou communaux. Ils avaient deux enfants de cinq et huit ans, trois chats, un chiot fraîchement sauvé de la noyade chez un voisin, quatre poules pondeuses, deux canards, trois lapins et cultivaient leurs légumes sur un lopin de terre attenant à la maison qu'ils louaient pour une somme dérisoire à un fermier de la région.

Cédric insista pour célébrer l'arrivée de Justine en improvisant une sorte de fête, un barbecue végétarien qui le contraignit à d'innombrables allées et venues entre le salon et la terrasse où les légumes de son jardin rôtissaient sur un brasero déglingué. Il faisait un froid glacial, à l'extérieur comme à l'intérieur. Un feu dans la cheminée échouait à réchauffer la grande pièce carrelée où se trouvaient les invités, une vingtaine au total, les gens avaient gardé leur manteau, certains avaient conservé leur bonnet ou leurs mitaines, personne ne semblait gêné par la température, tout le monde ici faisait attention aux dépenses de chauffage, l'hiver était le plus grand ennemi de leur équilibre budgétaire.

Le matin, Cédric s'était enthousiasmé de la présence de sa sœur, bien qu'il eût rapidement pris conscience que cette arrivée impromptue revêtait nécessairement un caractère accidentel et dramatique. *Où est Nicolas ? Et les enfants ? Dis-moi, c'est quoi cette blessure, on peut en parler ?* Justine esquiva. *Pas maintenant, Cédric, je suis trop naze.* Ce n'était pas le genre de Cédric d'insister. Il l'installa dans leur chambre et elle y dormit toute la journée.

Elle aurait aimé se reposer encore plus longtemps, jusqu'au lendemain matin sans doute, mais, dès 6 heures du soir, les voisins commencèrent à débarquer et il fallut bien qu'elle se lève.

Maintenant elle était dans un état second mais sa fatigue était devenue plus douce, elle l'enveloppait comme un voile de coton épais, la douleur de sa blessure aussi s'était atténuée, ou peut-être Justine commençait-elle à s'habituer à ses tiraillements sournois. Bientôt une nuée d'hommes, de femmes et d'enfants virevoltèrent autour d'elle, ils venaient des nombreux villages alentour, chacun se présenta par son prénom, tous s'inquiétèrent de son état, de sa fatigue et se montrèrent sincèrement affligés par l'origine de sa blessure, cette tentative de meurtre à l'arme blanche émoustilla leur imagination et démultiplia leur sollicitude. Justine en fut touchée. Une femme, la trentaine, tristement maigre et lourdement cernée, lui prit la main, délicatement. *Tu peux rester avec nous, on s'occupera bien de toi*, lui souffla-t-elle. Le tutoiement était de rigueur ici. Tous ces gens respiraient la solidarité de la misère et du sacrifice. La plupart étaient empêtrés dans une pauvreté réelle, ils avaient été éjectés de toute activité sociale, ils ne vivaient plus que des rares aides des administrations et des associations caritatives locales. Très peu d'entre eux avaient sciemment souhaité vivre ici. Il y avait une différence fondamentale entre son frère par exemple et cette femme, entre ceux qui étaient là par conviction et ceux qui y étaient contraints par leur désocialisation. Les silhouettes des premiers témoignaient d'une assurance et d'une endurance que seule une certaine confiance en l'avenir pouvait prodiguer. Quant aux seconds, c'étaient des figures exsangues, fracassées par leur déclassement et l'inutilité de leurs routines, ils n'avaient plus aucune espérance.

Justine réalisa peu à peu la distance qui existait entre elle et tous ces gens. Ils lui parlaient mais elle ne les comprenait qu'à moitié, les mots qu'ils employaient n'étaient pas exactement les mêmes que les siens et leurs préoccupations étaient encore plus éloignées. Ils se raccrochaient à ce qu'ils connaissaient de près – leur hameau, leur village, quelques endroits alentour – mais ils ne s'intéressaient pas aux événements du monde extérieur. Hormis sa blessure, jamais ils ne la questionnèrent sur son métier, son mari, ses enfants, au fond ils devaient s'en ficher royalement. Un doute la traversa : *Qu'est-ce que je suis venue chercher finalement ?* À Paris, elle était arrivée au bout de tout, de sa patience, de ses interrogations, de sa capacité à s'autodétruire, elle avait atteint un état de folie dont elle ne s'était pas encore entièrement remise, plus rien ne lui semblait possible, c'était soudain l'affolement de l'impasse. Elle connaissait pourtant les habitudes de Cédric, la rudesse extrême de ses conditions de vie, il était inévitable qu'elles lui pèseraient, qu'elle regretterait tôt ou tard son confort moderne, l'accès à son portable, à une radio FM décente, à sa nourriture bourgeoise. Elle était venue le voir pourtant. En la circonstance et à cet instant, il représentait la seule personne dont elle pouvait supporter la présence et les attentions continuelles.

Elle se tourna vers lui. Cédric avait l'air heureux ici. Dans son souvenir, Justine ne l'avait jamais vu aussi épanoui et même aussi beau, fut-elle étonnée de constater, son physique plutôt passe-partout n'ayant jamais constitué un sujet en soi. Il la regarda, ses yeux souriaient, il lui fit un petit signe de tête en forme de question – *Tout va bien ?* –, auquel elle répondit par un sourire jumeau. Cela faisait des mois qu'elle ne s'était pas sentie aussi connectée à une autre personne, cela lui fit du bien de constater que le lien qui les liait par le passé ne s'était pas brisé. Les mots de sa mère, prononcés à Noël il y avait deux ans, lui revinrent aussitôt en rafale : *Tu ne le battais pas mais tu voulais lui faire du mal. Tu étais jalouse, c'est tout*. Elle ne se souvenait que de choses douces avec lui, c'était son complice, son *petit prince*, son enfance aurait été un naufrage sans sa présence, voilà les seules choses que sa mémoire et sa conscience avaient accepté de conserver. Cédric était devenu un homme solide sur lequel il était facile de compter, ce dont ne se privaient visiblement ni Jennifer ni un paquet de gens autour de lui. Il avait hérité de leur père une version tolérable et démocratique de cette aptitude à l'estime de soi dont Justine et sa mère étaient totalement privées. C'était ce qui lui avait permis de venir ici, de tout lâcher, d'avoir assez de cran pour convaincre une fille qu'il connaissait depuis seulement un an de s'engager avec lui dans ce patelin triste à mourir pour y planter des légumes et y fonder une famille. *Il lui fallait quand même un culot monumental !* se dit Justine en constatant que jamais elle ne pourrait vivre comme lui, que jamais elle ne pourrait cultiver ce détachement vis-à-vis des choses, cette désin-volture un brin cynique au regard de l'inessentiel. Ne rien posséder, ne rien vouloir que le nécessaire, non, cela lui était carrément impossible. Elle savait que sa vie était en grande partie guidée par la frivolité de ses désirs, elle avait une conscience à trois cent soixante degrés du fait que la majorité de ses besoins n'étaient pas du tout le fruit de sa volonté mais répondaient à des stimuli artifi-ciels que des apprentis sorciers du commerce, du marke-ting, de la com – toute une armée de gens plutôt malveillants au fond – instillaient régulièrement dans son environnement naturel pour la charmer et la faire tomber dans leurs filets. Malgré tout, sachant cela, elle y allait, elle fonçait, elle achetait tête baissée deux cents millilitres de parfum hors de prix, cinq cents Mo de manipulations internet, sept Go de conversations et de messages le plus souvent superflus. Tout perdre, lâcher cela, non, elle n'y était pas prête. C'était complètement ridicule, quand on y pensait, quand on le formulait même, de savoir que son existence était façonnée par le génie commercial de consortiums internationaux et de ne rien y faire. Brusquement, elle eut la vision d'une mouche bloquée par une vitre, fixant le soleil à l'extérieur et aveuglée par lui. Même si une main entrouvrait la fenêtre pour l'aider à sortir, l'insecte ne verrait rien, ne sentirait rien, il ignorerait cette issue possible, il continuerait à cogner bêtement la surface de verre, à la longer, à la redescendre, à s'empêtrer dans les voilages, à s'y faire de plus en plus mal. Et le bruissement de ses ailes serait comme un cri pathétique.

Justine dormit à peine. Pour des raisons d'économie, toute la famille était rassemblée dans une même pièce pendant les nuits d'hiver. Il y avait trois chambres à l'étage, on les utilisait dès les premiers beaux jours du printemps mais celle du bas, la chambre des adultes, était la seule pièce en dehors du salon à disposer d'une cheminée en état de marche. Justine hérita ainsi, au pied du lit parental, d'un matelas gonflable assez peu fiable qu'elle dut regonfler à plusieurs reprises en tâchant d'être le plus discrète possible, ce qui lui fut impossible, on l'aura deviné. Sa douleur se réveillait au moindre mouvement, elle poussait des petits cris étouffés puis s'en s'excusait en marmonnant, en grelottant, c'était un enfer, jamais elle ne s'était autant caillée, jamais elle n'avait attendu avec autant d'impatience que le jour se décide à poindre.

Elle se leva avant l'aube, se lava puis, quand tout le monde fut prêt à quitter les lieux, elle exprima son envie d'accompagner Cédric dans ses occupations quotidiennes. Elle le suivit partout. D'abord, il conduisit les enfants à l'école, puis il donna du maïs à leurs trois canards, prépara la pâtée du chiot et la nourriture des lapins, récupéra les quatre œufs quotidiens de sa basse-cour, entama la culture des bulbes de ses dahlias et les semis de quelques légumes en prévision d'une récolte estivale. Tout ce qu'il entreprenait, il le faisait avec une inébranlable économie de gestes, comme si lui-même était une machine tournant au ralenti, dont le but ultime serait la préservation de son énergie liminaire. L'ensemble de ces activités – pourtant mineures prises séparément – l'occupa la matinée entière. *L'éloge de la lenteur*, pensa Justine avec un brin d'envie nuancé d'un peu de dérision. Cela l'agaça. *Décidément, je ne peux pas m'empêcher de jouer ma Parisienne, de mettre de la distance et du mépris partout*, observa-t-elle avec dépit.

Ils déjeunèrent tôt, vers midi, d'une omelette et d'une poêlée des légumes du barbecue de la veille. Ils n'avaient encore échangé aucune parole relevant réellement de l'intime. Justine savait que Cédric ne viendrait pas à elle, c'était elle qui avait mis des barrières, c'était à elle de les lever. En conséquence de quoi – c'était quand même une des raisons de sa présence dans ce bled – elle se mit à lui raconter par le menu ce qu'elle avait vécu depuis ce jour d'avril 2013 où Nicolas s'était fait virer de son travail, omettant uniquement l'épisode malheureux avec Alex.

Cédric avait toujours été le défenseur de sa sœur, son chevalier blanc. C'était pourtant elle qui aurait dû le protéger, elle était l'aînée, cinq ans les séparaient, mais c'était ainsi. Cédric avait vite compris que Justine était le souffre-douleur de leur père et cela, il ne pouvait l'admettre, pas plus qu'il ne pouvait accepter l'injustice d'être le fils adoré de leur mère, allant jusqu'à prendre sur lui le poids de ce déséquilibre pour alléger Justine de celui qu'elle avait à porter de son côté. Il avait également été assez malin pour déceler chez sa grande sœur une propension quasi infinie à l'autodénigrement et une capacité naturelle à s'engouffrer dans les erreurs les plus phénoménales. Pour toutes ces raisons, il avait développé à son égard un amour enveloppant qui dépassait celui qu'un frère a en général pour sa sœur. C'était l'amour d'un père de substitution.

– Moi je sais ce que je ferais à votre place, dit Cédric, mais il est vrai que moi, je suis moi, et que toi, tu es toi.

– Tu lâcherais tout, c'est ça ? Tu viendrais vivre ici ? D'ailleurs, c'est exactement ce que tu as fait, je suis idiote.

– Pas une seconde je n'ai eu à regretter cette décision.

– Honnêtement, Cédric, tu nous vois vivre dans ce village ou quelque part qui y ressemblerait ?

– Qu'est-ce qui fait que vous n'y seriez pas bien ?

Il connaissait la réponse mais il avait envie que Justine la lui donne avec ses propres mots et surtout avec ses propres contradictions.

– Tu veux que je sois sincère avec toi ? Eh bien, je souffrirais trop du manque de confort. Je ne suis pas prête par exemple à partager ma chambre avec Hector et Adèle et eux non plus, j'en suis quasiment certaine, j'ai déjà énormément de mal à la partager avec leur père en ce moment. Je ne suis pas complètement prête non plus à passer mes journées dans un jardin potager ou à ramasser des œufs ou à nourrir des petites bêtes à poil ou à plumes, dit-elle avec un frisson de dégoût.

– On doit tous faire des efforts, dit Cédric, légèrement vexé.

– Je fais ce que je peux. Je mange bio la plupart du temps, j'ai une poubelle à trois compartiments, je recycle absolument tout ce que le règlement intérieur de mon immeuble m'autorise à recycler, je passe mon temps à traquer le carton, les papiers, les bouteilles, les canettes, les contenants plastique, je récure à fond les emballages de yaourts et de fromage blanc en pensant au pauvre gars ou à la pauvre fille qui va devoir les manipuler sur sa chaîne de tri, j'ai carrément installé un mini-composteur sur le balcon, mais je ne suis pas une fermière, Cédric, je n'ai pas envie de vivre à la campagne, la campagne me déprime, je ne sais pas, je dois aimer la ville, le béton, le bruit, les trucs hauts, les choses grises, les platanes entourés de leurs grilles de protection. Et puis je vais te dire une chose : franchement, j'en ai assez d'être montrée du doigt, moi la petite consommatrice bobo, moi la petite pollueuse urbaine. En fait, je pollue cent mille fois moins qu'une cimenterie ou qu'un élevage de porcs, mon empreinte carbone est relativement faible par rapport à celle d'Air France par exemple, et pourtant c'est toujours moi qu'on accuse, j'en ai vraiment marre de cette opération de culpabilisation des petits par les gros.

Le visage de Cédric s'éclaira d'un petit rictus malicieux, qui choqua sa sœur.

– Justine, tu sais combien de personnes sont nées dans les dernières vingt-quatre heures ? Deux cent quarante-quatre mille. Notre planète héberge exactement deux cent quarante-quatre mille personnes supplémentaires par jour. Deux cent quarante-quatre mille personnes qu'il va falloir nourrir, habiller, divertir, équiper assez rapidement de smartphones, de laptops et de tablettes, et donc pour lesquelles il va falloir abattre toujours plus de forêts, mettre en culture toujours plus de nouvelles terres, déséquilibrer toujours plus sauvagement l'économie et le sous-sol de pays déjà pas mal amochés par le démantèlement de leurs ressources minières. C'est ça la grande idée du capitalisme. Toujours plus. La théorie ultralibérale ne peut pas s'arranger d'une limitation de sa croissance ni de sa courbe démographique parce que c'est exactement sur cette expansion que repose toute sa force. Sauf que, si l'on continue à ce rythme, quelque part au XXIe siècle selon les observateurs, c'est-à-dire dans moins de quatre-vingt-cinq ans en tout état de cause, tout cela s'arrêtera faute de matières premières avec les conséquences que l'on connaît et que les moins pessimistes des spécialistes décrivent comme l'établissement d'un état de guerre permanent et généralisé. Personnellement, je ne veux pas que mes enfants pensent que je n'ai rien fait pour leur éviter de se retrouver en situation de famine ou au bord de la guerre civile. Chacun est responsable de ses actes et personne ne peut y échapper.

Il se raidit et affirma, comme s'il répétait une phrase apprise par cœur :

– Un seul oiseau ne contient pas assez d'eau dans son bec pour éteindre un incendie, mais un million d'oiseaux en contiennent suffisamment pour le faire.

Justine ne l'écoutait plus, sa colère était montée, étouffant toute possibilité de communication raisonnablement équilibrée.

– Figure-toi que j'ai tout à fait conscience de l'état général assez foireux du monde d'aujourd'hui, c'est même très exactement ce qui m'empêche de vivre, Cédric.

– Tu es mal où tu es mais tu ne veux pas en partir. Avoue que c'est étonnant, non ? Cette volonté de s'enferrer dans quelque chose qui te fait autant souffrir. C'est carrément masochiste, je dirais.

Elle haussa les épaules et eut un mouvement du visage vers le bas qui tendait à montrer la vaste étendue de sa désolation.

– J'ai juste une question, dit-il.

Elle respira plus fort, s'attendant à quelque chose de désagréable.

– Tu es vraiment sûre que tu es aussi malheureuse que tu le dis ?

Elle resta bouche bée, incapable de la plus petite démonstration d'indignation, d'incompréhension ou de colère. Voyant sa réaction, Cédric éclata de rire et cela ne plut pas du tout à Justine.

Au début de l'année 2014, après cinq ans d'enquêtes menées par les autorités de Bercy, il apparut au grand jour que la filiale suisse de la banque britannique HSBC avait fait transiter de manière illégale, entre le 9 novembre 2006 et le 31 mars 2007, la somme record de 180,6 milliards d'euros au bénéfice de plus de cent mille de ses clients privés, dont quelque trois mille ressortissants hexagonaux. La justice française décida dans la foulée une mise en examen de l'établissement financier, l'accusant de *démarchage bancaire et financier illicite* ainsi que de *blanchiment de fraude fiscale*, le préjudice pour les caisses de l'État français de cette vaste opération d'évasion de capitaux – désormais dénommée *l'affaire Swissleaks* – étant par ailleurs évalué à 5,7 milliards d'euros.

C'était le genre de scandale qui avait le don d'agacer les membres de l'association Citizen Clean au sein de laquelle militait Adèle. Les dérives de la haute finance avaient toujours été dans la ligne de mire de ces militants altermondialistes mais là, l'ampleur de la malversation, le côté délibérément cynique de la chose au moment où le gouvernement réduisait pas mal de ses dépenses pour boucler son plan d'économie budgétaire, le fait également que des trafiquants d'armes ou des financiers d'entreprises à but terroriste puissent se retrouver pour ainsi dire nez à nez avec des personnalités du show-business ou des sportifs ultra-célèbres prouvaient, selon son porte-parole, à quel point le système était devenu *inique, indécent, voire carrément pourri.* L'idée d'une opération de représailles pacifique fut lancée par quelques-uns de ses membres. Restait à en définir la nature et le mode opératoire ainsi que, bien entendu, à dénicher des volontaires pour exécuter cette vendetta citoyenne et anticapitaliste.

Il se trouva qu'à cette période, Nicolas était tout seul à déprimer à Paris, sans aucune nouvelle de personne. Alex s'était barré on ne sait où, Hector n'était pas encore rentré de son séjour dans les Alpes, depuis trois jours que Justine s'était enfuie, elle ne donnait aucun signe de vie à quiconque, hormis quelques SMS courts et rassurants à destination de ses enfants. Les messages froids et laconiques que Nicolas lui laissait restaient sans réponse parce que, précisément, ils étaient froids et laconiques et que rien, dans leur forme ou leur contenu, n'engageait à un retour spontané et amène de leur récipiendaire, qui était elle-même passablement azimutée, on l'a vu. Or Nicolas n'avait pas tellement envie d'enrober ses interrogations de sucreries mensongères, il voulait simplement savoir ce que tramait sa femme, ce qu'il allait advenir de leur couple, et de leur vie de famille d'une manière générale, après ce qui s'était passé. Sa fille, encore une fois, restait l'unique personne avec qui un échange était encore possible.

Si, dans les premiers mois, Nicolas avait été assidu aux rendez-vous de Citizen Clean, depuis début janvier, il était trop atteint, trop hors circuit pour pouvoir se connecter à quoi que ce soit et il avait raté pas mal de réunions. Adèle avait cependant réveillé son intérêt pour *l'affaire Swissleaks* et il s'était vaguement senti concerné par cette escroquerie à grande échelle, alors il avait accepté de reprendre contact, il avait assisté aux mises au point finales de l'opération de rétorsion envisagée et, sans l'avoir réellement voulu, il s'était retrouvé avec sa fille faire partie des huit éléments du commando de volontaires.

L'idée était simple, elle se justifiait par l'article 14 de la Déclaration des droits de l'homme et du citoyen, qui garantissait au peuple français « le droit de constater, par lui-même (…) la nécessité de la contribution publique, de la consentir librement, d'en suivre l'emploi et d'en déterminer la quotité, l'assiette, le recouvrement et la durée ». En gros, HSBC avait volé l'État, HSBC avait spolié ses concitoyens d'écoles, d'hôpitaux, de routes, HSBC avait privé de fonds essentiels à leur bonne mise en œuvre les différents plans gouvernementaux à destination de l'éducation ou de l'industrie pour ne citer qu'eux, tout citoyen était en conséquence légitimement habilité à contraindre, par n'importe quel moyen, la banque HSBC à rembourser sa dette jusqu'à hauteur des 5,7 milliards d'euros détournés.

Ce fut avec cette idée en tête – et surtout la partie *par n'importe quel moyen* de la phrase précédente – que, peu après 14 heures, quatre femmes et autant d'hommes se positionnèrent autour d'une agence HSBC située place Voltaire, au croisement d'artères particulièrement passantes du XIe arrondissement de Paris. C'était l'heure creuse, celle de l'assoupissement hypoglycémique d'après déjeuner, le vigile à l'entrée avait baissé sa garde, il remarqua à peine les huit éléments perturbateurs qui entrèrent très calmement dans l'agence, l'un après l'autre, seuls ou en couple, en veillant à conserver un espacement raisonnable entre deux arrivées consécutives. Quand les huit furent entrés, ils se réunirent au centre de l'espace d'accueil pour former un groupe uni et déterminé, puis l'une des femmes exprima d'une voix claire leurs revendications. *Nous sommes ici pour prendre ce qui nous appartient et qu'on nous a volé*, commença-t-elle. Il n'y eut aucune menace, aucune contestation, aucun éclat de voix, tout se passa avec une civilité exemplaire, même pour les huit salariés qui se virent dépossédés des fauteuils où ils étaient assis. Car c'était ça l'idée : prendre huit sièges en otage et conditionner leur restitution au paiement de la dette de l'institution bancaire. *Conformément à l'article 14 de la Déclaration des droits de l'homme et du citoyen, on vous rend les fauteuils si vous nous rendez les milliards que vous nous devez.* Tout cela était inoffensif, de l'ordre du symbole, d'ailleurs personne ne prit cela au sérieux, il y eut même des sourires de connivence du côté des employés de la banque, on voyait bien qu'eux non plus n'appréciaient pas trop les malversations de leurs employeurs et qu'ils étaient bien contents de voir quelqu'un les pointer du doigt. Nicolas s'était progressivement pris au jeu de cette opération subversive. Il avait hésité au départ, cela entrait assez peu dans ses habitudes de s'opposer au mouvement des choses, de contrecarrer l'ordre établi, quel qu'il fût. Maintenant, il avait l'air de s'amuser, il avait privé un homme de trente ans de son siège, le type ressemblait un peu au DRH qui l'avait éjecté de son fauteuil du plein emploi il y avait deux ans, même jolie gueule sournoise, même dédain pour ses aînés, sans doute même appétence pour les séries vachardes où de jeunes types comme lui régnaient sur le monde ; c'était un retour des choses assez jouissif quand on y réfléchissait.

Et puis ils sortirent, l'un après l'autre, sous l'œil épuisé du vigile qui, de manière assez incompréhensible, n'empêcha en rien ce déménagement impromptu. Le côté bon enfant de l'opération avait cependant échappé à la directrice de l'établissement qui avait rapidement appelé les forces de police. La camionnette louée par l'association, censée embarquer les chaises dérobées, eut à peine le temps de se garer sur l'esplanade qu'un fourgon bicolore débarquait, dans une démonstration ahurissante de sirènes. À partir de là, tout se précipita. L'opération, jusqu'ici pacifique, prit des allures de guérilla urbaine, les membres du commando se précipitèrent pour se débarrasser de leur butin et le jeter violemment dans la camionnette. Les huit chaises s'entassèrent pêle-mêle à l'arrière en cognant contre la ferraille de l'habitacle, puis le véhicule redémarra toutes portes ouvertes dans des crissements de pneus. Chacun tenta alors de s'évanouir dans la nature. Les flics, une douzaine en tout, se mirent à pourchasser les fuyards. Des huit militants, cinq furent rattrapés par les forces de l'ordre. Parmi eux, quatre obtempérèrent sans discuter aux injonctions des officiers de police, comme il avait clairement été convenu qu'ils le feraient dans le cas où ils seraient appréhendés. Un seul d'entre eux opposa une résistance inutile, incompréhensible. Ce fut Nicolas. Il refusait de se laisser faire, pour lui c'était perdre la face sans doute. Deux policiers l'attrapèrent chacun par un bras mais il vociféra des injures et se dégagea en leur renvoyant de violents coups de poing. Adèle, qu'un policier embarquait vers le fourgon, le conjura à plusieurs reprises de se rendre, mais rien n'y fit. Ils furent bientôt trois, puis quatre à tenter de le calmer, de le raisonner, de l'encercler, mais la résistance qu'on lui opposait semblait décupler son désir d'en découdre, il était devenu sourd et aveugle. Sur un signe de tête du plus gradé, ils se ruèrent sur lui de manière synchrone. Ce fut un accrochage spectaculaire, rapide, professionnel, les types savaient exactement ce qu'ils faisaient, Nicolas se retrouva à terre, sa tête heurta l'asphalte avec violence, sa colère s'intensifia encore, il se mit à remuer bras et jambes comme un dément, on ne savait pas quelle force et quel délire pouvaient soudain agiter un être ordinairement si effacé, à présent pour les flics c'était pire de l'avoir au sol que debout. Un des policiers s'extirpa vivement du groupe et s'éloigna à deux mètres en brandissant un pistolet, un Taser X-26. Il hurla aux autres de s'écarter et dirigea l'arme vers Nicolas. Le groupe se disjoignit, de violentes stridulations retentirent. Nicolas beugla et se raidit. Son corps, électrocuté par deux dards successifs, fut parcouru de soubresauts immondes pendant quelques secondes, on aurait dit un condamné à mort vivant ses dernières secondes sur sa chaise électrique.

Adèle se figea, en état de choc, en voyant son père s'affaisser sur la chaussée, paralysé, exténué. Maintenant il reposait sur le bitume, livide, les membres écartés et toujours légèrement frémissants. Une écume blanchâtre moussait aux coins de sa bouche, ses lèvres s'entrouvrirent, une longue plainte morbide s'en échappa. On aurait pu penser que cela le calmerait, ce petit passage à tabac par la police, mais pas du tout. Dès qu'il fut remis de cet accrochage, il s'enferra dans une mauvaise humeur agressive : il avait mal partout, sa tête était une immense poudrière où des conflits brutaux éclataient à tout instant, certains de ses muscles se contractaient d'eux-mêmes, sans que l'on sache si le phénomène constituait un résidu physique des décharges reçues ou s'apparentait à un mauvais tour de sa mémoire kinesthésique. La douleur ne faisait qu'accroître sa rage, mais, même s'il n'avait pas souffert, il était probable qu'il n'aurait pas été moins agité. La situation d'injustice qu'il entrevoyait dans ce qui s'était passé l'aveuglait et le privait de toute capacité de raisonnement. Sa colère était devenue une chaudière bouillonnante où mijotaient pêle-mêle son ressentiment contre l'arrogance des puissants, leur impunité, l'argent fou et incontrôlable du grand capital, la justice à deux vitesses…

— Vous avez conscience que vous m'avez battu à mort pour le vol d'une chaise, dit-il en s'asseyant sur le fauteuil qu'on lui indiquait. Vous ne trouvez pas que c'est un peu exagéré ? Mais j'imagine que l'exagération et l'outrance ne vous font pas peur.

Ignorant cette intervention par un léger mouvement ascendant des sourcils, l'officier de police se mit à lui fournir de façon extrêmement placide une série d'informations sur les conditions de sa garde à vue – qui n'excéderait en aucun cas vingt-quatre heures – et sur la nature de l'infraction dont il était soupçonné : *vol en réunion* ainsi que *violences et voies de fait contre plu-*

sieurs agents de la force publique. Cet excès de flegme ne plut pas à Nicolas qui y vit l'illustration du désintérêt de la nation pour ses concitoyens les plus humbles.

– D'ailleurs, ce n'est pas un vol, cette chaise est devenue un objet transactionnel. Pour le moment, elle est au crédit des citoyens français, continua-t-il avec entêtement.

Lui fut ensuite signifié l'ensemble de ses droits : son droit d'être examiné par un médecin, qu'il refusa en grognant ; son droit de faire prévenir de sa situation un proche et son employeur, ce qui le fit doublement ricaner ; son droit d'être assisté par un avocat choisi par lui ou commis d'office, qu'il refusa également en grognant ; enfin son droit de se taire, une prérogative à laquelle il n'avait visiblement pas l'intention d'avoir recours.

– Vous entendez ce que je dis ? cria-t-il. Vous vous trompez de voleur. Vous ne regardez pas du bon côté. C'est la mauvaise personne que vous avez tenté de faire disparaître. Est-ce que vous comprenez, monsieur l'agent ?

Il faut admettre qu'il fallait beaucoup de patience à cet officier de police pour continuer de rester aussi imperturbable devant l'impertinence un rien adolescente de cet homme apparemment mature. À un moment donné, Nicolas fut surpris de se comporter de la sorte. Il prit conscience que cela ne rentrait pas dans ses habitudes, il n'avait jamais été comme ça, aussi vindicatif. Et puis, comment expliquer sa violente opposition à des représentants de l'ordre pour qui il avait généralement une sorte de respect nuancé d'une appréhension légitime ? Alors à un moment il se dédoubla, il se regarda faire, comme s'il s'était extirpé de son corps pour devenir un observateur intéressé de ses propres agissements. Ce qu'il vit le troubla. Il prit conscience que même s'il n'arrêtait pas de parler, il était arrivé au bout de la rhétorique, il avait usé le verbe jusqu'à la corde, il n'avait plus envie de discourir mais de cogner, de faire exploser le système, oui, la violence était, pour ce qui le concernait, l'ultime recours, le seul en vérité contre l'injustice énorme que constituait la mise au rancart d'un type tel que lui et, de manière plus générale, contre cette immense gabegie que représentait l'état du monde. Que faire contre HSBC, par exemple ? Comment pouvait-on un instant imaginer remporter une victoire réelle contre de tels monstres ? On pouvait toujours leur piquer des chaises de bureau, des gommes, des crayons, on pouvait les poursuivre en justice en arguant de son bon droit et de leur culpabilité flagrante, mais comment défier l'arrogance et le savoir-faire de leurs avocats qui seraient de toute façon dix fois plus nombreux et dix fois plus voraces que ceux auxquels on ferait appel ? Comment, une fois acquittée une amende nécessairement dérisoire, les empêcher de recommencer ailleurs, autrement, encore plus fort ? Rien n'était en mesure de les ralentir. La logique, la décence, le bon droit n'entraient plus dans la résolution de l'équation que posait le nouvel ordre mondial. La violence, si, incontestablement. La violence continuait de constituer une menace audible, crédible, authentique, terrifiante. C'était horrible mais c'était ainsi. C'était pour cela qu'il s'était autant battu la veille, il le comprenait maintenant. En soi, c'était idiot puisque cela ne résolvait rien à son niveau, c'était une autre impasse, mais bon sang, ça faisait du bien, ça procurait au moins le sentiment d'être présent et de résister un peu. Et puis, soudainement, il prit peur de ce qu'il était en train de penser, de ce qu'il était en train de devenir, de cette sauvagerie dont il avait fait preuve et dont il était capable d'estimer qu'elle était son seul recours pour exister désormais. Alors il se tut et, comme il avait l'habitude de le faire, il garda tout pour lui.

Presque deux jours plus tard, conformément au délai irrépressible de vingt-quatre heures de sa garde à vue, additionné aux vingt heures autorisées pour son défèrement devant un juge des libertés et de la détention, il sortit libre du tribunal dans l'attente du procès à venir. Adèle et ses compagnons de l'association guettaient sa sortie. Nicolas s'avança, pantelant. Il s'attendait, non pas à un triomphe – la placidité constitutive de ces jeunes militants limitait malheureusement leur capacité à s'enthousiasmer –, mais du moins à une certaine reconnaissance pour avoir tant donné de sa personne, au propre comme au figuré. Il fut vite fixé là-dessus. Adèle fit un pas vers lui, l'observa quelques secondes puis, voyant que tout avait l'air d'être finalement plus ou moins en place, elle recula légèrement.

– C'est inadmissible ce que tu as fait, commença-t-elle sur un ton très doux.

– Pardon ? fit Nicolas.

– Tu nous as discrédités par ton action, continua-t-elle. Ton geste était puéril, inutile et contre-productif.

– Adèle, dit-il, implorant.

– Cette opération devait être sans violence, reprit-elle froidement, une action pacifique, exemplaire, l'association devait être irréprochable, ces chaises, on aurait dû les exposer comme des trophées, elles devaient voyager dans toute l'Europe, des gens célèbres, qui soutiennent notre action, avaient accepté de s'asseoir dessus devant les médias et de revendiquer qu'elles leur appartenaient comme elles appartiennent à chaque citoyen qu'HSBC a spolié, ces chaises devaient devenir des symboles et toi, en faisant ce que tu as fait, tu les as rabaissées au niveau d'objets de délit.

Adèle s'arrêta et fixa son père d'un air aussi rageur que sa voix avait été douce. Nicolas, pour la première fois de son existence, eut envie de gifler sa fille et de lui faire mal. Aussitôt il se reprit, il eut peur, il fut à la fois terrifié et écœuré du trop-plein de haine qui submergeait sa vie ces temps-ci, des violences qu'il avait commises et celles qu'il craignait de commettre dorénavant, alors il s'empressa de lui tourner le dos et il repartit, hébété, ne sachant où aller ni que faire des quelques minutes qui allaient suivre et, plus globalement, du temps qui lui restait à vivre.

Justine débarqua le samedi suivant au milieu de l'après-midi, quelques heures avant qu'Hector ne revienne de sa classe de neige. C'était l'une des dernières choses qui la faisaient encore un peu culpabiliser, sa responsabilité de mère. En pénétrant dans l'appartement, elle détecta une odeur inhabituelle, aigre, tenace, qui s'apparentait à celle du lait caillé. En découvrant son mari et le bordel qui l'environnait – effets éparpillés, assiettes sales, verres à moitié vides, canettes et bouteilles d'origines diverses –, elle eut un imperceptible sentiment de dégoût auquel se mêlèrent rapidement un peu de compassion et beaucoup d'abattement. Nicolas était affalé dans le canapé du salon, une bière à la main, les yeux rivés sur un documentaire animalier de la chaîne Discovery. Depuis l'épisode de la HSBC, il ne faisait plus aucun effort pour être présentable, il ne quittait pour ainsi dire jamais sa tenue élimée qui hésitait entre vêtement d'intérieur et pyjama, il ne s'en délestait que le soir ou pour aller courir, il s'était dégagé de toute sortie à caractère social qui aurait nécessité qu'il s'habille différemment ou un peu mieux. Pour les courses, il faisait appel aux services de livraison à domicile du site houra.fr ; ayant de surcroît abandonné tout intérêt pour les actualités du monde, il avait renoncé au quotidien qu'il allait auparavant chercher au kiosque six fois par semaine ; quant au reste, aux sorties qu'impliqueraient des rencontres amicales en particulier, plus personne ne l'appelait et quand quelqu'un s'avisait de le faire, il enclenchait aussitôt la boîte vocale de son téléphone mobile et ne rappelait jamais son correspondant.

Justine déposa son sac de voyage à l'entrée du salon et, ce faisant, provoqua un petit bruit sourd sur le plancher. Nicolas tourna la tête. En découvrant la présence de son épouse, son visage n'exprima rien de très identifiable.

– Je suis rentrée, dit Justine en s'excusant par une grimace de la vacuité de cette entrée en matière.

– Apparemment, dit Nicolas avec plus de froideur qu'il ne l'aurait souhaité.

– Je suis désolée, j'aurais dû t'appeler, mais...

Elle eut une hésitation.

– Ça captait très mal là-bas.

Là encore, elle trouva son explication stupide et inappropriée. Elle avait évidemment eu quantité d'occasions de l'appeler. Mais que lui dire ? Qu'il était en ce moment la dernière personne à qui elle souhaitait parler ? Qu'inventer pour ne pas le blesser plus qu'il ne l'était déjà ? Il paraissait certain qu'après ce qu'ils avaient vécu l'un et l'autre, ensemble ou séparés, qu'après avoir essuyé autant de blessures, de frustrations, de déceptions, qu'après avoir été mis en demeure de répondre sur leur compte à un tas de questions nouvelles et embarrassantes, il était difficile d'imaginer que leurs retrouvailles puissent revêtir un caractère fluide et apaisé.

– Ça ne peut pas continuer comme ça, commença Nicolas. Tu es d'accord ?

Justine tressaillit. Un instant, elle crut à un élancement soudain de sa blessure, mais c'était un signal que la partie limbique de son cerveau avait spontanément communiqué à ses muscles. Elle en fut si surprise que cela lui cloua le bec.

– Je ne dis pas que c'est de ta faute, continua-t-il. Ce n'est pas plus ta faute que la mienne, c'est juste que... ça ne marche plus. On a beau le tourner dans tous les sens et, crois-moi, j'ai eu le temps de le faire ces derniers jours, ça ne marche plus.

D'entendre ces mots de la bouche de Nicolas, des mots qu'elle aurait pu formuler si elle avait fait preuve ne serait-ce que d'un minimum de courage et d'objectivité, ce fut comme si elle avait écopé d'un sale coup de massue. Elle se retrouvait prise à son propre piège, celui que lui tendaient en permanence son manque d'estime de soi et le sentiment d'insatisfaction généralisé qui l'habitait. Très vite, elle réalisa qu'elle était à la fois soulagée et terrifiée par ce qu'il venait de dire.

270

— En fait si, quand j'y réfléchis, ça doit être un peu plus de ma faute que de la tienne puisqu'il me semble que tout a commencé juste après que je me suis fait virer. C'est là que ça a vraiment commencé à merder, non ?

Elle le regarda fixement, ses yeux semblaient vides, alors qu'à l'intérieur, son esprit en feu charriait des milliers de pensées, d'événements, de faits qui, tous, l'acheminaient vers la conclusion que, pour sa part, elle aurait fait remonter à bien plus loin le moment où les choses avaient commencé à aller mal entre eux, au moment précis de leur rencontre peut-être, ou bien était-ce lorsqu'elle était venue un soir, suppliante, dans cet atroce pavillon de banlieue, quémander des nouvelles de son frère Alex et qu'elle avait fini par se donner à lui, lui qui ne demandait que ça, lui qui n'attendait que ça pour être exact ? Elle le savait depuis toujours, elle se l'était dit récemment, mais aujourd'hui elle le sentait dans sa chair : toute sa vie avec Nicolas n'avait été qu'une énorme erreur.

— Mais parle, bon sang, dit Nicolas en réaction à ce qui commençait à s'apparenter à une aphasie inquiétante.

— Cette histoire avec ton frère…, commença-t-elle.

— Stop, Justine.

— Non, pas stop justement. Est-ce qu'on peut en parler au moins ?

— Ne mêle pas Alex à tout ça, s'il te plaît.

– Ça me paraît un peu difficile, non ?

– Alex est loin d'être le problème, je peux te l'assurer. Même s'il est entre nous depuis le début et, crois-moi, de nous trois, je suis peut-être celui qui en a le plus conscience, il n'empêche que je suis convaincu que c'est une conséquence et certainement pas la cause de ce qui se passe. Là, on parle de nous. De nous deux ensemble, de nous deux dans l'avenir, qu'est-ce qu'on devient, sur quoi on s'appuie pour continuer, ce genre de choses, tu vois ? Est-ce qu'on en a la force et l'envie ? Moi je n'ai plus beaucoup de force et plus beaucoup d'envie pour rien, alors je me pose des questions. Est-ce que toi tu te poses le même genre de questions, voilà, c'est ce que j'aimerais savoir.

– Sans doute, oui, dit-elle, mal à l'aise.

Justine – contrairement à Nicolas visiblement – avait terriblement peur de l'issue de cette discussion. Elle sentait bien que son existence – son mode de vie, tout au moins – était en péril, elle était étourdie par les enjeux soudains qu'impliquait l'attitude de son mari. Bizarrement et peut-être stupidement, il faut le dire, elle ne s'attendait pas à cela. Elle ne s'attendait à rien de particulier, tout le temps elle avait laissé filer ses pensées, refusant de s'attacher à l'essentiel, à savoir quelle forme allait prendre l'inévitable confrontation avec son mari.

– Justine, s'il te plaît, c'est grave ce qui se passe là, exprime-toi, bon sang. Arrête de faire des phrases de trois mots. Pour une fois, dis ce que tu penses, bordel,

reprit Nicolas d'une voix plus forte, presque menaçante.

De peur d'envenimer les choses ou de le heurter plus
que nécessaire, Justine n'arrivait à rien exprimer du
tout. Elle aurait pu, par exemple, lui balancer à la figure
quantité de choses sur l'image déplorable qu'il lui renvoyait en tant que chômeur, sur la difficulté qu'elle
éprouvait – financièrement et psychologiquement – à
envisager un avenir serein à ses côtés, sur le léger dégoût
qu'elle ressentait à le voir plonger tête baissée dans
un état addictif de moins en moins contrôlé, mais
elle n'osait rien évoquer de tout cela. Elle préférait se
planquer derrière son mutisme. Elle connaissait assez
la puissance des mots, et aussi leur toxicité, pour s'en
méfier. Certaines choses, une fois qu'elles avaient été
prononcées, devenaient immuables, de grosses roches
suintantes qui assombrissaient à jamais la vue qu'on
avait l'un sur l'autre dans un couple. Elle ne voulait faire
aucun faux pas qu'elle regretterait plus tard. Il fallait
qu'elle attende d'avoir pleinement conscience d'elle-
même pour être en mesure d'exprimer un jugement. Là,
elle se sentait dépourvue de toute capacité à le faire.
Alors elle s'arrêta de penser et se contenta d'observer,
tétanisée, la détermination que les événements de ces
derniers mois avaient conférée à son mari. Elle n'était
pas sûre d'aimer ce nouveau Nicolas, quand bien même
elle avait passé son temps à déplorer le manque d'assurance de l'ancien.

– Je crois que ça serait bien qu'on prenne le large pendant quelque temps, chacun de son côté, pour voir ce qui se passe, dit finalement Nicolas d'une voix triste.

Justine fut soulagée qu'une décision soit prise au bout du compte. N'importe quelle décision lui aurait convenu à partir du moment où elle n'en était pas à l'origine.

– Sans doute, acquiesça-t-elle.

Puis :

– Oui, tu as raison, prenons le large, reprit-elle, sans volonté d'être drôle ou légère.

Ils se regardèrent longuement. Nicolas aurait tant voulu la prendre dans ses bras pour la consoler de ce nouveau malheur qu'ils partageaient désormais à parts égales. C'était ce qu'il avait toujours fait. Prendre sur lui une part de l'infortune de Justine pour l'alléger d'un fardeau trop lourd à porter. Mais bon, l'heure était au repli sur soi, il en avait tristement conscience, et donc il ne fit pas un geste vers elle.

Paradoxalement, Nicolas tira de ce regrettable épisode matrimonial une vitalité inattendue, du moins au début. La nouveauté des choses, même les plus pénibles, même les plus rébarbatives, à partir du moment où elle vient briser le cercle vicieux de l'ennui, est toujours profitable, c'est probablement cela qu'on appelle l'énergie du désespoir.

Le soir, profitant du fait que Justine était partie chercher Hector à la gare de Lyon, il prépara une valise pour quelques jours et trouva sur booking.com un petit hôtel trois étoiles à deux pas du parc des Buttes-Chaumont. Dès le lendemain, il se dénicha une brasserie relativement bon marché en haut de la rue des Pyrénées, décida d'y prendre ses repas et s'organisa un train-train acceptable, dont la seule véritable contrainte résidait dans une vigilance plus ou moins tendue à l'égard de ses tenues vestimentaires. Bien qu'il passât l'essentiel de son temps à courir, à se promener au hasard dans les rues ou à dormir, sa vie lui parut bizarrement moins lugubre, c'était comme s'il regagnait une sorte de liberté perdue.

Cela dura trois ou quatre jours, puis il se remit à penser à Justine. Régulièrement, il se retenait de l'appeler ou de réintégrer l'appartement, il ressassait ce qu'il aurait dû lui dire, il repassait dans sa tête la scène de leur séparation, il se disait qu'il avait été trop dur, trop égoïste, et soudain il revoyait son frère à poil et Justine à ses pieds, sanguinolente et affligée par la honte de sa faute, alors il repartait mentalement dans une direction opposée et il maudissait son laxisme de ne pas avoir quitté plus tôt quelqu'un qui se foutait aussi ouvertement de sa gueule.

Justine, de son côté, n'eut le privilège d'aucune embellie ni d'aucune satisfaction d'aucune sorte. La séparation la plomba, elle se sentit affreusement vulnérable. Avec la perte momentanée de Nicolas, elle était comme nue et à vif. Au bout de quelques jours, elle réussit cependant à faire avec, du moins dans le cadre du quotidien de son travail. Face à ses patients, elle se sentait investie d'une volonté et d'un courage inédits qui contrastaient avec le sentiment de désœuvrement qui s'emparait d'elle quand ils quittaient son bureau.

Le soir, au cours des dîners, elle parvenait à faire plus ou moins semblant, heureusement pour elle ses enfants étaient la majeure partie du temps absorbés par leurs divers outils de communication. Ordinairement, Justine n'aurait pas laissé faire mais après tout, elle n'avait pas tellement envie non plus de s'exprimer, alors elle laissait couler, cela offrait le double avantage de lui reposer l'esprit et de la conforter dans l'idée que sa vie de famille n'était pas totalement foutue, puisqu'ils parvenaient malgré tout à se réunir autour d'un repas. Juste après, elle allait s'enfermer dans sa chambre. En général, elle s'écroulait de fatigue ou elle se mettait à pleurer en fixant le plafond. Elle se sentait vide et n'espérait plus rien, une immense sensation de gâchis la terrassait.

Un soir, Adèle vint frapper à sa porte. Elle entra sans même attendre une réponse de sa mère qui, en une fraction de seconde, passa de la position allongée à la position assise et se sécha les yeux.

— Je me demandais, commença Adèle sur un ton volontairement détaché et peut-être même volontairement agaçant, si tu allais passer le reste de tes soirées à t'enfermer pour pleurnicher ou si tu allais un jour te

décider à célébrer un peu plus joyeusement ta séparation d'avec papa puisque, apparemment, si vous avez
choisi en toute conscience de vous séparer, c'est que
vous êtes mieux l'un sans l'autre, en tout cas la logique,
la pure logique cartésienne, voudrait que, dans ce genre
de situation, l'*après* soit un tout petit peu plus excitant
que l'*avant*, or je constate qu'il n'en est rien, que l'*après*
est dramatiquement plus affligeant que l'*avant*, donc je
me demande ce qui se passe et si l'option pour laquelle
vous avez opté au final est effectivement la bonne.

– OK. D'abord, nous ne sommes pas vraiment séparés, si tu veux savoir. Enfin, il n'y a rien d'officiel là-
dedans.

– C'est bon, maman, s'il te plaît, épargne-moi ça.

– On fait juste un break, Adèle. Parfois on a besoin
de s'éloigner des choses pour mieux les apprécier.

Adèle la dévisagea durement.

– J'ai juste une question, mais tu n'es pas obligée d'y
répondre, quoique, pour la suite des événements aussi
bien que pour ta propre santé mentale, il serait intéressant que tu te penches réellement sur le sujet.

Son visage se ferma et, après quelques secondes, elle
dit sur un ton empreint d'un sérieux inhabituel :

– Est-ce que tu aimes papa ?

Spontanément, Justine porta la main à ses lèvres
qui s'étaient arrondies pour former un Ô de désarroi.
La question lui sembla d'abord inappropriée dans
la bouche de sa fille, puis elle comprit qu'Adèle avait

besoin d'être rassurée sur ce point précis, elle comprit même des tas d'autres choses qui, toutes, renvoyaient à ses carences en tant que parent ces derniers temps.

– Oh mon Dieu, Adèle, ma chérie, bien sûr que oui. Mais ce n'est pas du tout le problème, tu imagines bien.

Justine regarda sa fille qui fronçait les sourcils. Après quelques secondes, elle lui tendit la main. Adèle répondit à cet appel spontané et, sans l'avoir réellement ni voulu ni cherché, elle se pelotonna contre sa mère. Justine, en sentant la chaleur qui émanait du corps de sa fille, fut irradiée par une vague de bien-être. Depuis combien de temps Adèle et elle ne s'étaient-elles pas enlacées de la sorte ? Depuis combien de temps Justine n'avait-elle pas éprouvé ce sentiment unique que procure un peu de chaleur humaine ? Malgré d'honnêtes efforts, il lui fut impossible de ne pas s'effondrer en larmes. Adèle, contrairement à ses principes de probité émotionnelle, se contenta de resserrer son étreinte et laissa sa mère s'épancher à sa guise, sans faire la moindre réflexion cette fois.

Près d'une semaine plus tard, Justine reçut l'appel d'un commissaire de la police judiciaire. L'officier lui expliqua qu'un individu, apparemment sans domicile fixe, avait été retrouvé mort, à l'issue d'une agression, dans une rue de la ville d'Épinay-sur-Seine. Il n'avait sur lui aucun papier, le seul élément de reconnaissance en sa possession était une carte de visite au nom de Justine et du Centre, ce qui justifiait son appel.

L'homme lui donna rendez-vous à la morgue afin d'identifier le cadavre. Justine se retrouva dans des locaux dépouillés et glaciaux qui lui semblèrent témoigner de façon assez juste du désert transi que constituait son état mental du moment. Et puis vint l'instant de l'identification, l'atroce cérémonial du chariot qui glisse et du drap qu'on rabat. Malgré son visage amoché, elle reconnut Marc, le joueur pathologique dont elle avait la charge. Elle faillit vomir. Le commissaire la soutint par le bras et la fit sortir rapidement.

– D'après ce qu'on sait, commença l'officier de police quand elle eut repris ses esprits, il était au casino d'Enghien-les-Bains ce soir-là. Il venait de gagner une somme importante à la roulette, juste avant la fermeture. Tout porte à croire que quelqu'un a dû le suivre et vouloir le dépouiller. Il y a eu une bagarre, sa tête a heurté le bord d'un trottoir, commotion cérébrale, hémorragie interne, il est mort quasiment sur le coup. De toute façon, il était très faible, d'après les premiers rapports du labo, un rien aurait pu l'achever.

Tout le temps qu'il parla, Justine l'écouta à peine. Elle tentait de se remémorer centimètre carré par centimètre carré le visage de Marc, la courbe de son nez, la couleur de ses iris, la forme de sa bouche, elle voulait que son cerveau soit uniquement rempli du visage exagérément grossi de la tête de cet homme dont elle venait de voir la version *massacrée* il y avait quelques instants. Bien sûr, elle se demanda où elle avait failli et si elle aurait pu le sauver d'une manière ou d'une autre. Sa mort était révoltante de trivialité et tristement symbolique : c'était l'argent, en définitive, qui l'avait tué. Toute sa vie, il n'avait fait que le mener à sa perte.

Dès qu'elle se retrouva à l'air libre, dans cet endroit légèrement hostile que constituent les bords de la Seine à la hauteur du quai de la Râpée, Justine fut littéralement ravagée par l'urgence de célébrer la vie, de dire *merde* à la mort, de dire *merde* à sa vie aussi, qui était pour le moins moribonde ces temps-ci, en

280

tout cas à sa vie de couple qui l'était, elle, bel et bien. Une scène du film *Cabaret* – qu'elle avait vu au moins trente fois – lui revint à l'esprit, celle où Liza Minnelli, alias Sally Bowles, profite du passage d'un train pour hurler à la mort et se délivrer du poids de son stress. Justine fit de même, quai d'Austerlitz, il était 20 heures, elle se mit à beugler, à brailler, à s'égosiller. Instinctivement – car à cet instant elle acceptait de se soumettre à ses instincts – ses bras se détachèrent légèrement de son corps, ses paumes se tournèrent vers l'immensité du ciel qui faisait comme une masse bleue et obscure au-dessus de sa tête, ses genoux se plièrent sous son poids, sa tête se releva, les muscles de son cou se tendirent comme des lames, on aurait dit la gueule d'un fauve rugissant ; c'était violent, ça partait du fond de ses entrailles et ça remontait jusqu'à sa gorge brûlante, de longs cris primitifs, sauvages et rauques, qui expulsaient des mois voire des années de rage, d'exaspération, de chagrin, de déni de soi, de honte, de soumission, de mortifications en tout genre ; le flot ininterrompu de véhicules sur les quatre voies du pont peinait à couvrir ses cris, tandis que les passants les plus proches la dévisageaient, s'écartant d'elle, la prenant pour une folle, ce qu'elle n'était pas loin d'être à cet instant précis.

Quand elle se calma enfin, elle appela Ahmed. Et Ahmed répondit présent, immédiatement, comme par le passé.

Ce qui se passa par la suite fut une sorte de remake poussif des glorieuses soirées de leur jeunesse quand régnaient la même avidité à se charger lourdement en alcool, les mêmes éclats de rire tapageurs, la même appétence narcissique à se sentir, coûte que coûte, léger, heureux, au centre du monde. Sauf qu'ils avaient aujourd'hui vingt ans de plus et qu'ils auraient pu être les parents de n'importe quelle personne présente dans les bars qu'ils écumaient. Or les jeunes avaient changé, Justine s'en aperçut immédiatement, ils paraissaient avoir trouvé une façon plus apaisée de se coltiner les contradictions du monde que les adultes leur avaient abandonné, de faire avec la globalisation planétaire des échanges commerciaux, avec les deux cent quarante-quatre mille nouveaux grands singes évolués à nourrir chaque jour, avec des conflits armés qui avaient pour première et triste conséquence la fabrication de monstres terroristes, avec une planète plus chaude d'au moins deux degrés selon les prévisions les plus optimistes et un Arctique peu à peu dépossédé de ses ours et bientôt envahi par toutes sortes de navigateurs de plaisance. Justine tâchait d'éviter de croiser le regard de ceux qui l'entouraient, elle s'attendait à être jugée, mais c'était peine perdue, personne ne s'intéressait à elle. Elle fut étrangement choquée par leur manque d'arrogance et de cynisme, par cette espèce de passivité bon enfant dont ils enrobaient leurs rapports, ils n'étaient pas le moins du monde en colère, rien dans leur façon de s'habiller ne procédait d'une quelconque revendication, et cela déjà les différenciait beaucoup de leurs parents, donc d'elle en particulier.

En sortant du *Banana Café*, Justine pouvait à peine marcher. Ils hélèrent un taxi sur le boulevard de Sébastopol. Contrairement à la dernière fois où ils s'étaient vus, c'était elle qui, jusqu'à présent, avait majoritairement occupé le terrain de la parole.

– Tu... tu veux que je te dise une chose ? commença-t-elle, à peine installée dans le véhicule. Je déteste tous ces jeunes, je déteste cette manière qu'ils ont de nous foutre à la gueule... leur... *coolitude*...

Ahmed éclata de rire.

– Ouais, leur *coolitude*. Ils sont tellement coooooool, tu vois, dit-elle en faisant traîner sa voix comme un chewing-gum que l'on étire à l'infini, ils veulent tellement nous en foutre plein la vue avec leur bienveillance à la con, ils ont l'air d'être tellement plus adultes que nous, tellement plus à l'aise et détachés que nous, enfin plus adultes et plus à l'aise et détachés que moi en tout cas, qui n'ai jamais vraiment réussi à rien régler de ce côté-là.

Elle se mit à hurler en regardant droit devant elle :

– J'en ai rien à foutre de votre gentillesse, espèces de petits connards.

Elle éclata de rire, puis se tourna vivement vers Ahmed.

– Ce qui m'horripile, c'est qu'ils ne font absolument

aucun effort pour aller vers nous, ils ne veulent rien savoir de ce qui les a précédés, c'est comme si le monde avait commencé le jour de leur naissance, ça me tue.

Ahmed se contenta de lever les sourcils, ce qui agaça Justine.

– Toi tu t'en fous un peu de tout ça, non ? Tu as du pognon, tu fais ce que tu veux, tu baises quand tu veux, tu n'as d'ordres à recevoir de personne, tu n'as même pas de gosses, tu es libre.

– Tu dis n'importe quoi, répondit Ahmed, un peu amèrement, en lui tapotant la cuisse. Tu es jalouse, c'est tout.

– Moi, jalouse ? Je ne suis jalouse de personne. Et sûrement pas de ces lémuriens décérébrés.

– En tout cas, moi je le suis.

Elle le regarda avec des yeux dilatés.

– Oui, et je n'ai pas honte de le dire. Je les envie. Tu te souviens de nos vingt ans quand même ?

Il était environ 3 heures du matin quand ils débarquèrent au *Queen*, sur les Champs-Élysées. Là encore, il y avait des jeunes partout et c'en était décourageant. Justine décida de les ignorer, accumulant pas mal de hargne et de ressentiment, ce qui allait dans un sens totalement opposé à celui qu'aurait dû prendre cette soirée, à savoir un minimum de fantaisie et de laisser-aller.

À l'issue d'une des nombreuses occasions qu'elle eut

de se rendre aux toilettes, elle croisa une jeune femme d'une vingtaine d'années. Elle était métisse, un trait d'union très singulier entre l'Asie et l'Afrique, une peau à la fois mate et d'un doré profond, de longs cheveux noirs lisses et brillants comme un miroir qui lui descendaient jusqu'à la cambrure des reins. Elle était splendide. Justine se sentit diminuée par sa présence. La beauté de cette fille était comme une loupe grossissante de toutes ses imperfections. Elle hésita entre fuir, l'ignorer ou lui cracher au visage. La jeune femme devait être habituée à provoquer de tels sentiments antagoniques ; elle lui sourit. Justine fut tellement surprise qu'elle ne trouva d'autre issue que de se tourner vers l'essuie-mains.

– Je vous envie, dit doucement la jeune femme.

Justine tourna la tête.

– Pardon ?

– C'est formidable de vous amuser comme vous le faites.

– Vous trouvez ? dit Justine en se débattant avec le tissu souillé qui pendouillait du dévidoir.

– Je suis sûre que vous avez l'âge de ma mère. Elle ne saurait pas s'amuser comme vous. D'ailleurs, elle n'oserait jamais venir ici.

– Qu'est-ce que vous racontez ?

– Oh, je suis désolée, je vous ai vexée. Ce n'était pas du tout...

Sa phrase resta en suspens. Justine la regarda

fixement, avec l'envie de lui arracher le masque de sa beauté.

— La seule différence entre moi et votre mère, voyez-vous, c'est que ma fille, à l'inverse de vous, n'accepterait jamais de mettre les pieds dans cet endroit.

Justine évacua les lieux immédiatement, assez théâtralement il faut le reconnaître. Bien qu'au départ satisfaite de sa petite sortie, elle ne tarda pas à se sentir honteuse et, pour se débarrasser de ce sentiment, elle but et elle dansa encore plus. Sur la piste, elle devint une furie, balançant outrageusement les bras, la tête, les pieds pour accompagner piteusement cette *musique de jeunes* qui était si éloignée de celle qui la faisait vibrer. Son comportement finit par agacer Ahmed qui s'éloigna, alors elle s'enferra de plus en plus dans son ivrognerie et ses gesticulations. Soudain, elle s'arrêta net et se scotcha au bar.

À 6 heures du matin, alors que l'endroit commençait à se vider, elle gisait sur une banquette, le cheveu hérissé, à moitié inconsciente. Ahmed, de son côté, s'était déniché sur le tard un jeune type aux cheveux roux, relativement hideux, et il était bien décidé à ne compromettre aucune éventualité de se le faire. Il alla au vestiaire réclamer le sac à main de Justine puis, dans le répertoire de son téléphone portable, il dénicha le numéro de Nicolas.

Nicolas, lui aussi, répondit présent, immédiatement. Il n'eut pas à réfléchir longtemps, il faut dire que l'imminence de son plan cul avait poussé Ahmed à donner à sa voix des accents affolants, n'importe qui s'y serait laissé prendre, jusqu'au plus endurci des lève-tard. Le schéma était simple : Ahmed mettait sa copine dans un taxi, à charge pour Nicolas de la réceptionner à l'arrivée. Sans se l'avouer, Nicolas fut satisfait d'avoir à s'occuper à nouveau du sort de son épouse. Cette perspective l'anima tout le chemin qui le mena de son hôtel à leur appartement. Pas un instant la pensée d'avoir été réveillé à l'aube pour venir en aide à une femme dont il était officieusement séparé ne lui parut irrecevable.

Justine arriva une dizaine de minutes plus tard. Sa virée en taxi l'avait quelque peu dessaoulée mais elle était sombre à présent, rageuse aussi, très mécontente qu'Ahmed ait appelé Nicolas à la rescousse. Elle se doutait qu'elle avait une sale tronche – ce qui était on ne peut plus exact – et son orgueil prenait le pas sur la nécessité d'être épaulée. Nicolas paya le chauffeur tandis que Justine se débattait avec le dispositif d'ouverture de la portière.

– C'est gentil d'être venu, mais j'aurais très bien pu m'en sortir toute seule, réussit-elle à prononcer en posant les pieds sur le bitume.

Elle se mit debout, fit deux pas, mais réalisa vite que son gyroscope personnel avait subi de sérieuses détériorations mécaniques, elle avait du mal à avancer et sa tête lui tournait en même temps qu'elle cognait, son estomac également lui envoyait des signaux avant-coureurs, aigres, sa trachée brûlait, tout cela était un peu trop à supporter, elle fit encore deux pas, puis s'arrêta et se vida sur le trottoir, projetant devant elle de petites gerbes liquides et phosphorescentes. Nicolas eut un mouvement de recul. Ce fut comme s'il avait été propulsé vingt ans en arrière quand Justine et lui sortaient ensemble et qu'elle finissait le plus souvent dans un état tout aussi minable. Déjà à l'époque, alors qu'il éprouvait pour elle un amour incoercible et aveugle, cela le révulsait, c'était le côté de Justine qu'il avait le plus de mal à admettre. Pourquoi ressentait-elle autant le besoin de se bourrer la gueule – quand elle n'avait pas recours à d'autres expédients – pour s'amuser et se sentir bien, en sa présence de surcroît, lui qui ne buvait quasiment jamais ?

Justine se redressa et s'essuya les lèvres d'un bref revers de la main. Se vider, au sens propre du terme, avait fait exploser les performances de ses capteurs internes, elle pouvait à peine se diriger, l'aide de Nicolas lui était devenue indispensable. Il la prit par le bras et la soutint jusqu'à l'entrée vitrée et l'ascenseur. Quand les portes s'ouvrirent, elle s'affaissa contre la paroi métallique et Nicolas relâcha son étreinte. Tout le temps de la montée au septième étage, elle fixa ses chaussures tandis qu'il regardait défiler les chiffres lumineux. Le silence était mortel. Du fond de sa saoulerie nébuleuse, Justine souffrait de partout. Elle avait honte, sa soirée avait été pathétique, elle s'était couverte de ridicule avec cette fille dans les toilettes et sur la piste de danse, elle n'arrivait plus à lâcher prise, à s'amuser, et puis maintenant elle dégueulait devant ce qui s'apparentait de plus en plus clairement à son futur ex-mari, jusqu'où allait-elle aller ainsi ?

Quand ils entrèrent dans l'appartement, Hector et Adèle prenaient leur petit déjeuner, elle assise sur une chaise haute au bar de la cuisine, pianotant des deux pouces sur le clavier de son smartphone, lui enfoncé dans l'un des fauteuils du salon, un casque sur les oreilles, dodelinant de la tête tout en dévorant ses Rice'n'Crisps à même le paquet. Avec la musique beuglant dans ses oreilles, il n'avait pas entendu ses parents arriver. Adèle leva la tête et mit quelques secondes à assimiler le tableau de leur père réintégrant le domicile familial et soutenant leur mère, qui avait l'air d'avoir sérieusement morflé d'on ne savait quoi, le tout à 8 heures du matin.

– Ça va ? dit-elle, intriguée.

La question semblait s'adresser à l'un comme à l'autre.

– Oui ça va, ne t'inquiète pas, répondit Nicolas.

En entendant la voix de sa fille, Justine s'était raidie et détachée de son mari pour se précipiter vers la salle de bains, à l'autre bout de l'appartement.

– Elle est saoule ? demanda Adèle, les yeux baissés vers son mobile, comme si, au fond, elle se fichait un peu de la réponse.

– Adèle…, dit Nicolas sur un ton de réprimande.

Elle leva la tête.

– Vous venez d'où exactement ?

Nicolas ne souhaita pas répondre.

– Vous êtes quand même incroyables. Vous débarquez à 8 heures du matin, bras dessus, bras dessous, alors que vous êtes supposés être séparés, en tout cas provisoirement. Maman a une tête inqualifiable et toi, comme d'habitude, tu fais comme si de rien n'était.

– Adèle, tu sais parfaitement que les choses ne sont pas très simples ces temps-ci.

– Et tu ne penses pas, parce que, justement, les choses ne sont pas très simples, que dire la vérité, quelle qu'elle soit, serait la meilleure des choses ?

Nicolas se sentit traversé par une onde oppressante, enveloppante, honteuse.

– Vous n'avez aucune idée de l'image atroce que vous pouvez renvoyer, continua-t-elle.

Elle eut un infime mouvement de tête pour désigner son frère qui avait toujours les oreilles gavées de musique et la bouche pleine de céréales croustillantes.

– Ça n'aide vraiment pas à la construction narcissique tout ça, si tu vois ce que je veux dire.

– Adèle, c'est bon ! Tu n'as pas à m'apprendre comment élever mes enfants.

Adèle eut un petit sourire cynique puis, d'un geste vif de tout le bassin, elle s'échappa de la chaise haute, retomba sur ses deux pieds et s'éloigna. Nicolas fut frappé par ce qu'il considéra comme une désinvolture choquante. Pour une fois, il n'eut pas envie de laisser passer. Peut-être y avait-il aussi l'humiliation encore brûlante d'avoir été sermonné par sa propre fille quelques jours auparavant.

– C'est facile d'être jeune, dit Nicolas.

Adèle se retourna et croisa les bras sous sa poitrine, à la fois distante et attentive, dans une attitude qui ressemblait assez à du défi.

– Personne ne t'a encore vraiment mise en situation de faire des choses qui te déplaisent, n'est-ce pas ? Tu n'as pas encore eu l'occasion de travailler par exemple, donc tu n'as pas encore été soumise aux exigences parfois absurdes du monde réel. D'une manière générale, tu n'as jamais eu à te frotter à tes propres contradictions, car ça existe les contradictions, figure-toi, c'est même probablement ce qui est le plus admirable chez un être humain, qu'il arrive à survivre et à tenir debout malgré le poids incroyable de ses contradictions et des contraintes insensées auxquelles il est soumis de manière continue. Évidemment, toi tu es pure, tu te tiens toute droite, tu es au-dessus de la mêlée et donc tu vois mieux les choses, tu peux te permettre d'édicter des sentences, des jugements, des recommandations, tu peux aller jusqu'à exiger des autres qu'ils te ressemblent ou qu'ils agissent exactement comme tu penses qu'il faudrait agir. C'est un des nombreux avantages de la jeunesse, cette vision panoramique et archi-objective, cette capacité à discerner le fondamental de l'accessoire, contrairement à vos aînés, qui font exactement l'inverse et ne font que se frotter à l'insignifiance des choses au lieu de s'élever vers l'essentiel.

— Laisse tomber, papa.

— Ce n'est pas comme ça que vous nous voyez, comme de sombres losers ?

— Crois-moi, j'ai tout à fait conscience de la galère dans laquelle vous êtes, maman et toi. C'est juste qu'il y a un vrai problème de communication entre vous et qu'il faudrait un jour que vous vous décidiez à le résoudre.

— Comment ça, de communication ? Je ne comprends pas ce que tu racontes.

Adèle haussa les épaules et se dirigea vers sa chambre. Nicolas s'avança, désœuvré, vers la partie salon où se trouvait son fils. Hector, en le découvrant enfin, leva la main bien haut. Son père étendit la sienne et leurs paumes se rencontrèrent dans un claquement sec et joyeux. Hector, qui venait d'avoir quatorze ans, refusait dorénavant d'embrasser ses parents, et surtout son père. Depuis quelques mois, il s'était notablement calmé, dissipant une bonne partie de son énergie dans la recherche compulsive des diverses composantes de sa sexualité, et sa vie de jeune adolescent devenait de plus en plus opaque aux yeux de ses parents. Leur séparation l'avait à peine ému, il avait pris de Nicolas cette capacité à encaisser avec un détachement égal tout événement,

292

heureux ou malheureux. Sans avoir adressé la parole à son père, Hector s'extirpa du canapé en le gratifiant d'un salut shooté à la testostérone. Cinq minutes plus tard, sa sœur et lui avaient quitté les lieux.

Nicolas s'assit enfin, nerveusement, en se disant que tous les liens qui tissaient autrefois son quotidien étaient en train de se déliter. Sa vie était le théâtre d'une restructuration majeure, mais le pire était qu'il n'avait aucune espèce d'influence sur ce changement capital. Comme toujours, les autres étaient les acteurs principaux de sa propre existence, lui n'en était qu'un figurant de troisième zone. Brutalement il s'en voulut d'une telle placidité, d'une telle inertie et, par ricochet émotionnel, d'une telle gentillesse. Il s'en voulut d'être aussi disponible, aussi compréhensif. Il avait passé sa vie à se soucier des autres, mais qui s'était soucié de lui, qui se souciait aujourd'hui de ce qu'il vivait ou de ce qu'il pensait ? Et puis Justine arriva. Nicolas réagit comme l'un de ces jouets dont on remonte à fond le mécanisme avant de l'abandonner sur le sol. Il se rua sur son épouse, hors de lui, libérant toute l'énergie morbide qu'il avait emmagasinée depuis quelques minutes. Elle prit peur et s'arrêta net. Immédiatement, il lui lança :

– Pourquoi est-ce que tu as toujours eu besoin de boire pour t'amuser ?

Elle poussa un soupir de découragement.

– C'est bon, Nico, merci d'être venu, c'est adorable,

mais je suis crevée, je crois que je vais aller me coucher maintenant.

Elle s'était enveloppée dans un peignoir, ses cheveux électrisés par les résistances de son Babyliss pendouillaient comme des ressorts usés le long de son visage qui, malgré la douche et diverses tentatives cosmétiques, restait meurtri par un excès d'alcool. Nicolas l'observa et, pour la première fois peut-être, il la trouva très peu désirable, et même un peu laide.

– Non, non, tu ne vas pas aller te coucher, je m'en fous que tu sois fatiguée. Là on va parler, on va enfin se dire les choses qu'on a sur le cœur. On ne se dit jamais les choses qu'on a sur le cœur, c'est pour ça que ça ne va pas entre nous. On arrête de fuir maintenant, on affronte. Il y a un vrai problème de communication, tu vois. Tu es d'accord avec ça au moins ?

– Non, je ne suis pas d'accord, j'ai envie de dormir, je ne sais pas comment il faut te le dire.

C'était peine perdue, Nicolas était dans un état second, il ruminait, il trépignait intérieurement, il ne voulait rien abandonner du tout, c'était maintenant ou jamais, quelque chose qui ressemblait à une conviction intime lui était apparu et l'avait aveuglé comme un flash, la nécessité impérieuse d'en finir avec les non-dits, avec les faux-semblants, avec cette masse invisible qui s'insinuait sournoisement entre eux dès qu'ils s'approchaient l'un de l'autre et qui gelait tout échange.

– Tu as toujours voulu Alex, n'est-ce pas ? dit-il calmement.

Il avait tellement ressassé la chose que la phrase était sortie nette, implacable, aussi furtive et éclatante qu'une étoile filante dans l'obscurité d'un ciel d'été.

– Oh, mon Dieu, dit Justine en s'éloignant.

Il la rattrapa par le bras, la forçant à le regarder.

– Moi j'étais le choix raisonnable, le choix rassurant. Mais c'est Alex que tu voulais. La partie noire en toi, la partie la plus sombre de toi voulait Alex, elle ne voulait pas celui qui était gentil et attentionné, elle voulait celui qui la refusait, elle voulait celui qui l'humiliait.

– Stop ! hurla-t-elle.

– Rappelle-toi quand il ramenait des filles et qu'il les baisait sous ton pif. Toi, tu te foutais devant leur porte pour mieux les entendre, tu sortais de NOTRE chambre, tu quittais NOTRE lit pour écouter leurs putains de cris de jouissance.

– Tu m'emmerdes, Nicolas, on arrête ce petit jeu à la con.

– Et tu continues de t'humilier devant lui. Ce type te rend malade, mais tu continues de t'accrocher à lui.

Il se rapprocha dangereusement d'elle et lui hurla au visage :

– Quand est-ce que tu vas arrêter de te faire du mal ? Quand est-ce que tu vas arrêter de te faire niquer par tous les mecs, à commencer par ton propre père ? Quand est-ce que tu vas grandir, bordel ?

– Oh bon sang, je n'y crois pas, qu'on en soit là, maintenant !

Il attrapa des deux mains le col de son peignoir.

– Est-ce que je te dégoûte physiquement, j'ai besoin de le savoir ?

Elle recula, il suivit le mouvement, toujours accroché à elle. Par précaution, elle décida de s'adoucir :

– Non, tu ne me dégoûtes pas du tout, Nicolas. Au contraire.

– Mais c'est mieux avec lui, n'est-ce pas ?

– Arrête, s'il te plaît !

– Il te baise mieux que moi, non ?

Elle eut une grimace de dégoût. Elle ne supportait pas la vulgarité de son époux.

– Il te baise comme tu aimes être baisée, c'est ça ?

Elle se dégagea de son étreinte en reculant avec violence. Nicolas eut un mouvement de surprise, par réflexe ses doigts se raccrochèrent à la ceinture qui céda, le vêtement s'ouvrit en grand, dégageant la nudité de Justine, ses seins lourds, son ventre, le triangle noir du pubis. Aussitôt elle s'enveloppa dans le tissu éponge, en colère, et se mit à hurler à son tour :

– Ce type, comme tu l'appelles maintenant, désolée de te le dire, Nicolas, mais c'est ton frère. Avec tes délires de reconstruire ta famille idéale, c'est toi qui le protèges, ce sale petit con, c'est toi qui me le fous sous le nez depuis vingt ans, que je le veuille ou non.

– Ha, ha, ha, gloussa-t-il hargneusement. Tu admets donc qu'il y a un danger à avoir Alex aussi près.

– Je croyais qu'Alex n'était pas le problème. En tout cas, c'est ce que tu disais il y a dix jours.

– Je me trompais. Alex a toujours été le problème, Justine, il faudrait être complètement con pour ne pas l'admettre.

Elle fut horrifiée de la mauvaise foi de son mari. Il se rapprocha d'elle et la prit par les poignets.

– Dis-moi, est-ce que tu l'as refait avec lui ?

– Qu'est-ce qui se passe, Nicolas ? dit-elle, sincèrement effrayée. Calme-toi !

– Tu l'as revu, dis-moi, depuis qu'on s'est quittés ? Je suis sûre qu'il t'a baisée, dit-il méchamment.

– Mais non, tu es malade ! cria Justine.

Il serrait ses avant-bras comme un étau, elle commençait à avoir mal.

– Hein, il t'a baisée ?

D'un geste sec, elle réussit à se libérer, elle recula mais fut arrêtée par le plan de travail qu'elle heurta de ses reins. Il fut à nouveau sur elle, l'accrochant par le col de son peignoir.

– Dis-moi la vérité, putain de salope !

Il était hors de lui à présent. Elle était révulsée par sa trivialité et sa fureur, elle voulait se sortir de ce cauchemar, alors elle lui balança une gifle, puis encore une autre, mais rien ne semblait pouvoir l'atteindre ou l'arrêter. Il se colla encore plus contre elle, elle se mit à gesticuler et à pousser des petits cris de douleur et de rage, ses bras battaient l'air, elle parvint malgré tout à lui infliger une nuée de coups au visage. En représailles, il resserra violemment l'étreinte de ses mains sur l'encolure de son peignoir. Peut-être avait-il maintenant en tête de l'étrangler ? Justine étouffait, l'air commençait à lui manquer, elle prit peur. Elle étendit les bras sur les côtés, ses doigts se raidirent, pianotèrent dans le vide, atteignirent l'évier ; elle s'empara du premier objet à sa portée, un mug qui traînait sur un monceau de vaisselle, le souleva péniblement et finit par le fracasser contre le crâne de son mari.

Nicolas fut tellement commotionné par la violence et la portée de ce geste qu'aucun cri ne sortit de sa bouche. Il se calma d'un coup, recula et porta lentement la main à sa tempe. Du sang coulait, ses doigts en étaient couverts, un épais filet rouge sombre commençait à descendre vers le méplat de la joue. Elle osait à peine le regarder, suffoquant de honte, de chagrin, de douleur. Il fixa sa main souillée. Immobiles, chacun occupant un coin de leur minuscule cuisine, ils se regardèrent, ahuris. Dans leurs yeux exorbités se lisaient la stupeur et l'incompréhension devant ce qui avait pu les mener à un tel carnage.

IV

Ils avaient décidé de se retrouver dans un bar à vins du côté de la place Saint-Georges, dans le IXe arrondissement. Il arriva le premier, très en avance – avec près de trente minutes sur l'heure prévue –, il ne voulait pas risquer de débarquer alors qu'elle serait déjà installée, il ne souhaitait pas pénétrer un territoire qu'elle aurait déjà investi, où elle aurait pris certaines habitudes, même les plus minimes. Il était anxieux, un peu fébrile, il ne savait pas très bien ce qu'il attendait de ce rendez-vous, ou plus précisément ce qu'il en espérait. Pendant sept mois, ils s'étaient téléphoné de manière irrégulière, exclusivement pour évoquer des problèmes liés à la scolarité de leurs enfants, mais jamais encore ils n'avaient envisagé de se retrouver face à face. C'était elle qui en avait pris l'initiative, il n'avait pas dit non, ils s'étaient mis d'accord sur un endroit neutre que ni l'un ni n'autre ne connaissait mais qu'une amie à elle, dont il n'avait jamais entendu parler jusqu'à ce jour, lui avait recommandé. Il se souvenait d'avoir ressenti une légère brûlure en observant qu'elle s'était fait de nouvelles connaissances, en constatant incidemment qu'elle avait déjà plus ou moins réorganisé sa vie, ses habitudes, et surtout qu'elle avait trouvé l'envie et le courage de le faire. Lui n'avait encore trouvé ni l'envie ni le courage pour rien de cet ordre-là. *Ça viendra*, avait-il pensé, avec un peu d'amertume cependant.

L'air de ce début de soirée était doux et enveloppant. Il s'installa en terrasse et commanda un verre de sauvignon blanc. *Bien glacé*, précisa-t-il au serveur. Il réalisa soudain que revoir Justine après une absence aussi longue lui serrait la gorge.

À l'issue de leur séparation, il avait continué pendant quelque temps à occuper sa chambre d'hôtel des Buttes-Chaumont mais, quand il avait calculé que pour quasiment la moitié de ce qu'il payait il aurait été en mesure de disposer d'un appartement deux fois plus grand, où il aurait pu de surcroît mettre tout le bordel qu'il souhaitait sans que personne y trouve rien à redire, il s'était décidé à trouver un logement dans le coin. Finalement, après cinq semaines de prospection acharnée, il avait déniché un deux-pièces de 35m² sommairement meublé dans le haut de la rue Botzaris, à deux pas du parc, pour lequel il avait été contraint, vu l'extrême précarité de sa situation, d'offrir des garanties qui firent largement exploser le cadre de la légalité locative : trois mois de caution et six mois de loyer d'avance. Ce qui apparaissait à première vue comme une excellente initiative, combinant désir d'indépendance et réduction des dépenses, se révéla plutôt néfaste quand, au mois d'avril, au bout des sept cent trente jours d'indemnisation légaux, il arriva en fin de droits et fut, de facto, exclu du système Assédic. À l'hôtel, il était contraint à un minimum d'échanges et de civilités – avec la femme de chambre, avec le réceptionniste –, tandis que, livré à lui-même dans son appartement, il devint comme une bête sauvage. N'étant pas officiellement divorcé, il ne pouvait toucher aucune aide d'État compensatoire, il ne voulait décemment pas non plus profiter des ressources du compte qu'il continuait à avoir en commun avec Justine, désormais majoritairement alimenté par son salaire à elle. Pour subvenir à ses besoins, il dut donc piocher dans des économies qu'il avait depuis toujours destinées à l'éducation de ses enfants, et cela le rendit dingue. Il se mit à économiser sur la moindre chose, sur ses courses alimentaires évidemment, mais aussi sur ses factures. Il ne sortait plus, il avait coupé net ses dépenses de cantine dans son restaurant habituel, il se nourrissait principalement de conserves ou de burgers premier prix et il vivait dans une quasi-obscurité la plupart du temps ; allumer une lampe, faire griller un convecteur électrique ou une plaque halogène, brancher son portable ou son téléviseur, tout engageait à une réflexion serrée, obsessionnelle. Le seul luxe qu'il accepta de s'offrir fut une offre mobile pour son smart-phone, à 5,99 euros, le deal le plus avantageux sur le marché. Évidemment, il ne voyait plus personne, sur-tout pas ses enfants, l'endroit ne s'y prêtait pas, son état mental pas davantage. Il devenait cinglé et il était à craindre que les choses ne dégénèrent rapidement vers quelque chose de plus lourd. Cela dura presque deux mois avant qu'un jour son frère lui envoie un SMS l'engageant à reprendre contact de manière urgente.

Alex était désormais en ménage avec Gladys, une Texane de soixante-cinq ans qui avait dû être un canon dans sa jeunesse et qui, grâce à toutes sortes de remanie-ments plastiques assez payants, demeurait physique-ment bluffante. Bien qu'outrageusement républicaine, elle cultivait un air à la Hillary Clinton, sans doute en raison de son aspect un peu coincé, de la coupe brushée en arrière de ses cheveux mi-longs et du côté à la fois saillant et tombant du bas de son visage qui faisait pen-ser à des abajoues de hamster. Elle jouissait surtout d'une santé financière éblouissante qui lui avait permis, trois mois plus tôt, de devenir actionnaire majoritaire d'une petite chaîne d'établissements hôteliers quatre étoiles situés pour l'essentiel dans le centre de Paris. C'était à cette époque qu'Alex l'avait rencontrée. Depuis, il n'avait qu'une idée en tête : que Gladys ren-contre Nicolas et que Nicolas plaise à Gladys au point qu'elle le nomme directeur financier des établissements qu'elle venait d'acquérir. Alex savait que la chose ne saurait advenir sans un réel investissement personnel de sa part, qui plus est à assez long terme, mais, ayant une conscience assez précise de ce qu'il devait à son frère – pour des tas de raisons –, il était prêt à s'y plier.

La rencontre eut lieu dans l'appartement de Gladys, rue de Buci, dans le salon qu'Alex venait de redécorer de fond en comble car sa maîtresse l'avait rapidement encouragé à cultiver une fibre artistique qu'il avait un peu trop négligée. Elle était prête en particulier à ce que les 230 m² de son pied-à-terre germanopratin deviennent le terrain de jeu expérimental et créatif de son nouvel amant. Alex se prêta avec bonhomie à sa nouvelle fonction de *home designer*. Le résultat apparaissait comme une alternance très *Marie-Claire Maison* de camaïeux de verts et de bleus, avec des meubles rétro-vintage de style industriel, d'inévitables rééditions Bauhaus de fauteuils Mies van der Rohe et des chaises en tôle Jean Prouvé. Le tout donnait un sentiment de déjà-vu mais la maîtresse des lieux ne se lassait pas de vanter l'originalité et la pertinence de son nouveau décor. Bref, elle paraissait enchantée des prestations d'Alex dans tous les domaines, et heureusement, car cela jouait très explicitement en faveur de l'avenir professionnel de Nicolas.

– Le tourisme, l'hôtellerie, c'est le seul vrai investissement qu'on peut faire ici, dit-elle en anglais avec un accent mid-Atlantic à la Katharine Hepburn. La France n'a malheureusement plus que ça à offrir.

– Et le luxe, précisa Alex.

– Bien sûr, mon chéri, le luxe, vous avez raison. Le luxe et le tourisme.

– Les deux mamelles de la France, dit-il en français.

Elle ne comprit pas, il traduisit en citant Sully, Henri IV, le labourage et le pâturage français.

– Comme vous êtes drôle, je vous adore, dit-elle en éclatant de rire et en lui grattouillant le dos de la main avec ses ongles ultrapeints.

On aurait dit un gentil petit couple de canaris amoureux. Nicolas les observait avec un sourire persistant, il faisait des efforts inconsidérés pour paraître ce qu'il devait paraître mais avait cessé d'être depuis longtemps : détendu, de bonne humeur, impliqué. Et cela marchait assez bien.

– Alex m'a beaucoup, beaucoup parlé de vous, dit Gladys, suave. Il paraît que vous valez le détour.

Il se contenta de sourire. C'était, sans le vouloir, ce qu'il avait de mieux à faire, cela ajoutait une dose de mystère piquant à ce personnage qu'Alex avait présenté comme *l'homme le plus compétent et le plus intègre* qu'il connaissait. Au bout du compte, il manigança si bien que Nicolas décrocha le job. Que son frère dût jouer *la petite pute* – comme disait autrefois Justine – et se sacrifier dans une certaine mesure pour qu'il ait enfin un boulot ne le dérangea pas outre mesure. Il faut admettre qu'il s'en arrangea assez bien, la réminiscence de l'adultère probable de sa femme l'aida sans doute.

Contrairement à ses habitudes, il ne chercha pas à voir plus loin et à trouver de mauvaises raisons de se sentir coupable, de s'accabler d'une quelconque responsabilité dans le choix qu'avait fait Alex. Il lui avait beaucoup donné, à son frère, l'heure était sans doute à un rééquilibrage des comptes.

Du jour au lendemain, sa vie bascula. Il eut de nouveau un travail, la perspective de pas mal d'argent chaque fin de mois, des journées bien remplies, un appartement décent où il pouvait recevoir ses enfants, chacun sa chambre, et des enfants qui ne manquaient plus jamais une occasion de se rendre chez un père qu'ils adoraient et qui les faisait rire comme avant. Il réintégra surtout la machine sociale, il recommença à être inondé de mails, dès l'annonce de son changement de statut, son réseau LinkedIn s'était remis à s'alimenter de lui-même, les messages de félicitations et les invitations pleuvaient, ses anciens amis se manifestaient à nouveau, les chasseurs de têtes se souvenaient de ses époustouflantes qualités professionnelles, on le recevait dans des établissements où il n'avait pas mis les pieds depuis des mois. Il regagna de la confiance en lui, doublée d'une forme d'assurance typiquement masculine, qui l'autorisa à regarder de nouveau les femmes et à les désirer parfois.

Pendant deux semaines, il eut une aventure avec une fille beaucoup plus jeune que lui, une stagiaire britannique frisée et délurée qui lui avait littéralement sauté au cou pendant la fête qu'un de ses établissements avait organisée à l'occasion du 14-Juillet. Cela aurait pu être une erreur, *Fucking in business is fucking business*, tout le monde le sait, mais la fille n'était pas du genre procédurier, elle voulait juste s'envoyer en l'air et Nicolas avait été privé de la chose pendant trop longtemps pour faire le difficile. La première fois, contrairement à toute la considération qu'il éprouvait en général pour les femmes, contrairement aussi à toutes ses procédures personnelles et intimes en matière de préliminaires, il la pénétra de manière bestiale, en la retournant brutalement contre le mur d'entrée de son nouvel appartement sans qu'ils se déshabillent vraiment, ce fut juste une question de sous-vêtements arrachés avec sauvagerie, mais le manque était si patent – des deux côtés manifestement – que l'idée d'une quelconque bienséance et de confort avait volé en éclats. Par la suite, leurs rapports furent plus civilisés, plus horizontaux, sans doute un peu plus ennuyeux aussi, l'image de Justine vint régulièrement s'interposer entre eux, Nicolas ne chercha pas à la chasser, c'était comme un acouphène visuel de basse intensité, palpable mais pas véritablement gênant. Et puis la fille repartit à Londres et il n'en entendit plus jamais parler.

Régulièrement, Nicolas pensait à Justine. Ce qui l'intriguait, et même ce qui l'agaçait par-dessus tout, c'était de savoir comment elle occupait ses journées, son temps libre, qui elle rencontrait et, bien évidemment, avec qui elle couchait. Il l'avait bien fait, lui, alors pourquoi pas elle ? Cette pensée lui faisait mal au ventre. Par un retour assez naturel des choses, c'était à ce moment-là que sa mémoire affective lui envoyait une série de petits pense-bêtes comminatoires qui l'engageaient à se pencher objectivement sur tout ce qui s'était passé entre eux dernièrement et lui évitait ainsi de se rendre malade.

La question qui prédominait était la nature de ses sentiments pour elle, ce qu'il restait de ce qu'il avait un jour été capable de ressentir à son égard. Il l'avait tellement aimée, Justine. En tout cas, il l'avait aimée de manière tellement inconditionnelle et tellement aveugle, au point de ne pas pouvoir exister librement à ses côtés, au point de vouloir se fondre constamment dans sa volonté et dans ses désirs. Quand on y réfléchissait, il ne l'avait jamais aimée de manière voluptueuse – il avait toujours été beaucoup moins sensuel que cérébral –, ce qu'il aimait en revanche, c'était la perfection et l'exigence de l'amour qu'il avait développé pour elle. Ce n'était pas un amour physique, insatiable, irréfléchi, mais le contraire de tout cela, un amour absolu, immense et théorique qui lui donnait un sentiment de toute-puissance. Un sentiment au fond pas très romantique, qui ne s'attachait nullement aux détails, aux choses insignifiantes, mais qui voyait plus loin, plus grand, il était de l'ordre de l'idéal, il avait à voir avec un tas de choses morales et philosophiques qu'il avait développées à la mort de ses parents, en particulier une culpabilité et un sens du devoir exacerbés. Et puis, dans les derniers mois, l'échafaudage intellectuel sur lequel reposait cet amour s'était ébranlé. Comme tout allait plus ou moins avec la confiance en soi que Nicolas s'était bâtie, il était naturel que, le doute s'installant, le sentiment s'étiole. Une question demeurait : la confiance en soi regagnant du terrain, qu'allait-il advenir du sentiment ?

Justine débarqua avec trois minutes d'avance, ce qui, de mémoire de Nicolas, ne s'était encore jamais produit, auparavant elle se pointait systématiquement en retard à tous leurs rendez-vous. Immédiatement, avant même de se saluer, ils se jaugèrent. Elle apprécia le costume-cravate bleu marine et à peine cintré, pas tout à fait dans le coup mais beaucoup moins Cyrillus que par le passé, et aussi la nouvelle coupe de cheveux, avec des pattes plus courtes, qui flattait un visage redevenu ouvert et rassurant, débarrassé des stigmates de l'angoisse. De son côté, il apprécia la petite robe imprimée qui mettait en valeur ses jambes et sa poitrine dorées, il était clair qu'elle avait fait des efforts pour paraître jolie, avec naturel, ses cheveux retombaient négligemment de chaque côté de son visage, elle s'était peu maquillée, comme il aimait qu'elle le soit. Il eut la certitude qu'elle avait beaucoup pensé à la manière dont elle allait se présenter à lui et passé de longs moments à être le plus possible conforme à l'image idéale qu'il avait d'elle, dans le seul but de lui plaire. Ils s'embrassèrent sur la joue, rapidement, une seule fois, avec un mélange de distance et de tendresse, ayant plutôt hâte d'évacuer cette formalité un peu embarrassante. Elle s'assit, mal à l'aise. Le serveur se dirigea vers elle pour prendre la commande. Elle regarda le verre de Nicolas et elle dit :

– Je ne sais pas… la même chose ?

– Bien glacé aussi ?

– Oui, allez, bien glacé.

Ils se regardèrent, gênés, et se sourirent faiblement. Aucun des deux ne semblait prêt à céder à l'exercice d'une conversation ordinaire, ils voulaient du lourd, de l'essentiel, du symbolique. Chaque mot, chaque phrase devait revêtir une certaine importance, l'un et l'autre avaient conscience de la portée de ces retrouvailles, ils étaient à la fois sceptiques et remplis d'une sorte d'espoir. Vingt ans plus tard, c'était comme si tout recommençait, comme si les moments d'avant leur première étreinte étaient à nouveau mis en jeu ; c'étaient le même empêchement des corps, la même fragilité des regards, la même défiance mêlée à la même espérance violente et enchantée. Tout pouvait advenir, une chose et son contraire. L'instant était suspendu, à la fois délicieux et menaçant, il pouvait d'un coup éclater et les éclabousser de lumière ou, à l'inverse, les plonger dans l'obscurité. Ils se sourirent encore, toujours sans se décider à parler. Au bout d'un moment, au risque de faire entrer une part de ridicule dans une situation qui n'en avait clairement pas besoin, il fallut bien échanger.

– C'est difficile, hein, de retrouver le fil ? dit-elle, pour dire quelque chose qui ne soit pas trop banal.

– C'est long sept mois, dit-il calmement. Il s'en passe des choses, non, tu n'es pas d'accord ?

Elle acquiesça, un peu tristement, tandis qu'en réaction les nerfs de sa colonne vertébrale vibraient sous le coup d'une impulsion électrique désagréable. La phrase de Nicolas lui fit peur. Qu'entendait-il par là ? Et que savait-il exactement de ce qui lui était arrivé, à elle ?

Justine, après leur séparation, s'était juré de changer sa vie en profondeur. Ce n'était pas Nicolas le problème, elle le savait. Ses aspirations à lui étaient plutôt limpides. Son ambition de construire une famille à tout prix, bien qu'elle s'échafaudât sur des fondements légèrement névrotiques, était admissible ; en tout cas, jusqu'à l'épisode de son licenciement, il en avait fait quelque chose d'acceptable pour tout le monde. Non, le malaise venait majoritairement d'elle, de son incapacité à profiter des choses, à apprécier ce que son mari et ses enfants lui apportaient, à être capable de goûter au bonheur sous sa forme la plus simple. Comme ses patients d'une certaine façon, elle était victime d'une forme de dépendance plus ou moins pathologique : l'addiction au malheur et à la déprime. Elle vivait dans un état de colère et de mécontentement permanent, hérité de son père et aussi, très certainement, d'une longue lignée d'ancêtres plus ou moins acariâtres, marins ou paysans, qui avaient eu constamment à se battre sur la terre bretonne contre l'âpreté du climat et les caprices d'une mer intraitable. Elle avait ça dans les veines et dans les gènes, cette propension à la grogne et à la révolte. Elle se réveillait avec, ne trouvait aucune raison de s'en débarrasser dans la journée et se couchait avec la même rage sourde au ventre. Se lever sans se sentir accablée lui était impossible, et si cela avait été le cas, si un jour elle s'était sentie en forme et d'excellente humeur, elle aurait trouvé cela suspect, ce qui aurait alimenté un autre type de malaise. Sa vie entière s'était construite sur de l'insatisfaction, sur l'angoisse de ne jamais être à la hauteur, de faire les mauvais choix et puis aussi, par-dessus tout, sur la malédiction de l'ennui. Justine avait toujours voulu que ça bouge dans sa vie, elle avait toujours voulu de l'extraordinaire, elle avait toujours voulu de l'épatant. Tout ce qu'elle avait lui paraissait plat puisqu'elle était convaincue qu'ailleurs, dans un endroit imaginaire, mille fois plus lumineux et mille fois plus vert que celui où elle se trouvait, existait nécessairement quelque chose de mieux, quelque chose d'encore plus fort, quelque chose d'encore plus divertissant que ce qu'elle était en train de vivre. Depuis toujours elle entretenait ce sentiment confus et désolant que sa vie n'était qu'une pâle et triste copie d'une autre vie, exactement parallèle à la sienne, une vie qui serait, elle, fulgurante et hors du commun.

À présent elle avait envie de résister au désir de faire pénétrer de l'extraordinaire dans sa vie, elle avait même sacrément envie de faire l'éloge de la banalité de son existence. En raison de sa solitude, et de la désertion plus ou moins patente de ses deux enfants, elle regrettait l'amour tiède et parfois bancal qu'elle éprouvait pour Nicolas, elle trouvait soudain confortable le vide émotionnel dans lequel elle se morfondait précédemment, elle trouvait formidable de ne pas avoir été maladivement jalouse, d'avoir échappé au malheur d'être mortifiée par un amour cinglant, car la passion est toujours mortifiante et cinglante, n'est-ce pas ? L'heure était au choix, elle en était persuadée. Oui, aussi bizarre que cela puisse paraître, elle pouvait choisir d'être heureuse ou non. Elle prenait soudain conscience de l'être souverain qu'elle était, de la maîtrise qu'elle pouvait avoir sur son comportement. Cela impliquait de refuser ce qu'auparavant elle nommait la fatalité, son inaptitude au bonheur et à la simplicité n'était pas constitutive de sa personne, c'était un pur ouvrage de son esprit, ce serait en agissant sur lui et en le réformant que les choses s'amélioreraient dans sa vie. Bref, avouons-le, tout cela était une construction fragile, qui reposait sur le sable mouvant de l'angoisse de se retrouver seule. Elle avait lu quelque part que le bonheur était de jouir pleinement de ce que l'on possédait déjà, elle y croyait dur comme fer, elle se raccrochait à ce type d'aphorismes.

Pour se rassurer, au début elle coucha avec des types. C'étaient pour la plupart de jeunes divorcés, entre quarante et cinquante ans, elle les rencontrait dans des bars où l'une des infirmières de son service avait ses habitudes et la traînait de temps à autre. Ce fut horrible, un revival tragique de l'état de dépendance qu'elle avait éprouvé dans sa jeunesse. Ses amants promettaient toujours de la rappeler mais la grande majorité ne le faisaient pas, ils ne voulaient pas s'encombrer d'une liaison, ils voulaient s'amuser, tirer avantage de leur émancipation récente, elle attendait leur appel, leur envoyait des messages, se ridiculisait parfois, ils comprenaient vite à quel type de femme ils avaient à faire. Le pire était qu'elle ne tenait aucunement à les revoir, c'était sa fierté, son ego, le besoin incommensurable et mortifère qu'elle avait que l'on s'intéresse à elle qui la faisaient agir ainsi. Elle se détestait de pouvoir encore se comporter de la sorte à son âge. Mais c'était plus fort qu'elle, l'horreur d'être seule finissait par l'emporter sur tous les aphorismes et toutes les idées reçues dont elle pouvait se nourrir par ailleurs.

Et puis un événement tragique et décisif se produisit.

Au début du mois de juin, sa mère l'appela, elle revenait de l'hôpital, complètement affolée. La nuit précédente, son père avait été victime d'un AVC qui avait eu pour conséquence première une atrophie sévère de ses capacités cognitives : il pouvait à peine parler et quand il s'exprimait, il s'emmêlait les pinceaux, prenant un mot pour un autre ou disant exactement l'inverse de ce qu'il pensait. Pour un homme aussi exigeant que lui question langage, c'était bien entendu un dysfonctionnement inadmissible. Il souffrait également de troubles de la mémoire immédiate, auxquels venaient s'ajouter des problèmes d'équilibre et de sérieuses difficultés à se déplacer. Colette insista pour que Justine vienne lui rendre visite, elle espérait provoquer ainsi un choc émotionnel qui pourrait, on ne sait jamais, avoir des répercussions positives sur l'état de son mari.

Quand Justine débarqua, quelques jours plus tard, sa mère était dans le jardin, sécateur au poing, chérissant un buisson fleuri de céanothes et d'agapanthes qui faisaient un beau bouquet de bleu et de blanc contre le ciel gris clair d'une luminosité prodigieuse.

– Ça va maman, tu tiens le coup ? dit Justine en lui caressant la joue.

– Tu vas voir, c'est très étrange, tout est si calme maintenant, dit Colette avec un sourire gêné.

Elle paraissait d'une incroyable sérénité qui contrastait avec l'affolement dont elle avait fait preuve au téléphone. Justine alla déposer sa valise dans sa chambre. Se retrouver seule, sans sa propre famille, dans cette chambre d'adolescente où s'étalaient toujours, sur deux posters grand format, les figures maintenant délavées de David Bowie – période *Let's dance* – et de George Michael – époque *Freedom* – la démoralisa, de sorte qu'elle décida de rejoindre aussitôt le rez-de-chaussée.

Son père, depuis son accident vasculaire, occupait entièrement l'espace du salon, un lit médicalisé y avait été installé, le lieu avait maintenant des airs de sanctuaire : les volets étaient tirés, le silence était glacial, une odeur de pharmacie, douce et sucrée, qui faisait penser aux effluves d'un encens bon marché, saturait l'atmosphère. Justine pénétra dans la pièce sans faire de bruit, si bien que personne ne remarqua sa présence. Son père était aux bons soins de Christelle, une jeune orthophoniste pas tellement plus âgée qu'Adèle. La jeune fille tenait une bougie allumée entre ses doigts, assez loin de la bouche de Joseph.

– Soufflez…, dit Christelle doucement.

Justine vit la flamme danser légèrement, puis se déformer mollement en un très long filament jaune et bleuté avant de reprendre sa forme initiale. Elle demeura dans la pénombre de la pièce, il y avait quelque chose de fascinant à observer le spectacle de ce père qui se livrait à cet exercice un rien dégradant. C'était hideux et, il fallait bien qu'elle se l'avoue, terriblement jouissif.

– Essayez encore, dit Christelle en approchant la flamme de deux ou trois centimètres.

Au bout de quelques essais infructueux, Joseph réussit à éteindre la bougie.

– Maintenant, vous allez tirer la langue.

Ce fut l'instant où Justine se décida à sortir de l'obscurité.

– Faites qu'elle soit le plus pointue possible, insista l'orthophoniste.

Au moment où Joseph surprit le regard de sa fille – qui hésitait entre curiosité et dégoût –, il rétracta vivement la langue et les mâchoires, puis ses dents claquèrent. Ses yeux, son visage, son corps exprimèrent à la fois une haine immense et une honte de soi tout aussi incommensurable. Justine en eut froid dans le dos. Elle ne ressentit aucune compassion à voir son père aussi diminué et infantilisé. Elle éprouva plutôt quelque chose qui ressemblait à de la répulsion mâtinée d'une certaine délectation sadique.

– Bonjour Joseph, dit-elle durement.

Il émit un petit grognement puis :

– Tu… es… es… es… veeeegnnue ?

– Oui, je suis venue, répondit-elle en insistant sur la prononciation du participe passé.

Puis, de manière exagérément lente, comme si elle s'adressait à un enfant en bas âge :

– Ça… ne… te… dérange… pas… au… moins ?

Son père fronça les sourcils.

– Vous pouvez lui parler normalement, vous savez, dit gentiment Christelle, il a du mal à s'exprimer mais il comprend très bien ce qu'on lui dit.

– Il reparlera normalement un jour ? demanda soudain Justine, qui ne regardait plus son père.

– Nous travaillons à cela, n'est-ce pas, Joseph ? répondit la jeune femme avec un sourire ému pour son patient.

– Les médecins semblent dire que c'est irréversible et qu'il ne retrouvera jamais vraiment l'usage de la parole.

L'orthophoniste se raidit, indignée.

– Il vous entend, vous savez.

– Ça ne sert à rien de le bercer d'illusions, continua Justine. Mon père n'est pas le genre de type qu'on peut rouler dans la farine en lui racontant des bobards.

Enfin, elle daigna se tourner vers lui.

– Ce n'est pas vrai, papa ?

Joseph tendit furieusement la main et tenta d'accrocher le poignet de sa fille. Son bras retomba piteusement le long de sa cuisse, comme une branche morte arrachée de son tronc, tandis que de sa gorge sortait un petit mugissement rauque et sinistre.

– Partez, je vous en supplie, dit Christelle d'une voix à la fois calme et autoritaire.

Justine alla se promener sur le chemin qui longeait les plages de ses étés d'enfance. Pour la première fois depuis longtemps, elle eut l'impression de respirer normalement, plus calmement en tout cas. À perte de vue, de petits bouillons d'écume dansaient sur la crête des vagues, graciles, impétueux, insaisissables. Justine avait presque envie de danser elle aussi, c'était horrible, mais l'accident vasculaire de son père l'avait physiquement allégée, c'était indéniable.

Cette nuit-là, elle dormit très peu, par à-coups, la figure abîmée de Joseph lui revenait sans cesse. À l'aube, elle descendit le voir. Il ne dormait pas non plus. Elle prit une chaise et s'assit face à son père, s'adressant à lui les yeux dans les yeux :

— Je voulais te dire que je ne suis pas du tout désolée pour toi, je ne suis ni triste ni choquée.

Joseph n'eut pas un geste, pas le moindre signe de protestation, son corps, son visage étaient parfaitement immobiles et le demeurèrent tout le temps qu'elle parla.

— Quand on y réfléchit, continua-t-elle, c'était logique, en tout cas c'était souhaitable qu'il t'arrive enfin ce qui t'arrive. C'est le destin qui s'en est chargé, finalement. Le doigt du bon Dieu s'est posé sur tes lèvres et t'a forcé à la boucler enfin. Tu vois, même le bon Dieu en avait marre que tu continues à parler, que tu persistes à répandre tes sales idées de voyou et ta sale méchanceté, il en avait marre que tu empêches tous les gens autour de toi d'exister, et en particulier ta femme et ta fille. Au fond, ce n'est peut-être pas seulement son doigt sur tes lèvres qu'il a mis, le bon Dieu, c'est carrément son poing entier qu'il t'a foutu dans la gueule pour te faire comprendre qu'il fallait que tu la fermes une bonne fois pour toutes. Je veux croire que tout cela fait partie d'une vaste opération de rééquilibrage du monde et que tu es le premier d'une longue série de cons à être enfin réduits au silence.

Les verres de Justine et de Nicolas étaient presque vides maintenant. La très légère ébriété qui s'en était suivie leur avait permis de souffler un peu, de s'octroyer un semblant de laisser-aller, même si l'un et l'autre s'efforçaient de garder le maximum de modération dans leurs échanges. Ils parlaient de choses apparemment sans réelle portée affective, qui avaient toutes à voir avec les événements qui jalonnaient le quotidien de leurs enfants. Ils évitaient de parler directement d'eux, de ce qu'ils avaient vécu séparément pendant sept mois, de la façon dont ils envisageaient leur avenir. Deux sujets étaient particulièrement tabous : Alex et leur dernière altercation qui avait été, sans conteste, *la cerise sur le gâteau*, bien que le mot *cerise* fût peu approprié, vu l'horreur de leur dispute et le traumatisme qu'elle avait provoqué. Mais enfin, ils avaient fini par échanger. Ils s'amusaient par exemple du fait qu'Hector était maintenant très intéressé par la musique des années quatre-vingt et qu'il avait découvert avec stupéfaction des groupes comme AC/DC, The Police, The Cure, The Smiths ou des chanteurs comme Prince ou Michael Jackson, en gros toute la musique qui avait bercé leur propre adolescence.

— L'autre jour, il a voulu me faire découvrir une chanson géniale, dit Justine en souriant. *Tu vas voir, c'est super, tu vas adorer !* Tu n'imagines pas ce que c'était.

– *Purple Rain* ?
– Exactement. Comment tu le sais ?
– Il m'a fait le même coup.
Ils éclatèrent de rire, puis il y eut à nouveau un long silence.

Nicolas pensa subitement que Justine n'était pas la femme qu'il aurait dû épouser ; que, dès le début, leur histoire était une impasse, qu'il s'était attaché à elle pour des raisons névrotiques qui trouvaient leurs racines dans la culpabilité, dans la volonté de se faire pardonner d'avoir suggéré à ses parents de faire un voyage qui les avait conduits à une mort atroce, une faute dont il n'était, au fond, pas tellement responsable quand on y réfléchissait, mais qui l'avait quand même pas mal empêché de vivre jusqu'ici et qui très explicitement avait joué en sa défaveur dans beaucoup de situations critiques qu'il avait expérimentées dans son existence. Par son attitude généreuse et désintéressée, il avait autorisé Justine à lui pourrir la vie et Justine, qui se trimbalait de son côté pas mal de casseroles, ne s'en était pas privée. Oui, c'était certain, elle lui avait fait beaucoup de mal, elle l'avait aimé de façon maladroite et égoïste, il représentait avant tout pour elle un choix guidé par la résignation – or, y a-t-il quelque chose de pire que d'être choisi par défaut ? –, et elle l'avait sans doute trompé avec son propre frère, pas simplement une fois, mais toute sa vie elle l'avait cocufié en pensée. De tout cela, il n'allait pas l'absoudre, non, c'était trop énorme. Il y avait quantité

322

de raisons pour qu'il se lève tout à coup et lui dise : *Tu vois, Justine, tu m'as fait trop de mal, je suis mieux sans toi, restons-en là, je préférerais ne plus te revoir.* Sauf que ce n'était pas vrai, il n'était pas mieux sans elle, il se sentait même mille fois plus mal en son absence. La retrouver avait réveillé non seulement un désir enfoui pour elle, mais surtout un désir immense pour le couple qu'ils avaient constitué. Subitement, la pensée d'abandonner Justine fut balayée par la conviction qu'il lui fallait absolument se battre pour sauver cette entité encore vivante et méchamment cabossée que représentait leur union. C'était ça le vrai courage. Ce n'était pas d'abandonner et de retrouver des forces pour reconstruire quelque chose d'autre, ailleurs, non, le vrai courage c'était de *résister*. Il restait assez d'amour entre eux – un amour flou, indécis, contradictoire, mais un amour malgré tout – pour que cela soit encore possible. Ce qu'ils avaient vécu ensemble était exemplaire, à la fois unique et universel, leur histoire était l'une des très nombreuses variantes de toutes les autres histoires bancales du monde, mais c'était leur histoire bancale à eux et, autant que n'importe quelle histoire bancale, elle valait la peine qu'on y prête attention, et surtout qu'on tente tout pour la remettre un peu d'aplomb.

– Je ne devrais certainement pas t'avouer ça, dit soudain Nicolas, mais tu m'as manqué.

– Ah ? dit Justine, à la fois tétanisée et émoustillée par cette déclaration soudaine.

– Oui, j'ai souvent pensé à toi.

Il laissa passer un silence, celui qu'utilisent les anges pour se déplacer parfois.

– Parfois je te détestais.

– Je comprends, Nico, je comprends. Tu avais toutes les raisons de le faire.

– Tu m'as pas mal pourri la vie, tu en as conscience ?

– Oh oui, rassure-toi, j'en ai conscience.

– C'est quelque chose que je n'admettrai plus.

Il ajouta, comme pour se rattraper d'en avoir trop dit :

– De personne.

Justine se détendit soudain.

– J'ai beaucoup réfléchi, tu sais, dit-elle. J'ai surtout beaucoup changé, enfin je crois.

C'était on ne peut plus vrai. L'épreuve avec Joseph, qu'en bonne psy elle avait assimilée à une décimation de la figure paternelle, continuait à illuminer son existence. *Je n'ai même pas eu besoin de tuer le père, il s'en est chargé à ma place*, pensait-elle souvent et toujours avec ironie. Depuis, c'était comme si l'horizon de sa pensée s'était dégagé, elle se sentait prête à plein de choses et d'expériences nouvelles. Elle aussi, à sa manière, avait envie de résister. À l'intrusion de l'extra-ordinaire dans sa vie, on le sait, mais également à tout ce qui l'empêchait d'exister entièrement, comme par exemple sa difficulté à être à la fois une mère et une épouse. Exprimé de cette façon, cela pouvait prêter à rire, on ne décrétait pas ainsi, du jour au lendemain, de ne plus être ci mais d'être plutôt ça, de ne plus souffrir mais, au contraire, d'être heureuse ; Justine le savait, c'était un long chemin qu'elle avait devant elle.

Le serveur, observant leurs verres vides, s'approcha avec empressement :

– Vous reprendrez la même chose, messieurs-dames ?

Ils se regardèrent et ne purent s'empêcher de sourire du double sens que pouvait revêtir cette proposition en ce qui les concernait.

– Tu reprendrais la même chose, toi ? demanda-t-il sur un ton mêlant ironie et sérieux.

– Pourquoi pas ? fit Justine.

– Alors la même chose pour moi aussi. Et toujours aussi frais, s'il vous plaît ! dit Nicolas, ému et joyeux.

Remerciements

Pour les entretiens qu'ils ont accepté de m'accorder, je tiens à remercier : Vincent Brun, le Pr Pascal Perrineau, le Dr Marc Valleur et Aurélie Wellenstein.

DU MÊME AUTEUR

Aux Éditions Albin Michel

LE BONHEUR NATIONAL BRUT, 2014.

Aux Éditions Léo Scheer

LA MÉLANCOLIE DES LOUPS, 2010.

Composition : IGS-CP
Impression : CPI Bussière en décembre 2016
Éditions Albin Michel
22, rue Huyghens, 75014 Paris
www.albin-michel.fr

ISBN : 978-2-226-39192-6
Nº d'édition : 22342/01 – Nº d'impression : 2025279
Dépôt légal : janvier 2017
Imprimé en France